이이진

늘 사랑이 함께하길...!

♡이재훈 감독님

이재훈

미혼남녀의 효율적만남을
아껴주셔서 너무나도 감사드립니다.

♡한지민 _ 이의영

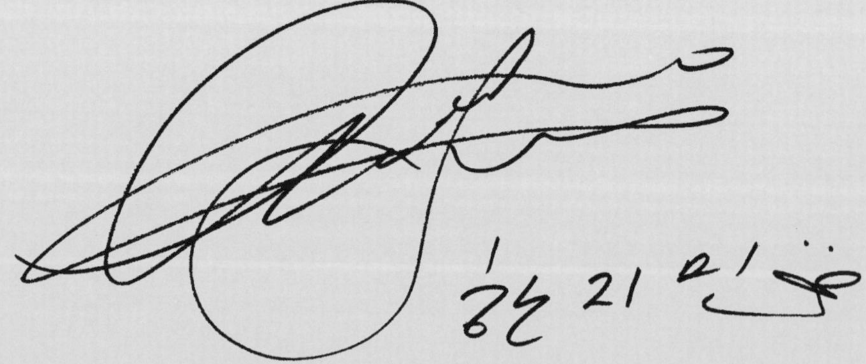

♡박성훈_송태섭

박성훈

그동안 미르방려의 효율적 마음을
사랑해주셔서 감사합니다
♡,

♡이기택_신지수

이기택

저희 드라마를 사랑해주셔서
감사합니다 ♥

-신지수-

미혼남녀의 효율적만남 ①

이이진 대본집

이이진 대본집

미혼남녀의
효율적만남

나무의마음

JTBC 극본 공모에서 당선이 되고 얼마 지나지 않아, 함께 일하는 PD님으로부터 〈미혼남녀의 효율적 만남〉이라는 웹툰을 드라마로 각색해보면 어떻겠냐는 제안을 받았습니다. 원작도 재미있었고, 막 드라마 일을 시작한 참이라 의욕도 넘쳤어요. 오랜 고민 없이 "하겠다"고 말씀 드렸습니다. 그때부터 깊은 고민이 시작되었어요. 지금도 그렇지만 당시 로맨스 드라마는 시간 여행, 쌍방 구원, 계약 결혼, 협관 같은 강력한 설정이 들어간 작품이 인기였습니다. '소개팅'이라는 일상적인 소재로 강력한 설정에 버금가는 이야기를 쓸 수 있을지 막막했습니다. 그러다 제 주변을 봤어요. 가성비와 효율을 따지며 사랑하지 않는 게 상책이라 말하면서도, 정작 누군가가 건네는 다정스러운 말 한 마디에 온 마음이 일렁이는 사람들, 숱한 시행착오 끝에 비로소 따듯한 품을 찾은 사람들, 더 많이 사랑하지 않고 산 세월을 후회하는 사람들, 용기 내 뭐라도 해보려는 사람들, 그게 제 주변의 로맨스였습니다. 이들의 고민은 거창하지 않았어요. 연락 빈도와 타이밍, 사소한 실수와 오해들이 다였죠. 하지만 거창하지 않다고 중요하지 않은 건 아니었고, 듣고 있으면 너무 귀엽고 또 열받기도 했습니다. 사람의 진심과 진심 사이에는 어마어마한 미지의, 충분히 항해해볼 만한 너비의 바다가 있음을 알게 되었고, 저는 그 바다 위를 나아가보기로 했어요. 그렇게 죽고 사는 극적인 사건 없이, 현실에 발 붙인 사랑 이야기를 쓸 수 있었습니다.

글을 쓰는 과정은 재미있었지만 무척 어려웠어요. 매 순간 능력과 체력의

한계를 시험 받는 것 같았고, 시간은 늘 턱없이 부족했습니다. 그럴 때마다 제 대본을 선택해준 감독님과 배우분들, 현장에서 고생하는 스태프분들,함께 머리 맞대고 회의해준 PD님들, EP님, 보조 작가님을 떠올리며 다시컴퓨터 앞에 앉았습니다. 길을 잃은 것 같을 땐 '모로 가도 사랑으로만 가면된다'고 생각했고, 비타민과 주변의 응원을 메가도스하며 버텼습니다. 이제와 그 시절을 다시 떠올려보니, 모든 어려움을 견디게 해준 애정의 힘이새삼 믿기지 않을 만큼 벅차게 다가옵니다.

무한한 사랑을 보내준 엄마, 아빠, 언니, 함께 드라마를 쓰는 모임 '쓰지 않으면 드라마는 없다'의 이서안, 최서호, 최가효 작가, 보조 작가 남주님, 그리고 곁에서 같이 울고 웃어준 모든 친구들 다 고맙고 사랑합니다.

드라마를 재미있게 봐주신 시청자분들, 대본집을 통해 더 내밀한 제 목소리에 귀 기울여주신 분들에게도 깊은 감사를 전합니다. 덕분에 또 드라마를 쓸 힘이 생겼습니다. 부디 모두 드라마 속 인물들처럼 사랑을 저버리지않고, 늘 조금씩은 사랑으로 향하는 삶을 사시길 응원하겠습니다.

2026년, 이이진 드림

모 결혼정보회사의 조사에 따르면, 미혼남녀의 과반 이상이 '만남'에 있어 자만추('자연스러운 만남 추구'의 준말)를 제일로 꼽았다. 아 진짜 놀랍지도 않다. 자만추가 짱인 걸 조사해봐야 아냐고.

할 수만 있다면 자만추는 최고다. 할 수만 있다면…! 포인트는 '할 수 있다면' 거기에 있다.

같은 조사에서, 미혼남녀의 3%는 인(인위적)만추를 선호한다고 대답했다. 이유로는 '상대에게 연애 의사가 있음을 알 수 있어서'가 가장 높았고, '목적이 분명해서', '알아가는 것이 재미있어서'가 뒤를 이었다. 3%의 남녀들은 아는 것 같다. 꾸안꾸(꾸민 듯 안 꾸민 스타일)로 헬스장에 나가 머신 주변을 기웃거리거나, 제주도 게스트하우스의 공용 부엌에 누군가 나타나길 기다리는 일이 다 시간이고 체력이며, 효율적인 에너지 안배야말로 로맨스에서 중요한 포인트라는 걸 말이다. (3%는 30대 이상임이 분명하다)

그래서 이 드라마는 만남부터 냅다 주선한다. 진부하고 낭만이 없다고 여겨져 로맨스 소재는 되기 어려웠던 인만추의 꽃 소개팅을 본격적으로 다룬다. 초면인 남녀 사이에 흐르는 어색한 공기, 암묵적인 규칙들, 톡의 행간 읽는 방법과 오고 가는 질문 속 숨겨진 의도들을 낱낱이 밝혀낸다. 허무하게 느껴지는 만남도 있을 거라 보다 보면 이런 말이 절로 나올지도 모른다.
"아…. 진짜 이렇게까지 해야 돼?"

기획의도

잠깐, 잊지 말자. 이야기의 장르는 로맨스라는 걸!
드라마는 사랑을 찾으려고 소개팅에 나간 여자와, 그녀가 소개팅으로 만난 매력적인 두 남자의 삼각관계 로맨스를 그린다. 그들은 낸 용기에 보답받듯, 인생에서 두고두고 곱씹을 만한 사랑의 추억을 만든다. 살아온 방식만큼 사랑하는 법도 다른 인물들을 통해, 결국 사랑은 우리의 무수한 결단과 선택들로 지속되는 것이며, 때론 불편할 수도 있는 대화가 그 무엇보다 사랑에 필요하다는 것을 전하고 싶었다.
이 이야기를 볼 이들도 결국 최후에는 사랑을 선택하게 되기를 바란다…!

인물 관계도

미혼남녀의 효율적 만남

이의영
34세 여자, 더 힐스 호텔 구매팀 선임

낭만과 효율 사이에서
아슬아슬 균형을 잡는 중도파

로맨틱한 사랑을 꿈꾼다. 근데 사랑밖에 모르는 바보이고 싶진 싶다. 모순적이라고? 맞다. 어릴 적 백마 탄 왕자가 위기에 빠진 공주를 구해내는 디즈니 만화를 보며 자랐지만, 그렇기에 또 왕자는 필요 없다는 시대의 변화에도 공감할 줄 아는 게 의영이다. 세상은 넓고 남자는 많으니까, 이런 나를 사랑해줄 사람이 어딘가에 있을 거라고 굳게 믿었다. 하지만 서른이 넘도록 여전히 옆자리는 공석이며, 괜찮은 남자들에겐 침이 다 발려 있고, 엄마는 축의금 회수가 어려울 것 같다며 남의 결혼식에 가지 않는다. 아… 이러다 정말 혼자 메말라 죽는 거 아냐?

사랑은 정체기인 의영이라지만, 일에선 승승장구다. 특급 호텔 구매팀에서 일하는 의영은 호텔의 모든 기자재, 소모품, 레스토랑 식재료의 구매와 검수 업무를 담당한다. 좋은 품질의 물건을 낮은 가격으로 구하기 위해 양손으로 검색하고 두 발로 뛰어다니는 게 일상이다. 실력 출중하고 후배들도 믿고 따라주니까, 지위고하 막론하고 당차게 일한다. 언젠가 뉴욕이나 런던 같은 대도시에 나가 호텔업을 경험해보고 싶다는 꿈이 있다.

의영이 대학에 입학하자 정임은 축하와 함께 똥을 줬다. 학비는 물론, 월세, 생활비의 절반을 청구한 것이다. 그 이유로 아르바이트와 장학금 둘 다 포기할 수 없었던 의영은 대학 내내 숨 돌릴 틈도 없이 바쁘게 살았다. 당연히 연애도 뒷전이었다. 바빠서 일기 한 장을 못 썼는데 빼곡하게 채운 가계부는 몇 권이나 있어 치열하게 산 20대가 고스란히 남아 있다.

누구나 본보기 삼고 싶은 의영에게는 친구도, 따르는 후배도 많다. 하지만 모순 많고 헐렁한 본모습까지 가감 없이 보여주는 친구는 승준뿐이다. 승준은 의영이 흑역사를 되풀이하지 않도록 아낌없이 잔소리를 퍼붓는다. 사랑하기 좋은 때는 다 지난 것 같다며 앓는 소리를 하는 의영에게, 진짜 사랑하고 싶으면 주제부터 파악하라며 30대들의 '자만추' 소개팅을 권한 것도 승준이다.

인상은 부드러워 보이지만 내면은 단단하고 고집도 있는 편이다. 나무를 다루고 가구를 만들다보니 생활복은 헐렁한 맨투맨이나 티셔츠가 대부분이며, 회색, 진한 회색, 더 진한 회색, 검정 사이에서 골라 입는다. 옷 속에는 나무꾼 같은 전완근과 생활 근육들이 숨어 있지만, 같이 일을 해봐야만 알 수 있는 포인트다. 전완근 말고도 그런 것들이 더 있다. 높은 책임감, 사람의 됨됨이, 높은 윤리 의식, 배려심과 믿음… 태섭에게는 오래 봐야만 발견할 수 있는 미덕들이 많다.

태섭은 대학을 졸업하고, 자신의 비전과 실력을 믿어준 친구 은호와 함께 HOME이라는 목공 스튜디오를 차린다. 혼자서라면 힘들었을 테지만 은호가 있어 버틸 수 있었다. 태섭은 소중한 사람의 행복을 위해서라면, 제 인생은 조금 손해 보더라도 손해가 아니라고 생각하는 스타일이다.

동료들은 태섭이 원래 기분의 고저가 낮고, 늘 차분함과 평정을 유지하는 사람, 뭐든 믿고 맡겨도 될 사람이라 생각한다. 그래서 태섭의 회사에는 태섭만 보고 입사한 직원도 꽤 된다. 하지만 소개팅 한 번에 태섭이 달라졌다. 사랑이 가져다준 폭풍 같은 감정들에 당혹스러워하면서도, 태섭은 그 폭풍 속으로 기꺼이 몸을 던진다.

의영을 처음 봤을 때, 태섭은 놀랐다. 웃는 모습이, 핸드폰 바탕화면 속 '개죽이'를 꼭 닮아서였다. 그러니까 다른 말로 첫눈에 반했다. 연애와 결혼에 회의적인 게 보편 정서인 시대라지만, 태섭은 연애나 결혼에 대해 추호도 의심해본 적 없다. 좋아하면 연애하고, 열렬히 사랑하다 결혼하는 일이 상식이었고, 결혼은 태섭에게 있어 '널 사랑한다'는 최상급 표현이나 다름 없었다. 그래서 저도 모르게 툭, 결혼을 전제로 만나볼 생각이 있느냐 물었는데, 의영이 아연실색하고 도망가버린다.

태섭은 한번 좋아하게 된 건 최선을 다해 좋아하는 편이다. 애정하는 것들에 있어 지구력이 높다. 동물 털 알러지가 있음에도 약 먹고 유기견 보호소에서 봉사할 정도니 말 다했다. 그런 태섭의 고지식하면서도 희생적인 연애관은 부모님에게서 왔다.

"마법 같았어요. '믿는다'는 어머니 말 한마디에, 아버지가 갑자기 전투를 앞둔 슈퍼히어로 같은 얼굴이 됐거든요."

의영을 만난 태섭은 의영의 방식대로 사랑하는 법을 배우면서, 동시에 의영이 가진 두려움과 불안까지도 사랑하고 싶다고 생각한다.

신지수
29세 남자, 연극배우 & 프로 아르바이터

내 삶에 영원히 변수일 것 같은
회피형 남자

큰 키, 남자답고 섹시한 이목구비… 짜릿하다. 연극배우인 지수는 공연 시즌엔 연기하고, 비시즌엔 아르바이트로 먹고산다. 영화나 드라마에 출연하면 금세 만인의 연인 소리 들으면서 인생 떡상할 것 같은데 오디션도 안 보고, 들어오는 캐스팅 제의도 단호하게 거절한다.

"유명해지면 밤에 맥주 한 잔도 편히 못 할 거 아냐. 여름밤들이랑 그 밤에 나눌 진솔한 대화들을 포기하라고? 됐어."

욕심이 없는 건지, 철이 없는 건지 모르겠다.

아는 형 대신 나간 소개팅 자리에서, 의영을 만난다. 처음엔 서로 으르렁거렸지만, 자꾸 의영이 생각난다. 일 필요하다는 핑계로 대뜸 의영의 회사 앞 카페에서 아르바이트를 시작한다.

의영을 만난 지수는 인생 처음으로 달라지고 싶다는 생각을 한다.

임승준 / 34세 남자 / 의영 친구 / PT 트레이너

의영의 소꿉친구로 서로를 절대 이성으로 안 보는 찐친이다. 큰 키, 딱 벌어진 어깨, 어디서도 시비 안 붙을 것 같은 외모다. '근손실은 큰손실' 같은 어이없는 멘트를 정직하게 프린팅한 헬스장 티셔츠에 회색 추리닝만 입고 다니는데, 그게 참 섹시하다. 어릴 때부터 피지컬 하나 믿고 농구했다. 프로를 꿈꾸며 대학까지 진학했는데, 무리하게 스스로를 몰아붙이다 십자인대에 부상을 입는다. 꿈이 좌절되고 집에 틀어박혔을 때 세상으로 꺼내준 게 의영이었다. 쳐다보기도 싫었던 운동도 다시 권했다. 승준은 부상 없이 운동할 수 있는 공간을 만들고 싶었다. 그래서 생활 체육 지도사 자격증을 따 트레이너가 됐고, 작은 헬스장 '득근득근'을 차렸다. 그러다 현민을 만난다. 현민의 꼬임(?)에 넘어간 승준은 즐거워 죽겠으면서도, 현민이 자기 삶을 망치러 온 파괴자라 생각한다.

정현민 / 29세 여자 / 더 힐스 구매팀 / 사원

의영과 절친한 구매팀 후배. 사고와 태도가 개방적이고 말도 거침없다. 아무말을 논리 정연하게 늘어놓는 재능이 있고, 유연함과 약간의 간사함으로 조직에 완벽 적응해 사원임에도 노련한 바이브를 보여준다. 한 사람과 진득하게 얽히는 연애보단 얕고 가벼운 만남을 이어왔다. 그게 다 허무하고 시시하게 느껴지는 시기에, 우연히 중고 거래 앱에서 승준을 만난다. 거래한 만화책보다 승준이 훨씬 재미있었다. 현민이 만드는 엔트로피는 절대 줄어드는 법이 없어서, 승준 곁에서 크고 작은 혼돈을 만들며 승준을 자유와 해방, 그리고 쾌락으로 이끈다.

벨보이로 호텔 커리어를 시작했다. 벌써 40년 가까이 더 힐스 호텔에서 근무 중이다. VIP 고객 응대뿐만 아니라, 호텔을 전반적으로 관리 한다. 호텔에서 벌어지는 모든 일을 꿰고 있고, 어떤 난감한 순간에도 매너를 잃지 않는 멋진 중년 신사다. 의영이 가장 존경하는 선배이기도 하다. 둘의 케미는 꼭 사이좋은 부녀 같다. 하지만 ON/OFF도 확실하다. 평소엔 동네 아저씨 같은 면모도 있다. 유기견 보호소에서 만난 태섭을 의영에게 소개해준다.

박정임 / 60세 여자 / 의영 모 / 보험설계사

날카로운 외모부터 시니컬한 성격까지, 의영이랑 하나도 안 닮았다. 보험 팔이라고 무시 안 당하려고 깔끔한 스타일 유지하며 자기 관리하고, 공부도 게을리 하지 않는다. 의영에게 다 퍼주는 엄마는 아니었다. 성인이 된 의영에게 칼같이 생활비를 분담하게 했다. 나름의 방식으로 의영을 사랑했고 그게 정임이 할 수 있는 최선이었다.

태성이 먼 경주로 발령이 났을 때도, 혼자인 외로움을 버티면서 꿋꿋이 의영을 바르게 키워냈다. 그러던 정임에게 내연녀가 불쑥 찾아오기 전까지 말이다. 내연녀는 태성에게 내연 관계가 더 있단 충격적인 폭로를 했다. 정임은 현장을 잡기 위해 크리스마스에 의영의 손을 잡고 호텔에 갔다. 급한 마음에 한겨울에 슬리퍼를 신은 채였다. 의영에겐 웃어 보였지만 속은 타들어갔다. 태성을 발견한 정임은 황급히 따라가다 그만 의영의 손을 놓치고 만다. 의영을 잃어버린 줄 알았을 땐 세상이 무너지는 기분이었다. 다행히 직원과 있는 의영을 발견했고, 호텔의 배려로 호텔에서 하루 묵게 된다. 의영에겐 호텔을 사랑하게 된 그날이, 정임에겐 트라우마가 됐다. 이혼하려고 했는데 태성이 의영을 걸고넘어진 탓에 그럴 수 없었다. 의영을 뺏길 순 없으니까, 정임은 태성과 느슨한 결혼 상태에 머문다. 의영이 모든 것을 이해할 만큼 크면 솔직히 털어놓고 싶었는데, 자식은 커도 자식이었다. 그래서 덮고 살았다.

정임은 보험 일을 하며 다양한 삶을 보기 시작한다. 누군가의 아내로 엄마로 살면 행복할 거라 생각했던 게 착각이었으니까, 딸은 그러지 않았음 좋겠다. 별로인 남자를 만날 바에는 그까짓 사랑 안 하는 게 낫다. 의영을 위해 하는 소리라고 하지만, 사실 과거에 태성에게서 받은 상처에서 못 헤어나오고 있다.

이태성 / 62세 남자 / 의영 부 / 철도공사 본부장

회사와 집만 왔다 갔다 하며 외롭게 산다. 빈집에선 쓸쓸한 냄새가 나는 것만 같다. 젊을 땐 삶이 이렇게 고독하지 않았다. 태성은 평생 연애를 많이도 했다. 여자란 존재는 하나같이 사랑할 만한 이유가 있었다. 맞선으로 만난 정임에게도 바로 청혼했다. 결혼하기 좋아 보였다. 애교 있진 않지만 아이를 좋아하고 살림을 잘했으며 성격도 착했으니까. 정임과의 결혼 생활은 순탄했다. 너무 고마운데, 삶의 의욕은 점점 사라졌다. 연애를 쉬어 그런 거라고 생각한 태성은 지방 근무를 지원해 연애하기 좋은 환경을 만들었다. 이해받기 어렵다는 걸 알기에 솔직히 말하는 대신 최선을 다해 숨겼다. 섭섭한 사람 안 만들고 싶었다. 그랬는데 바보 같은 내연녀 때문에 다 들키고 만다. 화나고 억울했다. 가까스로 이혼은 막았지만 복수심에 불타는 내연녀는 못 막았다. 그녀는 가정을 파탄 내는 것에서 멈추지 않고, 회사에 찾아가 분탕질을 쳤다. 덕분에 태성의 평판은 물론 연애까지 맥이 끊겨버렸다. 남자에겐 기회가 많은 줄 알았는데 아니었다. 태성의 과거를 전부 감수하고도 태성을 사랑하기로 결심한 여자는 없었다.

의영은 그런 것도 모르고, 혼자 사는 아빠를 그저 안타깝게만 여긴다.

미혼남녀의 효율적 만남

대학 때 의영에게 세게 차였다. 그때 사랑만으론 누군갈 행복하게 해줄 수 없단 걸 깨달았다. 그래서 기를 쓰고 변호사가 됐다. 자차, 자가, 고액 연봉… 사회에서 제일이라고 말하는 남자 상을 모두 흡수해, 그런 남자가 됐다. 좋아하는 여자에게 밥 사주고 선물할 때 남자로서 자기 효능감을 느낀다. 노력이 허사가 되면 좀 흑화한다.

아직 사회가 낯설고 두려운 사회 초년생. 호텔에서 간 떨리는 인턴 생활 중이다. 의영 선임처럼 멋진 커리어우먼이 되고 싶다는 마음으로 모든 걸 잘 보고 배우는 중이지만 숱한 실수와 통제할 수 없는 상황들 사이에서 자꾸만 작아진다.

구매팀과 붙어 일하는 호텔 식음료 파트에 소속된 양식 셰프. 카리스마가 있다. 이민 2세 출신으로 미국에서 나고 자랐다. 미슐랭 투스타 레스토랑 출신으로, 한국 색을 담은 레스토랑 오픈이 꿈이다. 로컬 식재료를 탐구하기 위해 잠깐 한국에서 일하며 지내는 동안 알게 된 의영 덕분에 로컬 재료의 세계에 눈뜬다.

딩크족으로, 남편과 둘이 알콩달콩 연애하듯 재미있게 산다. 자주 결혼을 구실 삼아 후배들한테 일도 떠넘기고, 면박도 준다. 일은 게으르게 하면서도 회사에 떠도는 소문엔 누구보다 밝다. 그러면서도 절대 자기 흠은 얘기 안 하는 얄미운 스타일이다. 후배인데도 자신보다 퍼포먼스 좋은 의영을 견제한다.

오명운 / 47세 남자 / 더 힐스 구매팀 / 팀장

회장과 먼 사촌 사이라 편하게 일하고 싶어 이직했다. 전 직장은 전자 회사라 호텔 구매 일엔 무지하다. 늘 알 수 없는 미팅으로 바쁘고, 도움이 필요할 때 찾으면 자리에 없다. 명운의 무능함은 늘 의영과 팀원들의 몫으로 남는다.

태섭의 주변 인물

이은호 / 34세 남자 / 태섭 친구 / HOME 공동대표

태섭의 대학 동기다. 성격 원만하고 갈등 싫어하는 서글서글한 성격이다. 취업을 할 수도 있었지만 그냥 태섭 하나 보고 덜컥 같이 회사를 시작했다. 이런 놈 옆에 잘만 붙어 있으면 망하지는 않을 거라고 판단해서다. 태섭과 달리 융통성 있고 사회적인 은호는 회사에서 창작 외에 비즈니스, 인사 등 업무를 맡고 있다. 대학 때부터 연애했던 여자 친구와 결혼해 딸도 하나 낳았지만, 아내는 병으로 일찍 죽었다. 그래서 지금은 혼자서 7살 된 딸 수아를 얼렁뚱땅, 그러나 건강하고 씩씩하게 키우고 있다. 가끔은 똑똑한 수아가 은호를 돌보는 거 같기도 하다.

이순주 / 62세 여자 / 태섭 모 / 송이 닭발 사장

맵지만 끊을 수가 없는 매운 양념의 천재다. 이명이 닭발집을 생각해낸 것도 순주의 재능 때문이었다. 장사하느라 엄마 역할을 잘하지 못한 것에 대해 태섭에게 늘 미안하게 생각한다. 힘들어도 내색 않는 태섭은 대견스러우면서도 안쓰러운 아들이었고, 엄마에게 지나치게 예의 갖추는 모습엔 가

미혼남녀의 효율적 만남

끔 섭섭하기도 하다. 그래서 태섭에겐 여우 같고, 토끼 같은 야무진 여자가
어울릴 것 같다 생각했다.

송이명 / 60세 남자 / 태섭 부 / 송이 닭발 사장

IMF로 다니던 회사에서 해고당한다. 어떻게 살아야 하나 고민하다 아무리
불경기라도 매운 음식을 파는 집은 문전성시인 걸 발견한다. 닭발집을 차
리고 밤낮으로 쉼 없이 일한 결과가 유명 맛집 송이닭발이다.
이명의 인생엔 오로지 순주와 태섭, 그리고 일 뿐이다. 순주에게는 꽤나 달
콤한 연하남이다.

지수의 주변 인물

신지훈 / 58세 남자 / 지수 부 / 대학병원 외과의사

대대로 의사를 배출한 집안 출신의 지훈은 땅 부잣집 딸과 정략결혼을 했
다. 그렇게 지수가 태어났다. 아내는 지훈을 사랑했고 행복한 가정을 꿈꿨
지만 지훈은 아니었다. 아내는 우울증을 앓게 되고, 암까지 걸린다. 치료와
회복에 대한 의지는 아내와 지훈 모두에게 없었다. 그렇게 아내를 떠나보
냈고, 지수와 둘만 남았다. 손정아와의 불륜 의혹으로 평판이 나빠지려고
하자, 아예 천년의 사랑인 것처럼 이미지를 굳히기 시작한다. 지수가 있으
면 정상 가족처럼 보일 수 있을 것 같은데, 영 말을 안 듣는다.

손정아 / 52세 여자 / 지수 계모 / 영화배우

국내외 시상식에서 여우주연상을 여러 번 받은 탑 배우다. 외모 우아하고,
직관과 통찰이 뛰어나다. 중년에 들어선 나이임에도 여전히 찐한 멜로의

주인공을 꿰차고 있다. 실제로도 사랑이 많고, 사랑할 때 가장 열정적이라 여러 기업인, 감독과 염문설을 뿌리고 다녔다. 온갖 열애설과 찌라시의 대미는 지훈이 장식할 예정이다. 사람들이 정아와 지훈의 연애 시기를 두고 의혹을 품으며 불륜이라 말하자, 정아와 지훈은 정면 돌파를 선택한다. 추측할 틈을 주지 않고, 원하는 대로 연출하겠단 거였다. 그러려면 지훈의 아들인 지수가 꼭 필요하다. 여자가 엄마가 되는 것만큼 사람들이 좋아하는 서사가 또 없으니까.

미혼남녀의 효율적 만남

일러두기

1. 이 책은 2026년 2월 28일부터 4월 5일까지 JTBC에서 방영된 주말드라마 《미혼남녀의 효율적 만남》의 대본을 엮어 만든 대본집입니다.

2. 이이진 작가의 드라마 대본 집필 형식에 맞춰 편집했습니다.

3. 인물들의 대사는 한글 맞춤법에 맞지 않더라도 입말의 느낌을 살리기 위해 그대로 적은 부분이 있으니 양해 바랍니다.

4. 말줄임표, 마침표, 느낌표 등은 최대한 통일하였으나, 상황 묘사가 극적일 때는 그에 맞는 느낌을 살렸습니다.

5. 이 대본집은 이이진 작가가 집필한 것으로, 이후 편집된 장면이나 연출에 의해 수정된 장면 등 방송된 영상물과 차이가 있습니다.

용어 설명

씬	영상을 구성하는 극적 단위의 하나. 같은 장소, 같은 시간 내에서 이루어지는 일련의 행동이나 대사가 이루어지는 부분이다.
CUT TO	하나의 씬에서 장소의 이동, 시간 경과를 나타낼 때 쓰는 기호. 리듬감을 부여하려고 할 때도 효과적으로 쓰인다.
몽타주	여러 개의 장면을 짧게 연결해 하나의 흐름으로 보여주는 기법.
INS	씬에서 특정한 동작, 사물을 강조하기 위해 삽입하는 화면. 강조되어야 할 디테일을 보여주는 효과가 있다.
(N)	나레이션. 전체적인 극의 분위기, 씬의 상황을 설명하거나 해설한다.
(V.O)	보이스 오버. 화면 속 인물의 속마음을 들려줄 때 주로 쓰인다. 극중 대화 상대는 듣지 못하고, 시청자만 들을 수 있다.
[자막]	화면에 자막으로 적힌 정보, 핸드폰 메시지 등 시청자에게 보이는 텍스트.
→	하나의 씬에서 공간 이동이 있을 때 사용한다.
(효과)	후반 작업 시 필요한 CG, 특수 효과를 지시하기 위해 사용한다.
(E)	효과음. 메시지 알림음, 문 닫는 소리 등 다양하게 발생하는 소리 중 강조해야 할 소리를 표시할 때 쓰인다.
(F)	필터. 전화, 라디오, 인터폰 또는 문이나 벽 너머로 들려오는 대사를 표시할 때 쓰인다.
(O.L)	오버랩. 일반적으로 앞 장면의 끝과 뒷 장면의 시작이 겹쳐지며 전환되는 기법을 의미하지만, 등장 인물들의 대사나 여러 소리가 겹쳐지는 '사운드 오버랩'을 표시하는 데에도 활용된다.

미혼남녀의 효율적만남

1화

씬1. 합정역 7번 출구 앞 (초저녁)

약속 장소 향해 걸어가는 의영(34세/여) 뒤를 따라가는 카메라. 의영, 미들힐에 무릎까지 오는 기장의 흰 원피스, 인형키링 달린 가죽 가방 멨다. 시선 위로 올라가면, 긴 생머리 찰랑댄다. 얼굴 아직 안 보이는데, 뒷모습부터 산뜻하고 청순하다.

의영(N)   이 시대를 살아가는 성인 남녀들은 사랑이 사치라고 말한다. 이들이 사랑하지 않는 이유는 많다.

의영, 사람들로 북적이는 횡단보도에 서 있다. 신호등 빨간불이다.

몽타주 내레이션에 대응해, 역 인근에서 포착한 이미지들 빠르게 지나간다.

의영(N)   물가 상승, 주거 불안정, 고용 불안, 높은 노동 강도와 스트레스,
            전염병으로 인한 사회적 단절도 이유가 된다.

      - 건물 전광판 속 뉴스 화면. '고물가 시대, 청년들이 더 아프다'

      - 부동산 외벽의 전월세 전단들. 아파트 매매 14억, 한강뷰 아파트 매매 17억, 투
        룸 전세 3.3억, 원룸 월세 7,000/80

      - 고층 건물의 불 켜진 유리창 너머, 피곤한 얼굴로 야근하는 근로자. 책상 위엔
        빈 커피잔과 에너지드링크

      - 병원 밀집 건물. 영업 종료한 내과, 정형외과, 치과 사이, 홀로 불 켜진 정신건
        강의학과

      - 마스크 쓴 행인들을 제외하면, 아무도 없는 텅 빈 공원. 분수 물줄기만 황량히
        뿜어져 나온다

의영(N)   그래서 사랑이 멸망했냐고? 그런 것 같진 않다.

신호등 초록불로 바뀌자, 사람들 쏟아지듯 길 건넌다. 빠른 걸음으로 의영 옆을
지나치는 젊은 남자, 리듬 게임하듯 데이트 앱 돌리고 있다. 프로필을 오른쪽,
왼쪽, 왼쪽, 오른쪽으로 빠르게 스와이프하는 손가락의 리듬감 좋다. 버스 쉘터
에는 〈남사친 여사친〉 연애 리얼리티쇼 광고 붙어 있다. 한 무리의 러닝 크루,
맞은편에서 의영 옆을 우르르 지나간다. 회원들 젊고, 성비 적절하며, 운동복
멋지게 차려입었다.

의영(N)   사랑은 가늘고 길게, 뭐라 정의하기도 어렵게, 그렇게 이어지고
            있다.

의영, 고개 돌리면 이번엔 여돌 생일 축하 광고가 눈을 사로잡는다. '19990722 내일 빙하기가 와도 널 응원할 거야!' 그 앞에서 포스트잇 붙이고 사진 찍는 소녀들, 진심으로 행복해 보인다.

의영   (리스펙) 엄마 생일도 저렇게 축하해본 적 없는데….

CUT TO   의영, 합정역 7번 출구 앞에 선다. 잔뜩 긴장했다.

의영(N)   사랑의 옵션이 넘쳐나는 시대, 나에게 어떤 사랑을 하겠냐고 묻는다면…

시계 보면, 5시 55분이다. 상대가 어디에서 올까 초조한 듯 보는데…. 그때 한 남자, 의영에게 다가간다.

태섭(E)   (O.L) 저 혹시 소개팅….
의영   (기다렸다는 듯) 네. 맞아요!

의영, 고개 돌리면 태섭(34세/남) 보인다. 안경 썼고, 셔츠에 자켓 걸쳤다. 단정하고 깔끔한 차림이다. 태섭, 멍하게 있다가 꾸벅 인사하고 다가온다. 의영도 꾸벅 인사한다. 둘, 마주 보고 선다. 긴장한 태섭 얼굴, 약간 딱딱하게도 보인다.

태섭   (정중한) 안녕하세요. 송태섭입니다.
의영   (어색하지만, 밝게 웃어보는) 이의영입니다.

 미혼남녀의 효율적 만남

씬2. 일식집 (저녁)

정갈하고 따뜻한 분위기의 일식집. 의영과 태섭, 적당한 거리를 두고 다찌석에 앉아 있다. 초밥, 반 이상 남았다. 의영, 질문하려는 듯 태섭 본다.

의영 　　…태섭 씨는 부모님이랑 같이 사세요?

태섭 　　아뇨. 저는 독립해서, 나와서 산 지 좀 됐어요.

의영 　　어른이다…. 어때요? 전 엄마랑만 살아서, 그런 게 되게 궁금한데.

태섭 　　편해요. 청소도 빨래도 하고 싶을 때 하고, 잠도 아무 때나 자고.

의영 　　아…. (역시 좋구나 싶은)

태섭 　　근데 좀 불편해도, 같이 하는 게 재밌을 때도 있잖아요. (의영 보며) 밥도 같이 먹으니까 더 맛있어요. 평소에는 대충 때우고 말거든요.

의영 　　정말요? 안 돼요. 혼자니까, 내가 잘 챙겨야죠. (녹차 더 따라주며) 기분도 잘 들여다보고, 밥도 든든하게 챙겨 드세요.

태섭 　　(생각해주는 마음 고마운) 네. 그럴게요. 근데 연애를 시작하면 일에 방해도 되고 그럴 텐데…. 그런 부분은 괜찮으세요?

의영, 공감하는. 잠시 고민에 빠진다.

의영(N) 　　(씬1 나레이션 톤과 이어지는) 그래서 나는 어떤 사랑을 하겠냐고 묻는다면….

의영 　　일에 방해되는 사랑… 저 엄청 해보고 싶은데요? 그만큼 존재감이 크단 거잖아요.

태섭 　　그럼, 소개팅도 그래서 나오신 거예요?

의영   네? (아닌 듯 눈빛 흔들리는) 뭐… 그렇죠?

의영(N)   하지만 처음부터 소개팅을 원한 건 아니었다. 그런 엄청난 사랑
         을 초밥집에서 시작할 거라곤 상상 못 했으니까.

태섭   하나 더, 여쭤보고 싶은 게 있어요.

의영   네. 편하게 말씀하세요.

태섭   의영 씨는… (이후부턴 뭐라고 말하는지 들리지 않는다)

태섭의 말을 들은 의영, 깜짝 놀란다.
(슬로우로) 눈 커진다! 놀란 얼굴 위로

(타이틀) '미혼남녀의 효율적 만남 1화'

씬3. 의영의 집 – 의영의 방 (오전)

[자막] '한 달 전'

환한 방. 방 곳곳에 읽다 만 문서, 안경, 펜 등 어지럽게 널려 있어 너저분하다.
벽엔 가족사진 걸려 있는데, 어릴 땐 아빠, 엄마, 의영 셋이다가, 커서는 엄마와
의영, 아빠와 의영이 둘씩 찍은 사진이고, 대학 무렵부터 아빠는 사진에서 자취
를 감춘다. 방 어디에도 열심히 일한 흔적뿐, 연애 중이란 느낌 없다. 그때, 알람
울린다. 의영 여전히 이불에 폭 파묻혀 자는데, 정임(60세/여) 들어온다. 정임,
시끄럽다는 듯 알람 끄고, 의영이 속없다는 듯 덮은 이불 휙! 끌어내리고 얼른
나간다. 그럼 추운 듯 "으으으" 앓는 소리 내는 의영.

씬4. 의영의 집 – 거실 (오전)

집에서도 말끔한 차림인 정임, 소파에 앉아 보험 상담 중이다. 테이블엔 고객 프로필과 보험약관 펼쳐져 있다. 손수 쓴 포스트잇에 적힌 메모 보인다. '해지 상담. 30대 여, 미혼, 대기업 재직, 위염 입원, 만성 방광염.'

정임 해지는 비추하는데. 진단 이력 때문에 나중에 재가입이 안 될 수도 있고, 보통은 고객님 나이부터 질병 수술 케이스들이 생기거든요.

의영, 크게 하품하며 방에서 나온다. 통화 중이던 정임과 눈 마주치고, 방해될라 조용히 부엌으로 간다. 식탁 위 작은 상자엔 공과금 고지서들 정리되어 있고, 냉장고에는 격주로 나눠진, 청소, 빨래, 분리수거, 장보기 항목으로 구성된 집안일 당번표 붙어 있다. 의영, 냉장고 열고 안에서 물통 꺼낸다.

의영 주말에도 열심히네….
정임 (E) 워낙 불경기라, 보험료 다이어트한다고 많이 연락 주시는데, 따져보면 주말에 브런치 먹는 금액이거든요. 불필요한 지출 아껴서 건강에 투자하는 게 현명하지 않아요?
의영 (납득한 듯 끄덕) 잘해…. 멘트가 아주 동시대적이야.

물통째 물 마시려던 의영, 옷에 왈칵 쏟는다. 에잇, 하고 키친타월로 물기 슥 닦고, 쓰레기통 페달 밟는데…. 멈칫한다. 고급스러운 봉투들 수북하게 쌓여 있다. 의영, 이상한 예감에 하나 들어 펼쳐보면 청첩장이다. 인상 찌푸린다. 멀리 통화 중인 정임 본다.

정임 축의금은요? 물가도 올랐고, 고객님 나이면 다달이 꽤 나갈 텐
데. 결혼 생각 없으면 품앗이도 그만해야죠.

의영 어…?

정임 저도 요새 결혼식 안 가요. 회수 못 할 것 같으니까요. 그거야말
로 과분한 보장이고 못 탈 보험이잖아요.

의영 어?!!!

씬5. 의영의 집 – 베란다 (오전)

의영, 서운하다는 듯 따져 묻고, 정임은 태연한 얼굴로 식물에 물 준다.

의영 (설마 하는) 아니지? 식은 스킵한다 쳐도, 축의금은 꼬박꼬박 보
내고 있지?

정임 아니. 나 자긍심 가지고 일하는 설계사야. 보험 더 팔자고 고객들
한테 거짓말 안 해. (이해 안 가는) 근데, 그게 이렇게 섭섭해할 일
이야?

의영 (당연한) 어! 서운해. 자식 농사짓고 수확할 날 기다리는 거, 그것
도 엄마들 낙 아냐?

정임, 시들한 레몬 열매 발견한다. 가망 없어 보인다.

정임 가능성 없는 일을 기다리는 게 낙이야? (가지째 싹둑! 자르는) 낭
비지. 난 니가 하도 연애를 안 하길래 너도 비혼주의자에 비연애
주의인 줄 알았는데?

  미혼남녀의 효율적 만남

의영   나 비혼주의, 비연애… 그거 다 아닌데?! 그냥….

정임   (시든 레몬 건네는) 아. 그럼 그냥 못하는 거?

의영   (벙찐) ….

씬6. 헬스장 (오전)

헐렁한 운동복에 모자 눌러쓴 의영, 허탈한 표정이다. 헬스장 한쪽에 진열된 승준 자격증, 트로피들 본다. 승준(34세/남) 다가와 의영에게 물병 건넨다. 등짝에 대문짝만 하게 '득근득근'이라 프린팅된 헬스장 티셔츠 입고 있다.

승준   4년. 나 (지도사 자격증 가리키며) 자격증 준비할 때 만나던 놈이
        니 구남친. 헤어지고 막 울면서 운동한 거 기억 안 나? 덤벨이 눈
        물에 젖어서 놓치고 난리….

의영   (믿기지 않는) 4개월 된 것 같은데, 어떻게 4년 전 일이지?

승준   원래 나이 먹고 신체 노화하면, 삶을 처리하는 속도가 느려지면
        서 상대적으로 시간이 빨리 간다고 느낀대. 그니까 그만 농땡이
        피우고 (등 떠미는) 스쿼트 한 세트 더 하자.

의영   (상처) 그, 노화 대신 성숙과 성장이라는 표현을 써줄 수 없을까?

승준, 의영 손에 4킬로그램 덤벨 한 개 쥐여준다. 의영, 운동하기 싫은 듯 입술 댓발 내밀고 받는다. 승준 "하나" 소리에 의영, 스쿼트 내려간다.

승준   그래도 잘 성장했잖아. 1키로도 힘들어하더니 이제는 4키로를
        들고, 회사에서도 후배들한텐 존경받고 선배한텐….

때마침 의영에게 전화 걸려온다. 의영, 얼른 덤벨 내려놓고 핸드폰 확인하면
'정나리 책임'.

승준   …견제 받고. (예상했다는 듯 어깨 으쓱하고, 통화하라는 듯 자리 피해
             주는)
의영   네, 선배.
나리   (E) (신경질적인) 의영 씨. 일을 어떻게 한 거야? 당장 호텔로 와.

씬7. 더 힐스 호텔 – 전경 → F&B 오피스 → 연회장 (오후)

더 힐스 호텔 전경.

쾌청한 하늘, 푸른 숲 아래 클래식하고 고급스러운 호텔 외관. 명패엔 'The Hills Seoul since 1970' 적혀 있다.

→ F&B 오피스

문 벌컥 열리고, 혼잡하고 넓은 오피스 통로로 나리(41세/여), 의영 들어온다. 나리, 갈아입은 유니폼 옷매무새 정리하고, 급하게 나온 의영은 사복 차림으로 그런 나리 뒤를 따른다. 둘, 걸음 속도 빠르다. 연회장 방향으로 걷는 동안, 감자 박스와 튀김용 기름을 나르는 조리사들, 엎어진 밀가루를 밀대로 쓸어내는 중인 조리사와 스친다. 의영, 직원들과 다 눈 맞추며 인사한다.

나리   레스토랑 수셰프한테서 연락받았는데, 대구 물량이 한참 부족
             하대. 오늘 영국 대사관에서 주최하는 만찬회 있잖아.
의영   (의아한) 네. 알죠.

                                  미혼남녀의 효율적 만남

그때, 유니폼 입은 홀직원 지나간다. 품에 연회장에 놓을 메뉴들 들고 있다. 의영, 갸웃하며, "저 하나만…" 하며 메뉴 하나 가져간다. 열어보면, '한식/중식/양식' 세 가지로 나누어진 메뉴 보인다.

의영　(문제없다는 듯) 참석한 분들이 취향 따라 고를 수 있게 F&B팀에서 메뉴 구성했고, 메뉴 바탕으로 수요 예측해서 식자재 구매 잘 해뒀는데요.

나리　근데 대사 니즈는 예측 못 했잖아.

의영　네?

나리　(잠깐 멈추고 의영 보는) 영국식 메뉴가 없다고, 피시 앤 칩스를 추가해달라고 오더 내렸대.

의영　네?!?!?!

나리　(다시 걷는. 시간 보고, 11시 정도 된) 놀라고 있을 시간 있어? 대구 80마리, 2시까지 추가 구매해서 호텔로 와.

의영　그렇게나요? 당장 그 대구를 다 어디서….

나리　(짜증) 어디서? 그걸 왜 나한테 물어보니?!

나리, 연회장 문 열어젖힌다. 안으로 들어간다. 오피스와는 180도 다른 화려한 호텔 연회장 보인다. 직원들, 오피스와 달리, 차분하고 우아하게 걷는다. 음악도 클래식 나온다. TPO 안 맞는 의영, 결계라도 쳐진 양, 연회장 중심부로 가는 나리 못 따라간다. 멀리 슈트 잘 갖춰 입은 정석(60세/남) 서 있다. 명찰에 '총지배인 은정석' 달려 있다 정석, 홀에 있는 테이블 가운데에 작은 영국 국기를 올려놓는다. 그러고는 홀직원들에게 업무 지시 중이다.

정석　모든 테이블에 유니언 잭 세팅해줘요.

의영, 황당하다는 듯 보면 정석, 고생 좀 하겠다는 듯 힘내라는 눈빛 보낸다.

씬8. 수산물 시장 (오후)

북적이는 시장. 의영, 현민(29세/여)과 나란히 걷고 있다. 현민, 의영과 달리 한
껏 멋 부린 차림이다. 캐리어인 양, 쿨하게 생선 스티로폼 박스들 실린 카트 끈다.

현민   행사 당일에 메뉴 추가는 너무한 거 아닌가….

의영   비서관님이 다음 행사도 우리 호텔에서 하겠다고, 사정을 했
대….

현민   (의영의 옷차림 보고) 근데 선배는… 회사 대충 다닌다고 생각했
는데, 되게 있는 힘껏 꾸민 거였네요.

의영   (변명하듯) 오늘은, 운동하다 급하게 와서 그런 거거든! 우리 지
금까지 대구 얼마나 확보했지?

현민   시장에서 구한 게 20, 퀵으로 받기로 한 게 20, 아직 40마리 모
자라요.

둘, 거래처 가게에 도착한다. 의영, 가판대 스캔한다. '국내산 대구' 팻말 아래,
대구 고작 두세 마리뿐이다. 그때, 가게 안쪽에서 상인 걸어 나온다.

상인   (반가운) 둘이서 대구 씨를 싹 말리고 있다며? 근데 어떡해? 우린
이게 단데.

현민   (답답한) 왜 이렇게 없어요? 여기가 마지막인데….

상인   진작 다 나갔지, 뭐…. (시선 피하며, 남은 대구 담아주는)

 미혼남녀의 효율적 만남

삼촌, 홀쭉한 봉지 건네는데…, 의영, 손째 꽉 잡고 안 놓는다.

의영   (광기 어린 눈으로) 시즌플라자 호텔로 가는 대구 있잖아요.

상인   (놀라며) 아유, 왜 이래! 상도덕이 있지! 다른 데서 산 걸 어떻게
         줘….

CUT TO 둘, 수확 없이 돌아선다. 현민은 진짜 큰일 났다는 듯 한숨 쉬는데, 의영
은 뭔가 계략이 있는 듯 눈썹 치켜올린다.

현민   (난처한) 어떡하죠, 선배?

의영   현민아. (뭔가 궁리하다 봉지 건네는) 너 이거 가지고 먼저 호텔로 가.

현민   (일단 받는데, 속셈은 모르겠는) 그럼 선배는요?

의영   대구 행방은 알았잖아. 가야지. (눈빛 똘망하게 빛나는) 낚으러…!

씬9. 시즌플라자 호텔 - 로비 (오후)

화려한 특급 호텔 로비로 들어선 의영. 어울리지 않는 차림에, 사람들 의영 흘
끗댄다. 의영, 체크인 데스크로 곧장 걸어간다.

호텔리어   (친절하게) 고객님. 체크인 도와드릴까요?

의영   체크인은 아닌데, 도움 요청할 게 있어요.

호텔리어   (살짝 당황한) 네…? 뭘 도와드리면 될까요?

의영   (당돌하게) 번호를 알고 싶어요. 저 (명함 건네며) 이런 사람인데,
         이 호텔 구매 팀장님 번호가 필요해요.

호텔리어, 받은 명함 보면 'The Hills 구매팀 이의영' 적혀 있다. 당황스럽다.

씬10. 더 힐스 호텔 – 물류 상하차장 (오후)

조리사들, 현민이 구해 온 생선 박스 나르고 있다. 셰프 서빈(42세/여자) 박스 하나 뜯어 곧바로 퀄리티 체크한다. 깐깐한 눈빛에 나리와 현민, 긴장한다.

서빈   상태는 좋은데…. 수량이 부족한데요?

현민   저 외람된 말씀이지만 1인분 같은 0.8인분은 안 될까요? 생선 튀길 때, 튀김옷을 (손짓) 폭신폭신하게 입히면….

나리   (O.L) 말 같은 소릴 해야지! 셰프님. 샐러드나 가니쉬로 보완하는 건요?

서빈   (고개 갸웃) 그게 그거 아닌가….

의영   (E) (자동차 경적) 잠시만요!!!

사람들, 놀라서 보면 1톤 탑차 한 대 빠르게 달려온다. 의영, 조수석 밖으로 빼꼼 고개 내밀고 있다. 차 가까이 오면 보이는 차량 래핑. '시즌플라자 호텔'.

나리   (인상 쓰며) 시즌플라자…?

현민   선배가 왜 저 차를 타고…?

차에서 내린 의영, 씨익 웃는.

                                    미혼남녀의 효율적 만남

[자막] '30분 전'

의영과 구매팀장, 마주 보고 서 있다. 둘 사이에 팽팽한 기운 흐른다. '시즌플라자 구매팀 조아름' 명찰 단 팀장, 주제넘게 어딜 왔냐는 듯 의영 본다.

의영	한번은 뵙고 싶었는데. 저 아시죠? 더 힐스 구매팀에서 일하는 이의영….
구매팀장	(떨떠름하게) 알아요. 용건은요?
의영	오늘 이 호텔로 들어온 대구, 저한테 싹 넘기시죠.
구매팀장	뭐라고요? 제가 왜 그래야 되는데요?
의영	왜긴요. (망설이다 솔직하게) 급해서죠. 아님 경쟁사 곳간을 열어 달라고, 이러고 있겠어요?
구매팀장	(코웃음 치는) 생각보다 더 뻔뻔하네?
의영	근데 그냥 달라는 건 아녜요. 저랑 거래를 하시죠. 팀장님 요새 송어 찾으시잖아요.
구매팀장	(당황한) 그걸 어떻게…!

INS 더 힐스 호텔 레스토랑 안. 모자, 선글라스, 온몸을 꽁꽁 싸맨 탓에 더 수상한 구매팀장, 주문한 송어를 해체 수준으로 꼼꼼히 뜯어 맛보고 있다. 의영, 시력 좋은 독수리처럼 구석에서 그 모습 보고 있다. "업계 사람이네…."

의영   청정 1급수 계곡물로, 2대가 같이 키우는 해썹* 인증받은 송

---

* HACCP : 식품안전관리인증기준. 식품이 최종 소비자에게 이르기까지의 모든 과정에서 위해물질이 혼입되거나 오염될 위험성을 사전에 방지하기 위하여 개발된 식품안전관리 프로그램.

어…. 얼마나 기름지고 고소한지 맛은 이미 보셨죠?

구매팀장   (꿀꺽, 욕심 나는) ….

의영   송어 양식장 정보 드릴게요.

의영, 주머니에서 쪽지 꺼낸다. 구매팀장 눈앞에서 팔랑팔랑 가볍게 흔들면, 열 자리 번호가 보일락 말락 한다. 구매팀장, 못 참고 휙 낚아챈다.

씬12. (씬10과 같은) 더 힐스 호텔 – 물류 상하차장 (오후)

서빈, 현민, 나리, 생선 박스 주변으로 몰려든다. 서빈, 뚜껑 열면 안에 상태 좋은 대구들 차곡차곡 담겨 있다. 서빈, 됐다는 듯 씨익 웃는다.

서빈   (조리사에게) 얼른 가서 손질 시작해요.

조리사들, 박스 들어다 옮긴다.

서빈   (흐뭇한) 의영 씨. 돌아이예요? 어떻게 경쟁사에서 대구를 사 올 생각을 하지?

의영   살 수 있어서 다행이죠. 바다 나가는 빠른 배편 알아봐야 하나 했어요.

현민   저 말, 저것도 진심이에요. 셰프님이 우리 호텔에 오신 지 얼마 안 돼서 아직 모르시겠지만, 앞으로 선배 활약 자주 보게 될 거예요.

서빈   (오호라) 기대되네. 친하게 지내요?

                                          미혼남녀의 효율적 만남

분위기 좋은데, 나리 혼자만 못 낀다. 나리, 인정받는 의영 얄밉다.

씬13. 더 힐스 호텔 – 복도 → 휴게실 (오후)

의영과 현민, 화장실에서 손 털며 나온다.

의영 (손 냄새 킁킁 맡는) 비린내가… 안 빠지는 것 같애.

현민 (걱정) 저녁에 데이트 있는데. 봐봐요. (그윽하게 의영 뺨 어루만지는) "먼저 씻을래?" 냄새나요?

의영 (얼굴 빼며) 푸, 어우, 나. 대구랑 스킨십하는 것 같애. 가급적 목 위론 손 올리지 마.

그 말에 현민, 의영에게 장난치듯 손 뻗는다. 웃으며 사무실로 향하던 둘, 앞을 턱! 가로막힌다. 나리다. 팔짱 끼고 복도에 버티고 서 있다.

나리 자기들. 나 좀 봐.

→ 휴게실

게시판에 붙은 벽보 보인다. '이달의 우수 사원, 구매팀 이의영 선임'. 사진 속 의영 환히 웃는 얼굴인데, 그 앞에 기합받듯 선 의영, 우중충하다.

나리 선은 지키면서 일해야지. 쪽팔리게. 경쟁사 구매팀한테 일 못 한다고 광고하니?

의영 (할 말 많지만 꾹 참는) ….

나리   자긴 자기가 일 되게 잘한 줄 알지? 아니야. 애초에 주최 측 니즈
        를 정확히 파악했으면, 쉬는 날 여러 사람 나와서 고생할 이유도
        없다고.

현민   (안 참는) 우리가 구매팀이지 점쟁이 족집게는 아니잖아요. 이런
        일을 어떻게 다 안다고….

나리   (우기는) 정신을 딱 집중하고 있음 왜 못 해? 자기들이 결혼을 했
        어, 아님 연애를 해. 일 말곤 신경 쓸 것도 없겠구만….

현민   말고도 신경 쓸 일 많거든요.

의영   (말리는) 그만해….

나리   그래. 더 말해봐야 내 입만 아프지. (의영 보고) 영수증이랑 오늘
        일 경위서까지 싹 정리해서, 월요일에 보고해.

씬14. 더 힐스 호텔 – 사무실 (오후)

현민, 빈 문서에 '일 잘해서 죄송합니다' 적었다 백스페이스 연타해 지운다. 의
영은 모니터에 지출결의서 띄워놓고, 현민 옆에 앉아 익숙하다는 듯 영수증 빠
르게 A4용지에 붙여 착착 정리하고 있다.

현민   문제 해결해줘서 고맙다, 인사도 안 바래요. 요즘이 어느 시댄데
        공과 사를 굴비 엮듯 엮어서 멕이냐고. 선배는 짜증 안 나요?

의영   왜 안 나. 그래도 해야지. 어떡해.

현민   씨, 연애 확 해버려? 선배도 (휴대폰 들며) 소개팅할래요? 우리한
        테도 애틋한 사생활이 있다 보여주자고요.

의영   됐어. 소개팅을 무슨 사람 이겨 먹으려고 하냐.

                                              미혼남녀의 효율적 만남

현민   소개팅 싫으면, 뭐, 가벼운 거? 그럼 추천할 거 더 많은데?

현민, 의영에게 핸드폰 건넨다. 호기심에 보면 데이트 앱 화면이다. 상반신 사진 적나라한데, 넘기면, 거울에 비친 몸, 젖은 몸, 뛰는 몸…. 죄다 몸이다.

의영   근데… (이상한 걸 깨달은) 이 사람 얼굴 사진이 없는데?
현민   그래요?
의영   (경악하며) 그래요?! 너 얼굴도 모르는 사람을. 이상한 사람이면
          어떡하려고?
현민   (대수롭지 않은) 몸이 있잖아요. 얼굴은 몸에 붙어 있을 거고.

[남자 프로필]

Kevin, 24, 185cm, 83kg 함께 있을 때만큼은 서로에게 충실한 사람.

(땀), (불), (가지), (복숭아), (폭죽).

의영   (황당한) 이건 또 뭐야. 가지? 복숭아…?
현민   아…, 가지랑 복숭아랑… 얼렐레? (음흉하게 웃으며 섹스 암시하는
          손짓)
의영   야! (누가 볼세라, 얼른 손 잡아 끌어내리는)
현민   선밴 소개팅도 싫다 어플도 싫다, 왜 다 싫대? (수상한) 혹시 누구
          있어요?
의영   주말에도 회사에서 이러고 있는데, 누가 있긴….

바로 납득한 듯 모니터로 고개 돌리는 현민, 그때, 의영 핸드폰 톡 알람 온다.
[선배, 바쁜 건 해결했어요?]

의영, 슬쩍 웃다 금세 표정 잡는다.

[하는 중]

답장하면, 금방 또 답장 온다.

[잘됐다. 서류들 좀 가지러 회사 가는 길인데. 같이 저녁 먹을래요?]

의영(V.O)   누가 있긴 있다.

의영   (현민에게) 너 약속 있다며. 들어가. 내가 마무리할게.

현민   응? (안 빼고 일어나는) 진짜죠?

의영   어.

의영(V.O)   어플이나 소개팅이 눈에 들어오지 않는 이유.

현민, 나갈 준비하고, 의영은 얼른 일 마치려는 듯 모니터로 고개 돌린다. 의영 입가에 미소 잔잔하게 새어 나온다.

씬15. 일식집 → 가게 앞 (저녁)

캐주얼한 분위기의 일본 가정식집. 의영과 도현(33세/남), 마주 앉아 밥 먹고 있다. 의영, 밥 한 숟갈 크게 뜨자 도현, 그 위에 튀김 하나를 놔준다. 의영, 놀라 고개 들면 도현, 환하게 웃고 있다.

의영(V.O)   다 애 때문이다.

도현   주말에 고생한 보상. 많이 먹어요, 선배.

의영   고마워. (설레는) 근데, 회사에선 선배라고 하지 말라니까. 넌 법

           무팀이고, 회사에선 내 후배도 아닌데.

도현   (웃는) 고쳐보려고 했는데, 입에 붙어서요.

의영(V.O)   내 대학 1년 후배 강도현. 학교 졸업하고 변호사가 됐다고 들었
         는데, 얼마 전부터 우리 호텔 법무팀에서 사내 변호사로 일하기
         시작했다.

도현   (먹다가 뭐 흘리는) 어? 선배, 저 냅킨 한 장만요.

의영   어. (냅킨 집으려다 멈칫하는, 손 냄새가 신경 쓰이는)

도현   (이상한) 왜요?

의영   아까 시장에서 생선 샀거든. 원래는 장갑 끼고 하는데 오늘은 못
         챙겨서.

도현, 의영 손 잡아 코앞으로 끌어와 태연하게 냄새 맡는다. 당황한 의영, "야!"
하고, 얼른 손 뺀다.

도현   안 나요. 핸드크림 향 나는데? 뭐예요? 향 좋다.

의영(V.O)   세월을 한 바퀴 돌고 난 뒤의 재회인데, 자꾸만 훅 들어와 사람
         을 놀래킨다.

의영, 묻은 것 닦고 다시 밥 먹는 도현 본다. 몸에 맞는 슈트, 잘 넘긴 머리, 바짝
깎은 손톱…. 말끔하다.

의영   근데, 너 오늘 좀 멋있다? 어디 갔다 왔어?

도현   동기 결혼식이요. (있었던 일 생각난 듯) 아, 참. 제가 선배랑 같은
         회사 다닌다니까, 애들이 알고 이직한 거 아니냐면서 엄청 놀리
         던데요?

의영   (쑥스러운) 그랬어? 실은 나도 회사에서 너 보고 엄청 놀랐었어.

도현   그랬어요?

의영   응. 분위기가 너무 달라서, 딴 사람인가… 한참 봤잖아.

도현   (은근 기분 좋은) 그렇게 달라졌나? 애들이 선배 여전히 예쁜지
         묻길래, 선밴 똑같다 그랬는데.

의영   (크흠, 민망한) 너는 뭐 그런 말에 맞장구를 쳐주고 그래….

도현   없는 소리 한 것도 아닌데요. 예쁘잖아요. 그때나 지금이나 똑같
         이 예뻐요.

도현, 의영 빤히 본다. 시선에, 의영 심장 두근거린다.

→ 일식집 앞

의영과 도현, 가게에서 나온다.

도현   선배, 아직도 홍대 쪽 살아요?

의영   (살짝 놀란) 어…. 기억하네?

씬16. 노상 주차장 (저녁)

도현, 차로 앞장서서 걷는다. 의영, 낯설어하며 뒤따라간다. 빨간 승용차 앞에
서 차 키 누르면, 위용! 빛 뿜는다. 의영, 이게 도현 차구나 싶어 신기하다.

도현   타요. 바래다줄게요.

의영(V.O)   예전에도 이렇게 말했었다.

          미혼남녀의 효율적 만남

초여름 푸르른 교정. 전공 서적 품에 안은 대학생 시절의 의영, 동기들과 건물 밖으로 나온다.

도현   (E) 선배!

의영   (발견하고 놀란) 어?

의영(V.O)   하지만 그때 강도현은 자동차가 아니라 앞에 작은 바구니가 달린 자전거를 타고 다녔다.

흰 티에 청바지 입은 대학생 시절의 도현, 빨간 자전거 끼고 서 있다. 의영의 동기들, 호들갑 떨며 자리 피해준다. 긴장한 도현, 손 들다가 실수로 벨 누른다. 요란한 소리에 도현은 물론, 의영과 주변 학생들까지 다 크게 놀란다.

도현   (이목 집중되자 당황한, 서툰) 가요. 바래다줄게요.

씬18. 과거 거리 (초저녁)

해 질 무렵. 가로수길 낭만적이다. 도현과 의영, 둘 다 딱히 무슨 말을 해야 하는지 몰라 어색하게 걷는다. 도현은 유난히 긴장한 듯 손바닥에 난 땀을 바지에 문질러 닦기도 한다. 청춘 영화 한 장면 같다. 의영, 자전거 바구니에 실린, 다른 짐으로 안 보이게 살짝 감춰둔 꽃다발을 흘끗 본다. 귀엽고 설렐 수도 있는 상황인데, 어딘가 찜찜하고 불편한 얼굴이다.

씬19. 과거 아파트 단지 → 의영의 아파트 앞 (초저녁)

아파트 단지 초입에 멈춘 의영과 도현, 의영은 미안한 얼굴로 가파른 오르막 끄트머리의 2020동 가리킨다.

의영   (난처한) 우리 집 쩌기라서. 여기서부턴 혼자 갈게.

도현   아. (당황했지만 아무렇지 않은 척) 저도 가요.

→ 아파트 앞

자전거까지 끄느라 더 휘청이며 언덕 오르는 도현, 비 오듯 땀 흘린다. 의영은 미안한 얼굴이다. 마침내 아파트 단지 앞에 도착한 둘, 도현은 더운 듯 티셔츠 자락 잡고 펄럭댄다.

의영   고마워…. 얼른 가, 어두워졌다.

도현   (다급하게) 잠깐만요, 선배. 저 하고 싶은 얘기가 있어요.

도현, 바구니에서 꽃다발 꺼낸다. 클래식한 빨간 장미에 흰 안개꽃, 근본 조합이지만 살짝 촌스럽다. 어떻게 운 뗄까 고민하던 도현. 에라 모르겠다, 바닥에 그대로 털썩! 무릎 꿇는다. 당황한 의영이 얼른 일으키려고 하는데 도현, 그저 손 쭉 뻗어 꽃다발 내민다.

도현   좋아해요, 선배. 학교 입학하고, 과방에서 선배 처음 봤을 때부터
             좋아했어요. 선배밖에 안 보이고, 막… 주변은 다 흐려졌어요.

의영(V.O)   그때 강도현에겐 순정이 있었다.

의영   (누가 볼까 신경 쓰이는) 너 왜 이래! 일어나.

도현   (흥분해 말 빨라지는) 선배는 되게 예쁜데, 그럼 좀 대충 살아도 될
         텐데, 뭐든 엄청 열심히 하잖아요. 제 또래 여자애들이랑은 달라요.

의영   …. (기분 좋아해야 하는 말인가 싶은)

의영(V.O) 하지만 대개 첫사랑이 그렇듯 방식은 급하고 일방적이었다.

도현   살면서 누굴 이렇게 좋아해본 거 처음이에요. 저랑 사귀어요. 제
         가 진짜 행복하게 해줄게요!

고백 마친 도현, 고개 든다. 벅찬 얼굴이다. 하지만 의영은 어둡기만 하다.

의영(V.O) 그리고 그때 나는….

의영   미안. 안 돼.

도현   (당황한) 네?

씬20. 과거 의영의 대학 생활 몽타주

- 의영, 샌드위치 가게로 다급히 들어온다. 점장에게 인사하고, 앞치마 멘다. 금
  방 만석되고, 주문서 쌓인다. 쫓기듯 샌드위치 만드는 의영, 앞치마에 꽂힌 핸
  드폰에 문자 온다.

  원 은행 10/10 20:04 입금 700,000원 뉴욕 샌드위치

- 의영, ATM 앞에서 정임에게서 온 문자 확인한다.

  이제 너도 성인이니까, 월세랑 공과금 같이 부담했으면 해. 월세는 매달 13일
  20만 원씩 이체하고, 이번 달 공과금 절반은 121,000원.

- 의영, 이 꽉 깨물고는 정임에게 돈 이체한다.

- 학생들로 북적이는 도서관. 의영, 에너지드링크 들이켜곤 공부한다. 시간 흘

러 학생들 많이 빠졌는데도 의영은 자리 지키고 있다. 앞에 에너지드링크 캔,

사탕 껍질 여러 개다.

의영(V.O)   사는 것만으로 벅차서 연애는 안중에도 없었다.

씬21. (씬19와 같은) 의영의 집 앞 (저녁)

도현 얼굴에 실망 번진다. 의영, 약해지지 않겠다는 듯 마음 다잡는다.

의영(V.O)   사랑이 뭔지는 모르지만, 준비가 안 되었단 건 확실히 알았다.

의영   넌 내가 열심히 산다고 하지만 난 죽어라 살아. 여기, 연애가 낄
            자린 없어.

도현   (마지막 지푸라기 잡듯) 제가, 선배 힘이 될 수 있지 않을까요?

의영   (고개 젓는) 짐이 된다고 느낄 거야. 미안. 고백, 못 들은 걸로 할게.

도현, 힘 빠진 듯 손 내린다. 털썩, 아스팔트 바닥에 장미 꽃다발 나동그라진다.

CUT TO 의영, 쓸쓸하게 내리막길 내려가는 도현 본다. 힘이 빠졌는지, 자전거
운전대가 좌로 우로 마구 휘청인다.

의영   (미안함에 못 떠나는) 강도현, 내리막길이잖아! 자전거 타고 가!
            어?!

     미혼남녀의 효율적 만남

씬22. 도현의 차 안 (저녁)

도현, 좌로 우로 차 핸들 매끄럽게 돌린다. 의영, 도현 본다. 시선 느낀 도현이
조수석 흘끗 보자, 의영 얼른 창밖으로 고개 돌린다. 옅게 웃은 도현, 아파트 단
지의 가파른 언덕을 스무스하게 올라 갓길에 차 세운다.

씬23. 의영의 집 앞 (저녁)

의영, 조수석에서 내린다.

의영   (손 흔드는) 고마워! 들어가.

의영, 기분 좋게 가려는데, 도현이 따라 내린다. 한달음에 달려와 입고 있던 자
켓 벗어 의영에게 건넨다.

의영   (놀란) 괜찮아. 집 바로 요긴 거 알잖아.
도현   (어깨에 걸쳐주며) 잠깐이라도 따듯하게 가라고요.

의영, 민망하기도 한데 설렌다. 안 떨어지게 자켓 자락 꼭 쥔다.

의영(V.O)   지금의 강도현은 그때랑 완전히 다른 사람 같다.
도현   (뜸 들이는) 근데 선배.
의영   응?
도현   (고민하다) 선배는 요즘 누구 만나는 사람 없어요? 애들이 궁금

해하던데….

의영　　(살짝 당황하며) 어? 난 없는데….

도현　　(놀란) 왜요? 아직도 연애 생각 없는 거예요?

의영(V.O)　그리고 나도 달라졌다.

의영　　생각은 있는데 사람이 없네. 맨날 회사 집 회사 집이니까, 누굴 만날 기회가 없어.

도현　　음…. 근데 꼭 새로운 사람이어야 하는 건 아니잖아요.

의영　　(괜히 의미심장하게 들리는) 어?

도현　　좋은 사람, 있을 거예요.

의영(V.O)　설마… 자기 얘기하는 거야?!

씬24. 의영의 집 – 거실 → 의영의 방 (저녁)

정임, 소파에 앉아 책 읽고 있다. 번호키 누르는 소리에 고개 든다. 의영, 트레이닝복에 언밸런스하게 남자 자켓을 걸치고, 얼빠진 얼굴로 헤헤거리며 들어온다. 붕붕 들뜬 발걸음으로 그대로 방으로 간다.

정임　　(이해 안 되는) 성내면서 나가더니, 헤벌쭉해서 들어오는 거야…?

→ 의영의 방

헤헤거리며 그대로 침대로 엎어진 의영, 들뜬 마음 진정 안 되는지 침대에서 발 동동동 구른다.

　　　　　　　　　　　　　　　　　미혼남녀의 효율적 만남

씬25. 의영, 도현과 가까워지는 몽타주

- 의영과 호텔 직원 엘리베이터에 타 있다. 문 열리고 도현 타자, 건조했던 의영 얼굴에 미소 떠오른다. 직원과 의영에게 눈인사한 도현, 의영과 같은 라인에 떨어져 선다.

의영(V.O)　늘 궁금했다. 회사는 좁고, 일은 많은데, 어느 틈에 썸을 타고들 그러는지….

- 옥상. 의영과 도현, 난간에서 도심 내려다보며 광합성 한다. 도현 "사람들은 모르겠죠? 우리가 빛도 안 드는 지하에서 일하는 거?" 의영, 청량하게 웃는다. "지금 실컷 쪼여둬라"
- 다시 엘리베이터. 다른 층에서 사람 여럿 탄다. 인파에 밀려 더 가까워지는 둘. 의영, 살짝 부끄러운 듯한 표정이다. 흘끗 도현 본다.
- 회의실. 커피 잔뜩 들고 들어오는 도현, 하나씩 돌린다. "드시면서 회의하시죠" 나리가 아이스초코 집으려고 손 뻗자, 도현이 먼저 낚아채 의영에게 건넨다. 의영, 흐뭇하게 받는다. 현민은 그 모습 수상히 본다.

의영(V.O)　하지만 하루 중 여덟 시간, 같은 회의실과 옥상, 하나의 자판기를 공유하며 쌓이는 친밀감은 생각보다 더 강하고 끈끈한 거였다.

- 다시 엘리베이터. 둘의 거리, 점점 더 가까워진다.
- 휴게실. 의영, 자판기 앞에서 뭐 마실지 고민하고 있는데, 도현이 나타나 지폐 스윽 넣어준다. 의영, 고맙다는 듯 웃고 이온음료 버튼 꾹 누른다.
- 다시 엘리베이터. 마침내 둘, 어깨 붙는다. 떨림 진정이 안 되는 듯한 의영.

의영과 도현, 계단에 쪼그려 앉아 자판기 커피타임 가지고 있다. 위에서 문 열리는 소리 나자, 의영 푸드덕거리며 도현에게 내려가라 손짓한다. 도현이 내빼자마자 정석, 간발의 차로 내려온다.

의영   (당황해서 막으며) 총지배인님! 어디 가세요?

정석   사무실 가죠…? 의영 씨는 커피 타임?

의영   (부자연스러운) 네? 네. 잠이 안 깨가지고….

정석, 갈 길 가려다 뭔가 생각난 듯 "참…" 하고 뒤돈다. 의영, 바짝 긴장한다.

정석   혹시 소개팅 안 할래요?

의영   네?!

정석   남자친구 없잖아요. 나랑 같이 유기견 보호소에서 봉사하는 청년인데. 사람 참 진중하고 반듯하고, 볼수록 괜찮….

의영   (O.L) 허, 갑자기 무슨 소개팅을. (과한 리액션) 전 됐어요!

정석   (과한 반응 이상한) 뭐, 한번 고민하는 시늉도 안 해?

의영, 리액션 너무 과했나 싶은데, 정석, 계단에 놓인 종이컵 두 개인 거 발견한다. 알겠다는 듯, 더 말 않고 센스 있게 나간다. 도현, 다시 슬그머니 계단 올라오자, 의영, 십년감수했다는 듯 웃는다.

의영(V.O)   애사심의 8할은 사심이 하는 거였을지도….

씬27. 송이닭발 (저녁)

의영, 도현 생각만 해도 심장 떨리는 듯, 가슴께에 손 올리고 심장박동 느낀다.

의영   아…. 출근하고 싶다.

승준   (고개 절레) 미쳤네. 두근거림, 그거 부정맥일 수도 있어. 작년에
             건강검진 받았지?

의영   내가 설레는 거랑 아픈 것도 구분 못 할까봐….

그때, 사장 순주(62세/여) 다가온다. 빨간 닭발과 소주병과 잔 하나 놓는다. 의영, 닭발 비주얼에 들뜬다. 넓게 잡으면, 둘이 앉은 자리 위에 걸린, 명조체 액자 '금지옥엽 (우리는 모두 누군가의 금이고 옥이다)' 보인다.

순주   오늘도 술이랑 닭발은 아가씨만 먹는 거지?

승준   네. 사장님. (정중하게, 가방에서 닭가슴살 두 팩 꺼내 건네며) 저는
             이거, 전자렌지에 돌려주실 수 있어요? 2분, 비닐은 꼭 벗겨서.
             환경 호르몬 때문에….

순주   (다른 사람들 안 보이게 채가며) 단골이라 해주는 거야. 근데 둘은
             식성이 이렇게 안 맞아서 어떻게 만나?

동시에   의영   사장님!!! 저희 친구예요.
              승준   저 애랑 친구도 겨우 해요!

순주   알았어. (안 믿는 눈치) 뭘 또 그렇게 아니라고….

순주, 살짝 웃고는 닭가슴살 들고 간다.

승준	(머쓱) 그래서 강도현이 연애라도 하재? 늘 말하지만, 남잔 단순해서 좋아하는 여자 헷갈리게 안 해.
의영	안 헷갈려. 너한테 말 안 한 게 있는데…. 사실 내가 걔 첫사랑이야.
승준	뭐? 첫사랑은 좀 강력한데….
의영	예전에 고백도 받았는데 내가 거절했어. 너도 알겠지만, 내가 대학 때 연애 생각은 이 닭발 발톱에 때만큼도 없었잖아.
승준	(드럽다는 듯 질색하며) 말을 해도. 그래서, 이젠 여유 있으니까 마음 받아주겠다는 거야?
의영	(끄덕) 근데, 혹시 과거에 받은 상처 때문에 고백하기 망설여지고 그럴 수도 있나?
승준	당연히 신경 쓰이겠지…. 니가 먼저 판이라도 깔아봐. 자연스럽게 말이 나오게.
의영	어떻게?
승준	뭐…. 둘이 있는 기회를 만들어봐. (소주 따라주며) 따로 술 한잔 하든가.
의영	좋다. (들떠서 까부는) 주종은? 가볍게 맥주? 진솔하게 소주? 당신의 눈동자에 (느끼하게, 개츠비 디카프리오처럼 잔 들며) 샴페인?
승준	몰라! 뭘 주종까지 물어….

씬28. 더 힐스 호텔 – 회의실 (오후)

구매팀, 회의 중이다. 팀장 명운(47세/남)과 나리 한쪽에, 의영, 현민, 인턴 새벽 한쪽에 앉아 있다. 화이트보드에 '거래처 현장 방문 일정' 적혀 있다. '마포 농수산물시장', '경기 여주 쌀 생산단지', '경남 하동군 다원' 등 실사 나가야 하는 장소

미혼남녀의 효율적 만남

들 리스트업 되어 있다. 먼 곳은 피하고 싶어 서로 눈치만 본다. 새벽(26세/여), 소심하게 있다가 조용히 손 든다.

새벽	저…. 실사는 왜 가는 거예요?
명운	실사는 말이지, (설명하려다 말고 귀찮은 듯) 누가 인턴한테 설명 좀 해줘.
의영	우리가 업체랑 구매 계약을 맺으면, 다음부턴 주로 비대면으로 거래를 하잖아.
새벽	네. (끄덕, 필기하는)
의영	중간중간 한 번씩 가서 확인하는 거야. 계약할 때랑 뭐 달라진 건 없는지, 계속 거래해도 되는지. 다들 좋은 분들이라, 가면 되게 반겨주셔.
새벽	아…. (요령 부족한, 또 필기하는)
명운	그래서 하동 갈 사람, 팀을 위해서 나설 사람이 한 명도 없어?

할 말 많지만 짬 딸리는 현민, 의영을 쿡, 쿡, 찌른다.

의영	(못 이기고 손드는) 저, 작년엔! 저랑 현민이가 같이 하동 갔었습니다.
명운	그랬어? 그럼 이번엔…. (나리 보는)
나리	그랬나? 난 내가 간 줄 알았지. 근데 어떡하지? 올해도 자기들이 가야 될 것 같은데. 주말에 시아버님 생신이어서.
명운	그래? 그럼…. (다시 의영 보는)
현민	(이상한) 어? (확신) 어?!?! 지난달에도 시아버님 생신이었잖아요. 사람은 하난데, 어떻게 생일은 둘이지?
나리	(황급히 수습) 시아버님이 아니라 시.아.주.버.님. 어차피 장 보러

가야 되는데 내가 마포로 가면 동선도 자연스럽잖아.

현민   누가 가도, 하동보단 마포 가는 동선이 자연스러운데요?

명운   아우, 시끄러. (지겨운) 여긴 딸린 식구도 많은데. 가볍게 둘이 다
           녀와.

현민   (불만) 팀장님!

CUT TO 허탈한 표정인 현민, 의영, 새벽과 회의실에 남아 있다. '마포 농수산물
시장' 옆에 나리, '경기 여주 쌀 생산단지' 옆에 명운, '경남 하동군 다원' 옆에 의
영, 현민 이름 적혀 있다. 현민, 한숨 쉰다.

의영   (타이르듯) 진짜 올해까지만 가자. 내년엔 내가 어떻게든 막아볼
           게. 새벽이는 어떡할래?

새벽   저도 두 분 따라서 하동으로 갈게요. (해맑은) 검색해보니까, 차밭
           에서 영화 촬영도 많이 하고, 데이트 코스로도 엄청 유명하대요.

의영, 웃으며 새벽 이름도 적는다. 현민은 계속 불만이다.

현민   일터에 인테리어가 뭐가 중요해? 놀러 가는 것도 아닌데….

새벽   (기죽는) 아. 그쵸. 죄송합니다….

의영   죄송은. 일에 그런 재미도 있는 거지. 실사 끝나면, 구경도 하자.

새벽   (금세 밝아지는) 네…!

현민   어휴, 딱 귀찮아지게 생겼네.

CUT TO 의영, 현민, 새벽과 함께 회의실 나선다. 그때, 톡 와서 보면 도현이다.

[선배, 회의 끝나고 잠깐 휴게실에서 봐요]

          미혼남녀의 효율적 만남

의영, 후배들에게 "나 잠깐만" 손짓하고 다른 쪽으로 간다.

씬29. 더 힐스 호텔 - 휴게실 (오후)

의영, 휴게실 도착한다. 의영과 도현, 테이블에 마주 앉는다. 여유만만하던 도현은 온데간데없고 초조해 보인다.

의영   무슨 일 있어?

도현   그런 건 아니고…. 구매팀 실사 가는 거요. 저도 따라가도 돼요?

의영   니가 실사를? 왜?

도현   한번은 직접 가서 보면 좋을 것 같아서요. 업체 사장님이랑 안면도 트고…. (말 길어지는) 그리고 원래 변호사들도 현장 많이 나가요.

의영   그래? 그럼 나리 책임님한테 말해둘 테니까, 주말에 시간 맞춰서 마포로….

도현   (다급하게) 하동이요! 선배랑 같이 갈게요.

의영   하동을 오겠다고? 거기 엄청 멀어. 1박 하는 일정인데 진짜 괜찮아?

도현   네. 알고 간다고 하는 거예요. 가서 물어볼 것도 있고…. (말 흐리는)

도현, 쑥스러워한다. 눈도 안 마주친다. 왜 부끄러워하지 싶은데 그 순간….

INS   (씬27에서) 승준 "판이라도 깔아봐. 자연스럽게 말이 나오게."

INS   (씬28에서) 새벽 "데이트 코스로도 엄청 유명하대요."

의영(N)   그 순간 촉이 왔다.

도현   어려울까요?

의영(N)   그날부터 1일이라는 촉이 왔다!

의영   아…니. 와, 그럼. 괜찮아.

도현, 의영의 대답에 표정 밝아진다. 들뜬 듯 사무실로 돌아가는 도현 뒷모습을
보는 의영, 벅차 보인다.

씬30. 의영의 집 – 의영의 방 → 거실 (오전)

의영, 거울 앞에 선다. 옷은 안 꾸민 듯 꾸몄고, 화장은 공들여 했다. 마무리로
향수 칙 뿌린다.

의영   오케이. (이리저리 보는) 괜찮어. 나쁘지 않어!

→ 거실

짐가방 든 의영, 현관으로 향한다. 정임, 부엌에서 나온다.

정임   어디 가?

의영   실사. 하루 자고 내일 온다? (나가려다 말고) 아, 근데 엄마. 이제
           누가 청첩장 주면, 그냥 가.

정임   뭐? (갑자기 뭔 소린가 싶은)

의영   (급 민망해하는) 결혼식 가라고. 가도 될 것 같아서 그래…. (크흠!)

씬31. 더 힐스 호텔 앞 → 차 안 (오전)

의영, 추레함 대충 선글라스로 얼버무린, 단출한 짐을 든 현민, 백팩 멘 새벽 서 있다. "선배!" 소리에 고개 돌리면, 'The Hills Seoul'이라 래핑 된 SUV 멈춰 선 다. 운전석에 도현 앉아 있다. 의영은 조수석, 현민과 새벽은 뒷좌석에 탄다.

→ 차 안

도현이 운전하는 차, 시원하게 도로 내달린다. 의영은 떨리는 듯 창밖 본다. 얼 굴에 기대감과 떨림 가득하다.

의영　　(작게) 날씨 좋다…!

씬32. 하동 다원 (오후)

푸르른 다원 전경. 의영과 구매팀 직원들, 마중 나온 다원 사람들과 인사 나눈 다. 도현은 차에서 호텔에서 챙겨온 쇼핑백들 전부 꺼내서 내려놓는다.

명인　　다들 먼 길 오느라 수고했어요.
의영　　(쇼핑백 건네며) 이거, 호텔 빵인데. 일하면서 나눠 드시라고….
명인　　아유, 고마워요. 실컷 먹겠네. (받는) 시간이 많지 않으니까, 일단 짐부터 풀고 바로 실사부터 진행하시죠.
의영　　네…!

도현, 구매팀 직원들 개인 짐들까지 나서서 번쩍 들고 안으로 옮긴다.

| 현민 | (기다렸다는 듯) 선배, 선배. 강 변호사님 수상하지 않아요? |

현민　(기다렸다는 듯) 선배, 선배. 강 변호사님 수상하지 않아요?

의영　(흠칫 놀라는) 뭐? 왜?

현민　그렇잖아요. 왜 굳이 이 멀리까지 따라와서. 짐도 혼자 다 들고….

의영　(잡아떼는) 일하러 왔겠지! 니가 몰라서 그래. 원래 변호사들 실사 많이 가.

현민　어? 왜 강 변호사를 선배가 변호하지? 뭔가 냄새가 나는데?

의영　(당황한) 향…수 뿌렸거든?!

그때, 안에서 도현 나온다. 의영, 그만하라는 듯 눈치 준다.

명인　실사는 차밭이랑 제다 공장, 두 팀으로 나눠서 진행하고, 저녁엔 우리 직원들이랑 다 같이 식사하시죠. 인원 분배는 어떻게 할까요?

의영　(손들며) 제가 차밭으로 갈게요.

현민　(쨍한 해 보고) 정현민 사원은 공장으로 갑니다.

새벽　어… 저는… (고민하다) 차밭으로 갈게요.

명인　(도현 보며) 그럼 어떻게, 남자분은 공장으로?

도현　(망설이다) 저도 이왕이면 차밭을 보고 싶은데. (현민에게) 괜찮을까요?

현민　가세요, 그러려고 오셨을 텐데.

　미혼남녀의 효율적 만남

씬33. 하동 다원 – 차밭 (오후)

다랑논처럼 계단식으로 조성된 차밭. 햇빛 받아 싱그럽다. 명인이 가이드하고, 의영, 새벽, 도현이 뒤따라가며 다원 이곳저곳을 살핀다.

명인   (기계적인 톤) 하동은 우리나라에서 처음 차를 재배한 곳입니다. 그 역사가 자그마치 통일신라까지 올라가죠….

새벽   와아. 이런 걸 맨날 보고 살면 마음이 진짜 좋겠어요….

의영   그러게. (안심하는) 정말 정성스럽게도 키우시네….

의영, 차 재배하는 직원들 작업하는 모습 본다. 찻잎 다루는 손길 세심하고 야무지다. 직원 다가와 의영 손에 찻잎 한 줌 건넨다. 향 맡아보라 손짓한다. 향 맡은 의영, 표정 밝아진다. 궁금해하는 새벽에게도 찻잎 건넨다.

의영   새벽아. 맡아봐.

새벽, 향 맡으려는 찰나 카메라 셔터 소리 들린다. 놀라서 고개 든 둘, 카메라 든 도현과 눈 마주친다. 도현, 수줍게 웃는다.

CUT TO 차밭길 걷는 넷. 명인, 앞서 걸으며 차밭에 대해 설명하고, 새벽은 열심히 듣는다. 의영과 도현은 멀찍이서 뒤따라간다. 의영이 조금 더운지 외투 벗자, 도현이 센스 있게 물 건넨다. 둘의 손, 잠깐 스쳤다 금방 떨어진다.

도현   선배랑 이렇게 걷고 있으니까, 대학 때로 돌아간 것 같아요.

의영   그러게…. (설레는)

도현   (망설이다) 선배, 이따 저녁에요. 잠깐 둘이 얘기할 수 있어요?

의영   어…? (부끄러운) 어, 그래.

도현이 웃자, 의영도 조심스레 따라 웃는다. 로맨스 영화 속 한 장면 같다.

씬34. 한옥 숙소 – 전경 → 여자방 (저녁)

고즈넉한 한옥 숙소 전경.

→ 여자방

의영, 벽에 기대앉아 있다. 도현이 톡으로 보내준 사진들 보고 있다. 현민은 벌써 만사가 귀찮다는 듯 이불 펴고 누웠다.

현민   제다 공장은 이슈 없었어요. 작업 공정도 서류랑 같았고, 최근에
             위생 점검 받은 서류도 확인했어요.

의영   (사진 보며) 차밭 쪽도 되게… 좋았어.

현민   흐응…? (수상하다는 듯) 그렇게 되게 좋을 건 또 뭐지? 뭘 그렇게
             아련하게 보는데요.

현민, 머리 맞대고 의영 핸드폰 본다. 의영, 사진 넘기면, 의영 사진도, 새벽 사진도, 명인 사진도 있다. 그런데 명인 사진은 건성으로 찍어 흐릿하고 수평도 안 맞는다.

현민   (코웃음) 참, 작업 스킬은 업데이트가 안 되네. 이거 그거잖아요.
             좋아하는 사람 사진 한 장 가지려고 모두의 사진을 찍는 거.

의영   (놀라는) 그런 거야?

                                          미혼남녀의 효율적 만남

현민   근데 둘이 언제부터예요? 법무팀이랑 우리랑 그렇게 접점이 많
        은 부서는 아니잖아요.

의영   실은, 원래… 아는 사이야. 내 대학교 후배거든.

현민   헐. 그런 히스토리가 있어요? 묵을 대로 묵은 인연이네. 그럼 변
        호사님이 사귀자고 하면 사귈 거예요? 사내 연애도 괜찮겠어요?

의영   만약에 그런 일이 생기면 뭐어…. (말 흐리는) 일에는 지장 안 가
        게 해야지.

현민   어?! 이미 넘어갔는데? 이따 둘이 숙소 안 들어와도 모른 척할
        게요?

의영   너는 왜 얘기가 그렇게 튀어. 그런 거 아니거든!

그때, 누군가 여자방 노크한다. 빼꼼, 새벽이 고개 내민다.

새벽   선배들. 식사하러 나오시래요.

의영   (민망한) 어, 가.

의영, 먼저 일어난다. 현민, 짓궂게 웃으며 따라 일어난다.

씬35. 한옥 숙소 - 정원 (저녁)

야외에 테이블 길게 붙여뒀다. 테이블 가득 고기와 쌈채소들 차려져 있고, 다원
직원들과 호텔 직원들 섞여 앉아 있다.

명인   오늘 고생 많으셨고, (의영 보며) 한 마디….

의영   아. (일어나는) 오늘 실사 잘 마칠 수 있게 도와주셔서 감사합니
다. 여러분들의 노고가 헛되지 않게, 저희도 가서 열심히 일할게
요. 그리고, 휴가 때 꼭 호캉스 하러 오세요. 잘 챙겨드릴게요!

다원 직원들, 싹싹하게 감사 전한 의영 흐뭇하게 본다. 의영, 자리에 앉으면 본
격적인 뒤풀이 시작된다. 마주 앉은 다원 직원, 의영에게 술 따라준다.

다원직원   아가씨, 결혼은 했어?
의영   아뇨, 저 남자친구도 없어요.
다원직원   날씨 좋은 주말에, 아줌마 아저씨들이랑 이러고 있으니까 남자
친구가 안 생기지.
의영   (살갑게) 에이. 오랜만에 사촌 집 온 것 같고, 너무 좋은데요.

의영, 웃으면서 흘끔, 도현 본다. 의영이 다시 고개 돌리자, 이번엔 도현이 의영
쪽을 흘끔 본다.
CUT TO 시간 흘러, 사람들 좀 빠졌다. 멀리 앉아 있던 도현, 이때다 싶어 자리에
서 일어나 의영에게 다가온다.

도현   선배. 잠깐 좀 걸을래요?
의영   (일어나는) 어, 가자….

씬36. 숲길 (밤)

개구리와 이름 모를 새가 우는 어둑한 숲길. 고요하고 분위기 있다. 도현과 의

　　　　　　　　　　　　　　　미혼남녀의 효율적 만남

영, 나란히 걷고 있다. 긴장한 듯 말 없는 둘, 자연스레 내려둔 손이 서로 닿을
듯 말 듯 아슬아슬하다. 의영, 움푹 파인 땅 딛고 휘청이자, 도현, 얼른 의영 팔
잡아준다.

도현   조심해요. 어두워요.

의영   어어…. (심장박동 빨라지는)

씬37. 근처 정자 (밤)

도현, 먼저 정자로 올라온다. 의자에 쌓인 먼지를 살짝 손으로 털어준다.

도현   여기 앉아요.

의영 앉으면, 도현도 옆에 앉는다. 둘, 말없이 잠깐 어색하게 앉아 있다. 할 말
있어 보이는 도현, 긴장했는지 손 꼼지락댄다.

의영   (먼저 운 띄워주는) 그래서… 실사는 와보니까 어때?

도현   좋아요. (떨리는) 근데 머릿속엔 종일 딴 생각뿐이라…. 선배. 저
         사실 하동에 일 때문에 온 거 아니에요.

의영   어? (모르는 척) 그럼?

도현   어떻게 들릴지 모르겠지만… 저 학교 졸업하고 변호사 시험 준
         비할 때도 종종 선배 생각했어요.

의영   (시치미 뚝) 나를? 그랬어…?

도현   선밴 어떤 사람 만날까, 그 사람은 얼마나 멋진 남자일까…. 선

배한테 차이고 저 한동안 많이 힘들었거든요.

의영   (진짜로 미안해지는) 아고, 그랬구나….

도현   그치만 선배가 거절한 덕분에 제 위치가 어디쯤인지 알 수 있었
어요. 그래서 이 악물고 공부해서 변호사 된 거예요. 누구든 좋아
할 만한 사람이 되려고.

의영   (당황한) 어?! 아냐. 너 그때도 괜찮은 사람이었어. 내가 여유가
없어서, 연애할 상황이 아니어서 거절했던 거지.

도현   그렇게 포장 안 해줘도 돼요. 이제 다 극복했거든요.

도현, 고개 돌려 의영을 지그시 본다. 시선이 깊고 그윽하다.

도현   저, 물어볼 게 있다고 했잖아요.

의영   어. (떨리는)

도현   선배는, 사내 연애를 어떻게 생각해요?

의영, 미리 예상했던 말인데도 막상 도현의 입으로 들으니 떨린다. 도현도 긴장
되는 표정으로 의영의 대답 기다린다.

의영   (천천히 입 떼는) 쉬운 결정은 아니지. 보는 눈도 많고, 말도 나올
거고… 일도 아마 더 열심히 해야 할 거야.

도현   (표정 어두워지는) 그렇죠….

의영   그치만 좋은 사람을 만났다면, 다 각오하고 시작하는 거 아닐
까? 좋아하는 마음을 어떻게 막겠어.

도현   (밝아지는) 정말 그렇게 생각해요? 그럼 선배. 저랑…,

 미혼남녀의 효율적 만남

의영, 드디어 올 게 왔다는 듯 침 꿀꺽 삼킨다.

도현 새벽 씨랑 둘이 얘기 좀 할 수 있게 도와줄래요?

의영 (잘못 들은 듯) 응? (고개 갸웃) 새벽이? 새벽인 왜….

도현 오늘 새벽 씨한테 마음 고백하려고요.

의영 (당황한) 뭐?

도현 회사에선 말할 기회도 잘 없더라고요. 같은 팀도 아니고, 더군다나 새벽 씨는 인턴이잖아요. 어떻게 생각할까 눈치만 보다가 벌써 몇 주나 흘렀어요.

INS 의영이 아닌, 의영 너머의 새벽을 의식하는 도현.

- 사무실. 새벽, 심부름으로 도현에게 계약서 건넨다. 도현, 반한 듯 새벽에게서 눈 못 뗀다.
- 회의실. 의영에게 아이스초코 건네고, 새벽에게는 음료에 휘낭시에도 건네는 도현.
- 휴게실. 의영과 새벽, 자판기 앞에 서 있는 거 보고, 지폐 넣어주는 도현.
- 회의실 지나다, 칠판 '경남 하동 다원' 옆에 새벽 이름 적힌 걸 발견하는 도현.
- 차밭에서 둘의 사진 찍을 때, 의영이 아닌 새벽을 프레임 가운데에 놓고 포커스를 잡는 도현.

의영, 멍하다. 도현이 뭐라고 계속 계획 설명하는데, 하나도 안 들린다.

도현 (드문드문 들리는) 막 요령 없이 열심히 하는 게 귀엽잖아요. 대견하고. 제가 돌아가서, 제가 이렇게 (윙크하며) 사인을 보내면, 선

배가 시간을 좀 끌다가, 여기로 새벽 씨를 보내주는 거예요. 그
다음엔 제가….

의영(V.O)　　어떻게 사랑이 변할 수가….

씬38. (씬35와 같은) 한옥 숙소 – 정원 (밤)

의영, 맥주잔에 소주 자작한다. 넋 나간 얼굴로 술이 물인 듯 들이켠다. 살짝 떨
어져 앉아 있는 도현, 의영에게 윙크하며 사인 보내는데, 의영은 못 보고, 그걸
또 엄한 현민이 본다. 현민, 마음 엇갈리는 상황이 안타까운지 다가온다.

현민　　자자. (집중시키며) 우리 진실게임 할까요?

그 말에 새벽, 잔 들고 가까이 오고, 떨어져 있던 의영도 고개 돌려 현민 본다.

현민　　간단해요. 진실만을 말하고, 진심으로 말하고, 진정성 있게 말하
　　　　기. 진짜 정 노코멘트 하고 싶으면 그때… 대신 간을 내놓기.

현민, 그렇게 말하곤 도저히 먹을 수 없게, 맥주잔에 소주 콸콸콸 때려 붓는다.
그러더니 도현 앞에 턱 놓는다. 그럼 도현, 놀라 움찔한다.

현민　　(거침없는) 변호사님은 여기 왜 오셨어요?

도현　　네? 저 일하러….

현민　　에이! 진실만을 말하자고 방금 말했는데. 여기 동네 뒷산 아니에
　　　　요. 좋아하는 사람 따라서 산 넘고 강 건너온 건 아니고요?

　　　　　　　　　　　　　　미혼남녀의 효율적 만남

의영   (불편한) 정현민. 그만해.

현민   아이, 가만히 있어봐요. (답답하다는 듯) 변호사님, 이상형이요. 세
        상 청순한 얼굴로 일 야무지게 잘하는… 이의영 선배. 아니에요?

도현   네?

새벽, 진심으로 놀란다. 의영과 도현, 둘 다 표정 관리 안 된다.

INS (씬19에서) 과거, 당혹스런 얼굴로 도현의 고백 듣는 의영. "살면서 누굴 이
        렇게 좋아해본 거 처음이에요. 저랑 사귀어요. 제가 진짜 행복하게 해줄게요!"

의영(V.O) 그래. 그땐 분명 내가 첫사랑이라고 말했었다. 사랑은 변해도 첫
        사랑은 간직되는 건데….

의영, 지금은 마음 달라진 이유가 궁금하다. 도현 본다.

도현   (대답하는) 선배 좋은 사람이죠. 근데 그거랑 연애하고 싶은 거랑
        은 다르죠. 연애 상대로는 아무래도 저보다 연상이기도 하고…

의영   (생각지도 못한, 현타 오는) 뭐?

현민   (싫은) 헐! 둘이 한 살 차이 아니에요? 변호사님 생일 몇 월인데요.

도현   그냥 저는 그렇다고요. 취향이니까 존중해주세요.

의영   하…. (어이없어 웃음이 나는) 하하….

도현   그리고 (말할까 말까 망설이다가) 저 좋아하는 사람… 따로 있어
        요. (새벽 보는) 새벽 씨.

새벽, 크게 당황한다. 현민도 놀라 입 떡 벌어진다.

도현		이렇게 얘기하게 될 줄은 몰랐는데… 새벽 씨를 보면 잊고 살았
		던 순수한 감정들이 다시 살아나는 기분이 들어요.

의영		(그 마음은 또 이해되는) ….

도현		제 마음 받아주실래요?

도현은 새벽을, 당황한 새벽은 현민을 보고, 현민은 대박 사고쳤다는 표정으로
의영 보는데…. 의영, 벌떡 자리에서 일어난다. 그대로 그냥 나가버린다.

씬39. 차밭길 (밤)

의영, 휘청대며 차밭길 걷는다. 서러움에 술기운까지 겹쳐 눈물 난다.

의영		(탓하는) 이의영. 아무리 오랜만이어도, 어떻게 이렇게 헛발질이야.

의영, '외부인 출입 금지' 푯말 세워진 것도 눈물 닦느라 못 보고, 좁은 길로 들어
선다. 사람 잘 다니는 길 아닌 듯, 길 어둡고 험하다. 높게 자란 수풀을 팔로 헤
치며 걸어가는 의영, 점점 멋대로 자란 풀들에 발목과 팔 쓸린다. 의영, 길 잘못
들었다 직감한다.

의영		여긴 어디….

의영, 뒤돌면 갈림길이다. 어느 쪽이지, 당황하는데…. 그때, 저벅저벅 발소리
들린다. 당황한 의영, 일단 앞으로 걷기 시작하는데… 소리도 따라온다. 의영,
무서워서 누군지 확인해볼 생각도 못 하고 냅다 달리기 시작한다. 핸드폰 찾아

							미혼남녀의 효율적 만남

주머니 더듬거리는데 없다. 의영, 전력 질주하는데, 그만 묶어둔 노끈 못 보고
걸려 넘어진다. 얼른 땅 짚고 일어나려고 하는데 늦었다!

명인   (랜턴 휙 비추며 매섭게) 누구야…!
의영   살려주세요!!!!!!

의영, 환한 빛에 얼굴 찌푸린다. 빛 받은 의영 얼굴, 땀과 눈물, 흙으로 범벅이다.

명인   의영 씨?! (랜턴 불 끄며) 여기서 뭐 해요?

씬40. 명인의 작업실 (밤)

의영, 담요로 몸 감싸고 있다. 팔다리 여기저기 긁히고 쓸렸다. 수건으로 다친
부위 닦는다. 명인은 차 내리고 있다.

명인   오면서 출입 금지 표시 못 봤어요? 숙소에서 30분은 올라와야
             되는데….
의영   (고개 젓는) 마음이 좀 답답해서 걷다보니까….
명인   막 앞만 보고 달리길래, 난 다친 산짐승인가 했어.
의영   (면목 없는) 죄송합니다….

명인, 어두운 의영의 안색 살핀다. 찻잔이랑 밴드 들고 온다.

명인   많이 긁혔네. (차 따라주는) 자, 이거 천천히 마시고 가요.

의영   감사합니다….

의영, 홀짝 차 마시면서 명인 작업실 둘러본다. 책과 노트, 다구로 정갈하게 꾸며진 작업실. 한쪽 벽면엔 차 보관하는 캐니스터가 진열되어 있다.

의영   명인님. 차는 일부러 저렇게 묵혀두는 거죠? 차는 숙성되면 더
           좋아지잖아요. 사람이랑 다르게… 맞죠?
명인   (캐니스터들 보며) 아…. 그냥 귀찮아서 정리를 안 한 거지. 저기
           있는 거 절반은 갖다 버려야 돼요.
의영   왜요? 차는 오래될수록 맛이 막 깊어지는 거 아니에요?!
명인   차 나름이긴 한데… 일반적으론 아니죠? 향도 날아가고 맛도 약
           해지고….
의영   (2차 충격) !!!
명인   매년 여린 잎들이 새로 자라는데, 굳이 묵혀서 뭐 해요? 차든 뭐
           든, 오래되면 상품 가치가 떨어진다고 보면 됩니다.
의영   (상품 가치라는 말 자체가 상처인) 상품 가치가 떨어져….

이게 현실이구나 싶은 의영, 고개 푹 숙인다.

의영(V.O)   언제든 내가 마음만 먹으면, 연애도 사랑도 다 할 수 있을 줄 알
           았다.

찻잔 위로 눈물이 뚝뚝 떨어진다. 닦아도 방울방울 떨어진다.

의영(V.O)   근데 착각이었다. 난… 사랑하기 좋은 시절을 그냥 보내버렸다.

                                    미혼남녀의 효율적 만남

명인	의영 씨. (놀라는) 울어요? 차 얘기가 그렇게 슬퍼요?
의영	(펑펑 울기 시작하는) 너무 슬퍼요. 헌 잎들은 그럼 어떡해요. 이제야 좀 그윽해진 줄 안 헌 잎들은, 좋은 차도 못 되고, 다 어디로 가요….
명인	허?! 하이고 참…. 그래, 울어. 슬프면 울어야지. (다독여주는)

씬41. 한옥 숙소 – 화장실 (오전)

의영, 수도꼭지서 찬물 손으로 받아 얼굴에 훅 끼얹는다. 정신이 좀 든다. 하지만 눈이 퉁퉁 부었다. 이걸 어쩌나 싶어, 한숨 쉰다.

씬42. 한옥 숙소 – 정원 (오전)

의영, 선글라스 끼고 홀로 묵묵히 아침 먹고 있다. 다원 직원들, 그 앞을 수군대며 지나간다. 식판 가지고 온 현민, 의영 옆에 와서 앉는다. 저도 품에서 선글라스 꺼내 낀다. 그럼 의영만 별나 보이지 않는다.

현민	(일부러 큰소리로) 참, 아침부터 해가 뜨겁네…. 선크림 잘 발라야겠다.

화장실에서 나온 의영, 방으로 들어가려다 방에서 나오는 도현과 마주친다. 깜짝 놀란 마음 숨기고, 최대한 태연하게 지나치려는데, 도현이 의영 손목을 잡고 멈춰 세운다.

도현   (짜증스러운) 선배. 도와주는 거 아니었어요? 왜 그냥 가버린 거예요?

의영   술을… 많이 마셨어. (도현의 짜증스러운 표정, 잡힌 손목 보니 열받는) 근데. 넌 왜 막 이렇게 손목을 잡아? 너무 경계 없이 군다.

의영, 도현에게 잡힌 손목을 휙 빼고 지나간다. 도현, 의영을 벙찐 듯 본다.

씬44. 송이닭발 (저녁)

소주잔 쾅 내려놓는 의영, 취했다. 테이블에 빈 소주병 가득하다.

의영   나이는 나만 먹었어? 지도 먹었으면서.

승준   (기가 찬) 스무살에 연상은 짜릿한데 이제 연상이면 싫은가보네.

의영   나 그 말 안 믿었다? 여자 나이 서른이면 어쩌구…. 근데 알겠어. 너 똥값 됐다 삿대질하는 게 아니라, 그냥 스무스하게 시야 밖으로 밀려나는 거였어.

승준   말 같잖은. 그렇게 생각 안 하는 사람도 많아.

의영   아잇, 뭐 괜찮아. 나도 연상은 여자로 안 보인다는 남자 매력 없고.

승준　　　　근데?

의영　　　　내 마음, 누군가를 생각하고 아껴주고 싶었던 마음이 이제 갈 데
　　　　　　가 없어졌다는 게 서글퍼. (풀 죽는)

승준　　　　(답답하고 속상한, 소주 들이키는) 야. 그깟 자식이 연애 상대로 안
　　　　　　봐준다고, 니가 사랑을 포기해야 되는 거야?

의영　　　　그건 (생각해보곤) 아니지만….

승준　　　　새로운 남자 찾으면 되잖아. 데이트 어플도 있고.

의영　　　　(현민 생각나는) 으으. 싫어. 얼굴 없는 사람, 난 못 만나.

승준　　　　(뭐라는 건가 싶지만) 그럼 소개팅하면 되겠네.

의영　　　　것도 싫어. 낭만도 없고….

승준　　　　남자가 무슨, 감나무에 달린 감인 줄 알아? 뚝 떨어지기만 기다
　　　　　　리게. 그리고, 너, 소개팅이야말로 자만추다?

의영　　　　뭐래. 어떻게 소개팅이 자만추냐?

승준　　　　우리 나이, 시간, 체력을 종합적으로 고려해봐. 너 퇴근하고 독
　　　　　　서모임 가서 토론하고 앉아 있을 시간 있어? 어디 게스트하우스
　　　　　　8인실 묵으면서 밤마다 파티할 체력은?

의영　　　　없어. (안 될 것 같은) 없는데?

승준　　　　그러니까 소개팅이 자연스럽지.

의영　　　　아…!

승준　　　　그리고 소개팅엔 너처럼 사랑을 결심한 사람들이 나올 거 아냐.
　　　　　　넌 그 사람이 너랑 맞는지만 보면 돼. 얼마나 심플해?

의영　　　　(곱씹는, 점점 설득되는) 사랑을 결심한 사람…?

의영, 승준 말에 마음이 동한 듯 자리에서 일어난다.

의영   나… 할래.

승준   그래. 해! 원래도 잘 뛰는 심장, 좀 더 빨리 뛰게 할 남자가 소개

            팅이라고 없겠냐?

의영   할 거야. 소개팅!!!

씬45. 더 힐스 호텔 - 로비 (오전)

정석, 고객들에게 온화한 눈인사 건네며 화분으로 간다. 어긋난 정렬 맞추고 돌
아서는데… 이글거리는 눈빛을 하고 선 의영 보인다.

정석   어우, (놀란 듯 심장 부여잡는) 깜짝이야.

의영   총지배인님. 저 할게요.

정석   다짜고짜 뭘요?

의영   (너무 급했다) 아. 그, 전에 말씀하셨던 소개팅이요. 아직 할 수 있

            어요?

정석, 의영 본다. 의영, 눈빛 초롱초롱하다.

씬46. 일식당 (저녁)

의영, 초롱초롱한 눈빛으로 태섭 본다.

의영(N)   그렇게 이 자리에 나오게 된 거다. 예상에 없던 소개팅이라, 벼

                                                   미혼남녀의 효율적 만남

락치기도 좀 했다.

INS 의영의 방. 침대 위엔 비교적 참한, 여러 벌의 옷 꺼내져 있고, 노트북엔 너
튜브 방송 틀어뒀다. '하나로 끝내는 소개팅 가이드 최종편'. 얼굴에 팩 올린 의
영, 집중해서 본다. "주선자 얘기도 좋은 화제가 됩니다! 기억하세요"

의영   총지배인님하곤 유기견 봉사하면서 만났다고 들었는데. 한번
        가면 산책을 10킬로미터씩 하신다면서요?
태섭   강아지를 좋아하는데, 알러지 때문에 키울 수는 없어서요. 덕분
        에 저도 운동하고 좋아요.
의영   (뭔가 생각난) 아! 저 강아지 표정 아는데. 인터넷에서 봤는데요.

의영, 고개 갸우뚱 기울인다. (귀엽기가 〈슈렉〉 고양이급인) 훅 들어온 매력에
당황한 태섭 얼어버리자, 의영, 이상하다는 듯 반대쪽으로 고개 갸우뚱 한다.

의영(V.O) (왜 리액션 없나 싶은) 이거 아닌가?
의영   (머쓱) 뭔가 좀 궁금할 때 이렇게 하던데.
태섭   아…. (정신 차린) 맞아요. (뚝딱대는) 관찰력이 좋으시네요. 의영
        씨도 동물 좋아하면, 나중에 같이 봉사 가도 좋겠네요.
의영(V.O) 나중? 은근슬쩍 나랑 다음을 기약한 거야?
태섭   하나 더, 여쭤보고 싶은 게 있어요.
의영(V.O) 질문이 있다는 건 내가 궁금하다는 거지? 순탄하다 순탄해.
의영   네. 편하게 말씀하세요.
의영(V.O) (속사포) 혈액형 O형, MBTI는 ENFP, 물고기자리에 새벽형 집
        순이, 좋아하는 계절은 겨울입니…

태섭　　　(O.L) 의영씨는 저랑 결혼을 전제로 한 만남에 동의하시나요?

의영, 물 마시다 잘못 삼킨다. 꿀렁대다 입에 머금고 있던 물 뿜는다.

의영　　　(확인하듯) 방금, 결혼…이라고 하셨어요?!

태섭　　　(물 튀었음에도 크게 동요 않는) 네. 전 결혼하고 싶어요.

의영, 멍하다. 머릿속이 하얘진다.

의영(V.O)　　(황당한) 순탄은 개뿔… 소개팅은 실전이다…!

1화 끝.

미혼남녀의 효율적만남

2화

씬1. 소개팅 몽타주

몽타주들 내레이션과 함께 2배속으로 빠르게 지나간다.

- (1화 씬1과 이어지는) 합정역 7번 출구 앞에서 만난 의영과 태섭, 인사 나눈 뒤 일식집 향해 걷는다. 가게 도착하면, 문 열고 들어간다. (효과) 인포그래픽. 12시간으로 나눠진 원형 시계, 5시~7시 반까지 빗금 표시.

의영(N)　　미혼 남녀의 소개팅은 주말 오후, 평균 2.5시간 동안 이뤄진다.

- (1화 씬2와 이어지는) 다찌석에 앉은 둘. 의영, 거리가 너무 가까운지, 의자 살짝 빼서 거리 벌린다. (효과) 둘 간격, ←45cm→에서 ←75cm→ 로 벌어지는.

의영(N)   초면인 남녀 사이에 적절한 거리는 75cm, 그보다 가까우면 부
          담스럽고 멀어지면 긴장감이 떨어진다.

          - (1화 씬2와 이어지는) 의영이 따라준 녹차 마시는 태섭, 안경에 뿌옇게 김 서
            린다. "풉…" 못 참고 웃음 터지는 의영. 태섭, 차분히 안경 벗어 김 닦으면 맨
            얼굴 보이는데… 눈 예쁘다! (효과) 초시계. 태섭의 새 매력이 드러나는 순간,
            00:00-00:05 카운트된다.

의영(V.O) 상대에게 반하는 데 걸리는 시간은 5분도, 1분도 아닌 단 5초.
          5초 안에 모든 것이 결정된다고 전문가는 말했다.

태섭을 보는 의영의 심장박동 빨라진다. (효과) 심장박동 그래프와 박동수.
120… 130까지 단번에 치솟는다!

의영(V.O) 내 소개팅은 모든 게 안정권 안에서, 차근차근 진행되고 있었다.
          이 말을 듣기 전까지.

씬2. 일식집 (저녁)

(1화 씬46과 이어지는)

태섭   의영 씨는 저랑 결혼을 전제로 한 만남에 동의하시나요?

일식집 내부 얼어붙는다. 세프, 초밥 만들다 멈추고, 서버, 행주로 테이블 닦다

멈추고, 밥 먹던 손님도 멈춘다. 의영, 잘못 삼킨 물을 풉! 뿜는다.

의영(V.O)　만약 소개팅에서 어색한 침묵이 10초 이상 지속된다면… 그건
　　　　　분명 뭔가 꼬여간단 얘기다.

의영　　　결혼…이라고 하셨어요?!

태섭　　　(대수롭지 않게 물 털어내며) 네. 전 결혼하고 싶어요. 나이도 있고,
　　　　　진지하게 의영 씨를 한번….

의영　　　(옷에 튄 거 그제야 보이는) 어우!!! 죄송해요! 옷에….

의영, 냅킨 주려다 젓가락 떨어뜨리고, 젓가락 잡으려다 간장 종지 친다. 반사
적으로 종지 향해 몸 날리는 의영…. 원피스에 뿌려지는 간장 얼룩. 사람들 헉,
놀란다. 흰 원피스에 수묵화처럼 간장 잔잔히 퍼진다.

의영(V.O)　조졌다. 누가 소개팅에서 밝은 옷 입으라 그랬어.

씬3. 일식집 – 화장실 안 → 앞 (저녁)

의영, 물비누 가득 짠다. 얼룩진 원피스에 대고 문지른다.

의영　　　결혼? 만난 지 이제 30분 됐는데, 동의가 되겠냐고.

의영(V.O)　철없게 들릴 수도 있지만 이제껏 진지하게 결혼을 고민해본 적
　　　　　없다. 미래보단 현재에 최선을 다하는 타입, 솔직히 매일 생겨나
　　　　　는 문제만으로 머리가 터질 지경이다. 지금처럼.

　　　　　　　　　　　　　　　　　　미혼남녀의 효율적 만남

현타 온 의영, 옷자락 놓고 거울 본다. (E) 웨딩 음악 물먹은 듯 아득, 아련하게 한 소절 연주된다. 의영, 이건 아니라는 듯 물 휙 끈다.

→화장실 앞

의영, 나온다. 태섭, 앞에서 기다리고 있다. 원피스 얼룩 안 지워졌고, 더 퍼졌다.

의영　　　　아…. (민망한) 힘껏 비벼봤는데도 안 빠지네요.

태섭　　　　아. 세게 비비면 섬유가 상해요. 그럼 영구적인 얼룩이 남을 수도
　　　　　　　있거든요.

의영　　　　(난처한) 정말요?! 몇 안 되는 경조사용 옷인데….

그 말에 태섭 몸 숙이고 얼룩 살핀다. 놀란 의영 슬쩍 물러난다.

태섭　　　　집에 가서서요. 소금물에 잠깐, 설탕물에 잠깐 담갔다 세탁기 돌
　　　　　　　려보세요. 간장 얼룩은 수용성이라 빠질 수도 있어요. (일어나며)
　　　　　　　오늘은 이만 집에 가는 게 좋겠네요.

씬4. 일식집 앞 (저녁)

의영과 태섭, 일식집 앞에 어색하게 서 있다.

의영　　　　오늘 정말 죄송했습니다. 식사도 제대로 못 하셨죠?

태섭　　　　밥은 다음에 먹으면 되죠.

의영(V.O)　다음? (귀 쫑긋하는)

태섭　　　　역 근처에 주차해뒀는데. 집까지 태워드릴게요. 남은 얘긴 가면

서….

의영　　　(손 저으며) 아뇨. 저 혼자 갈게요. 여기서 더 민폐 끼칠 순 없어요.

태섭　　　(한 번 더 권할까 망설이다, 난처한 표정 보곤) 그럼 그러세요.

의영, 인사하곤 태섭에게서 먼저 뒤돌아 걸어간다. 멀어지는 뒷모습 지켜보던 태섭도 반대편으로 향한다. 둘, 점점 멀어진다.

씬5. 거리 (저녁)

의영, 손으로 원피스 물기 찍어내며 걷는다. 때마침 승준에게서 톡 온다.

[소개팅 잘하고 있냐? 슬슬 2차 갈 타이밍인데.]

의영　　　(미운) 촉 좋은 거 봐라. 집에 가는 타이밍이다….

톡 또 온다.

[1이 사라지면 안 되지! 집중하고, 남자가 마음에 들면, 햇빛 이모티콘 보내]

의영, 햇빛과 구름 이모티콘 사이에서 방황하다 해가 구름 뒤로 숨은 이모티콘 보낸다. 그리고 고개 드는데, 도로에 흰 차 멈춰 선다. 열린 조수석 창으로 태섭 보인다. 한 손으로 핸들 잡고 길 응시하는 태섭, 어른스럽다.

의영　　　어? (놀란) 태섭 씨다.

신호 바뀌자 태섭, 천천히 엑셀 밟는다. 차 유연하게 미끄러져 가고, 서서히 후면 엠블럼 드러나는데…. 두둥, 독일산 고급 외제차다! 엠블럼, 반짝 빛난다.

 　　　　　　　　　미혼남녀의 효율적 만남

의영		(놀라며) 벤x(삐-처리)?!?!?!?!

놀란 의영의 얼굴 클로즈업 되며…

(타이틀) '미혼 남녀의 효율적 만남 2화'

씬6. 의영의 집 – 거실 (저녁)

의영과 승준, 식탁에 나란히 앉아 머리 맞대고 노트북 본다. 밥 차려져 있는데, 먹는 건 뒷전이다.

승준		첫 소개팅에서 외제차 타는 남자라니…. (노트북 화면 가리키며) 이건?
의영		아…. 이런 느낌 아니었어. 뭐랄까. 하얀… 돌고래 그런 느낌?
승준		그럼 (스크롤 내리는) 얘는? 새 차 가격이 1억 초반대야.
의영		(억에 놀란) 억?! 아, 좀 비슷한 것 같기도 하고, 전혀 아닌 것 같기도 하고.
승준		(눈 의심하는) 뭐야…. SUV는 확실히 아닌 거지?
의영		(자신 없는) 어… SUV는 (손짓) 더 큰 거잖아. 바퀴 네 개 달린.
승준		차는 다 바퀴가 네 개지. 장난하냐? 다음에 만나면 그냥 사진을 찍어와.
정임		(E) 아예 소득금액증명서를 떼오라고 하지?

넓게 잡으면, 정임, 맞은편에 앉아 샐러드 먹는 중이다.

정임   궁금해지네. 그 비싼 차 타는 남자도 그날 니가 든 가방으로 널
        평가하고 있을지….

의영   (인상 팍) 엄마! 무슨 그런 살벌한… 그런 거 아냐. 그냥, 호기심?

정임   너도 똑같이 소개팅 테이블에 앉았음, 평가당할 각오는 해라 그
        거지.

승준   어머님. 그래도 이왕 만나는 거 비싼 차 타는 남자가 낫지 않을
        까요? 고급 차가 똥차일 수 없듯이, 그 남자도 똥차남일 순 없는
        거잖아요.

의영   (옳지, 하면서 듣는) ….

승준   대대로 집안이 부자거나, 자수성가한 영앤리치일 수도 있고….

정임   (차분하게) 카푸어일 수도 있지.

의영   카푸어?!

INS   (상상) 늦은 밤. 한강 변에 주차된 흰 외제차. 트렁크 연 태섭, 화장품, 물,
휴지, 옷가지 등 소지품들 너저분하게 어지러운데, 그중 살짝 너덜너덜해진 애
착 곰인형 꺼낸다. 운전석에 앉고, 익숙하게 등받이 최대로 내린 태섭…. 인형
폭 껴안고 잠 청한다.

의영   (고개 젓는) 그렇게 허세 있는 스타일 아니었어. (얄미운) 엄만 나
        연애 못 한다고 눈치 줄 땐 언제고, 왜 훼방을 못 놔서 안달이야?

정임   내가 줬어? 니가 본 거지. 그리고 첫 만남에 대뜸 결혼부터 얘기
        하는 남자면 그냥 모지리 아냐? 지금부터 양가 방문하고 청첩장
        돌리기 시작하면 일 년 잘 가겠다. 데이트 신나겠네.

의영   …. (맞는 말이라 더 혼란스러운)

승준   그래서, 언제 또 보기로 했는데?

                                      미혼남녀의 효율적 만남

의영　　몰라. 아직 연락 안 왔는데.

승준　　애프터가 안 왔어? (시간 낭비했다는 듯 노트북 휙 닫는) 에이…. 너.
　　　　절대 먼저 연락하지 마라. 간절한 거 티 난다.

씬7. 의영의 집 – 화장실 (저녁)

의영, 잠옷 바지 돌돌 말아 발목 드러내고, 목욕탕 의자에 쪼그려 앉아 있다. 대야 두 개에, 태섭의 조언대로 소금물, 설탕물 만들어뒀고, 안에 원피스 담가뒀다.

의영　　뭐, 애프터에 시간제한이라도 있는 거야?

의영, 말은 그렇게 해도 신경 쓰이는지 핸드폰 들어 '애프터 평균 시간' 검색한다. 상단에 뜬 커뮤니티 글 클릭한다.
[소개팅 애프터에 걸리는 시간 평균 얼마야?]
댓글, [당일], [하루이틀 내?], [엄청 마음에 들면 헤어지기 전에 약속 잡음] 보인다.
"어영?!" 의영, 마주한 현실에 당혹스러워하는데…. 마침 설정해둔 타이머 요란히 울리고, 놀라서 순간 핸드폰 대야에 떨어뜨릴 뻔한다.

의영　　뜨압! (핸드폰 꽉 부여잡고 숨 몰아쉬는, 한심한) 하….

씬8. 경기도 인근 목재소 앞 → 안 (오전)

(씬6에서 의영 상상과 비슷한) 태섭, 차 등받이 내리고 잠들어 있다. 얼굴에 햇빛

떨어진다. 차 주차한 곳, 수풀 우거진 목재소 앞이다. 조수석에 물, 노트, 필통 등 소지품 보이고, 차 뒷좌석 손잡이에는 빳빳한 셔츠, 정장 바지 걸어뒀다. 목재소 사장, 다가와 차창 똑똑 두들긴다. 태섭 일어나 차에서 내린다.

목재소 사장　누군가 했네. 송 대표 차 새로 뽑았어?

태섭　　　　아, 회사 차예요.

목재소 사장　몇 시에 온 거야? 주말인데. 밤부터 이러고 있었던 건 아니지?

태섭　　　　(기지개 켜고 웃는) 해는 뜨고 왔어요. 나무 새로 입고됐다면서요.

목재소 사장　아우 씨. 입고는 됐지. 근데 아직 전시 안 했어. 나 일 시키려고 일　　　　　　찍 왔냐?

태섭　　　　(장난스럽게 웃고, 소매 걷는) 저도 도울게요.

→목재소 안

넓은 목재소 안. 거대한 우드 패널들 쪽 진열되어 있다. 태섭, 땀 흘리며 직원들과 함께 우드 패널 옮기고 진열한다. 인부들과 합 맞춰 일하는 모습에 엉성함 없다. 틈틈이 목재 무늬, 색 꼼꼼히 살피다 마음에 드는 목재 찾아낸다.

태섭　　　　(감탄) 무늬 좋다…. (멀리 사장에게) 사장님. 이 월넛 제가 해도 돼요?

목재소 사장　그럼. 일당이라고 생각하고, 원하는 거 있음 체크해놔.

태섭　　　　(좋은) 네…!

CUT TO　태섭, 목재소 사장과 인부들 우르르 밖으로 나온다. 태섭, 목장갑 벗어 주머니에 꽂고 시간 확인한다.

목재소 사장　밥 먹고 갈 거지?

　　　　　　　　　　　　　　　　　　　　　　미혼남녀의 효율적 만남

태섭   아뇨. 가볼 데가 있어서. 저, 샤워 부스 좀 써도 돼요?

CUT TO 갈아입을 옷 사무실 의자에 걸쳐둔 태섭, 간이 샤워부스에서 샤워한다.
섹시하기보단 담백, 개운하고, 어디서든 무던히 녹아나는 느낌이다.

씬9. 은호의 아파트 단지 앞 (오전)

정장 입은 은호(34세/남), 깜찍하게 꾸민 수아(7세/여) 한바탕 하고 나온 듯, 아
파트 앞에 멀찍이 떨어져 서 있다. 태섭, 차에서 내린다.

태섭   (익숙한 일인 듯) 왜 또….
은호   (하소연하듯) 수아 오늘 화동 데뷔잖아. 미취학 아동 결혼식 코디
         보고 고심해서 옷 골라줬더니만, 마음에 안 든다고….
수아   아빠가 고른 옷이란 소리 안 들으려고 노력할수록 더 촌스러워
         지거든?
태섭   수아야. 아빠 서운하겠다. 그리고, 삼촌이 보기엔 엄청 잘 어울리
         는데?
수아   뭐…. 옷걸이는 되니까. 근데, 삼촌은 이게 최선이야?
태섭   (뭐가 문제인지 모르겠는) 응?
수아   단추 잠그고, 머리 넘기고. 가까이 와봐. (가방에서 작은 향수 꺼내
         칙 뿌려주는) ….
태섭   (무방비로 있다 눈코에 들어간, 따가운) 푸…
수아   됐다. 가자! (은호에게 핸드백 건네고, 뒷좌석 문 열고 타는)

씬10. 야외 결혼식장 (오전)

결혼식장 하객들로 북적인다. 신랑, 신부에게 반갑게 인사하고 돌아선 태섭, 은호, 수아 결혼식장 둘러본다. 직원 다가와 수아 데리고 가고, 은호, 태섭 식장 한켠에 놓인 사진들 구경한다. 사진에서 신랑, 신부가 연애한 긴 시간이 느껴진다.

은호   와…. 둘이 연애만 14년을 하니까, 사진도 진짜 많네. (하나 들어 자세히 보는, 추억에 젖는) 우리 대학 때도 있어. 이게 2학년 땐가?

은호, 사진에 정신 팔린 그때, "현주야. 여기!" 하는 소리 들린다. 태섭, 익숙한 이름에, 자연스레 따라 고개 돌린다. 당황한 듯 멈칫한다. 한동안 멍하다.

은호   (조잘대며 흉보는) 야야. 여기 현주 봐. 이때는 눈빛이 맑고 순수해. 이러고 6년 뒤에 너 매몰차게 차버릴 거라고는 상상도 못 하겠어. (태섭 툭툭 치며) 야. 보라니까? 안 보고 싶냐….

은호, 조용한 태섭 이상하다는 듯 고개 들면, 친구들 틈에 선 현주 보인다. 도회적인 분위기의 현주, 환한 미소 지으며 친구들과 반갑게 인사 중이다.

은호   엉…? (사진과 실물 번갈아 보는) 현주?! 현주가 왜…. 하씨. 오면 온다고 말이라도 미리 해주든가…. (태섭 흘끗 보는)

주변 둘러보던 현주, 태섭, 은호 쪽으로 고개 돌린다. 눈 마주친다. 환하게 웃던 얼굴에서 차츰 웃음기 빠진다…. 은호가 든 사진 속 현주, 태섭, 은호 등 다른 대학 동기들과 함께 환하게 웃고 있다….

CUT TO 현주, 은호, 태섭 표정 살짝 굳어 있다. 어색하고, 감정의 골 느껴진다. 대학 동기들 다 함께 원형 테이블에 둘러앉아 있다.

은호   (믿을 수 없는 듯 중얼) 자리 배치 끝내주네…. 사귀고 헤어져도 동기는 동기지….

친구   아, 참. 현주 올해 결혼한다며? 오늘 부케도 받아?

태섭   (그 말에 흘긋 보는, 결혼하는구나 싶어 미묘한) ….

현주   (태섭은 못 쳐다보는, 덤덤하게) 어. 내가 받기로 했어. 올해 지나기 전에는 하려고.

은호   (불쾌한 듯 화제 돌리는) 야야. 너네 얘가 만든 의자가 아트페어에서 300만 원에 팔린 거 알아?

현주   (태섭 과시하는 은호, 어이없고 유치하다는 듯 보는)

친구   와…. 정말? 근데 난 태섭이 잘 풀릴 줄 알았어. 실력도 있는데 성실하잖아.

은호   (들으라는 듯) 그니까. 근데 회사 차리고 첫 1, 2년은 진짜 힘들었거든. 일 없지, 돈 없지, 사람이 유일한 기댈 데였는데. 그때 떠나는 사람도 있더라?

태섭   (너무하다 싶은) 이은호.

현주   (여자 마음 모른다 싶은) 사람이 상황 따져가면서 외로운가. 근데, 그때 은호 니 와이프도 많이 아팠잖아. 옆에서 간호는 충분히 했어?

은호   (휙 일어나는) 너 선 넘지 마라.

태섭   (얼른 일어나서 은호 막아서는) 니가 먼저 했어. 그만해.

그때, 입장 음악 들린다. 수아, 꽃잎 든 바구니 들고나온다. 의아한 눈으로 어른들 보자, 태섭과 동기들, 얼른 일어나 박수 치고 환색한다. 태섭, 그만하라는 듯 은호 다독이면 은호 화 삭이고, 현주는 속상한 듯 입술 깨문다.

씬11. 주차장 앞 → 태섭의 차 안 (오후)

태섭, 차로 가려는데 누군가 팔 잡아 돌려세운다. 현주다.

현주	(감정 격해진) 송태섭. 넌 왜 끝까지 한마디도 안 해?
태섭	(작게 한숨) 오랜만이다.
현주	그니까. 그렇게 오래 만난 사람한테 갑자기 차이잖아? 그럼 돌아와, 잘 살아, 아님 제발 잘 살지 마, 뭐 하나는 했어야 예의야.
태섭	사랑하는 사람한테 예의 갖춰 이별할 정도로 나 어른 아니었어. 인생 부정하고 싶은 거 참고 일만 죽어라 했더니, 몇 년 금방이더라.
현주	…. (힘들어한 거 알게 되는, 마음 누그러지는)
태섭	(화내는 게 무슨 소용이냐는 듯) 그래서… 지금은 잘 살아?

답답했던 공기 급 부드러워진다. 둘, 미안함, 행복을 비는 마음으로 서로를 본다.

현주	어…. 난, 너 쫄딱 망해서 막 가업을 잇겠다 그러는 건 아닌가, 걱정했어.
태섭	(담백하게 웃는) 나도 너 한번은 다시 보고 싶었어. 결혼도 축하해.
현주	넌 연애 안 해? 얘기 못 들었는데. 만나면 엄청 답답할 건데 너. 멀티도 안 되고.
태섭	난….

미혼남녀의 효율적 만남

INS (1화 씬1에서) 태섭, 7번 출구 앞에 서서 두리번거리는 의영 발견한다. 의영에게 반한 듯, 순간 멈칫한다. 설렘 느낀다.

태섭   (슬쩍 미소) 소개팅했어.

→ 태섭의 차 안

태섭, 차 타 있다. 그때 멀리서 수아, 은호 손잡고 달려온다. 둘, 재빨리 차에 탄다. 왜 서두르나 싶은데, 수아 치마폭에서 부케 꺼낸다.

태섭   어?! 뭐야? (눈 커진) 현주 부케….
은호   맞아. 축하 다 했다. 가자. (누가 올까 재촉) 얼른 출발해, 출발!

멀리서, 현주가 "야!!! 송태섭! 이은호!" 하고 부르는 소리 들린다. 태섭, 얼결에 재빨리 엑셀 밟는다. 얼굴에 장난기 있는, 시원한 웃음 번진다.

씬12. 더 힐스 호텔 – 엘리베이터 앞 → 안 (오전)

더 힐스 호텔 외경. 날 화창하고 밝다.

[자막] '소개팅 40시간 경과'

출근하는 의영 엘리베이터 기다린다. 핸드폰 보면, 아무 연락 없다. 시무룩하다. 지원들 여럿 엘리베이터에 타는데, 얼굴 대신 가방만 보이다. 제 가방 보면, 명품 아닌 가죽 가방에 바보 같은 얼굴을 한 인형키링 달려 있다. 살짝 초라해 보인다.

사무실 중앙에 태섭, 은호 포함 열 명 정도 직원들 모여 회의한다. 분위기 캐주얼하다. 태섭, 스케줄러 확인하면 '주간 회의', '성수동 공사 현장 방문', '제주 로스터리 기술 PT' 등 빼곡하다.

은호　　　디자인어워드 출품하는 가구들 촬영 기깔나게 해주고. (태섭 보며) 너 제주도 피티는 직접 간다고 했지? 로스터리 대표님이 엄청 기대 중이던데.

태섭　　　응. 기술적으로 설명해야 될 게 있어서. 내일 저녁에 출발하려고.

은호　　　오케이. 진수랑 같이 가. 비행기랑 숙소 예약해 둘게. 다음은 편집샵 입점 건인데….

CUT TO 회의 마친 직원들 흩어진다. 태섭도 자리로 가려는데, 은호 "너 이리 와봐" 하고 태섭 어깨에 팔 두르고 으슥한 곳으로 데려간다.

은호　　　소개팅 썰 언제 풀 거야. 그래서… (결국 궁금했던 건 하나인) 예뻐?

태섭, 은호에게 핸드폰 바탕화면 대뜸 보여준다. 웃는 강아지짤 보인다. 사진 위에

INS (1화 씬46과 같은) 입 가리고 웃던 의영 오버랩된다.

태섭　　　닮았더라.

은호　　　뭐?! 너 얘 엄청 좋아하잖아. 얼굴이… (긴가민가) 니 스타일인 건가

태섭　　　(쑥스럽지만 부정은 안 하는, 끄덕) 그치….

은호　　　(달달한, 감격) 하…. 드디어 송태섭이 연애하는 걸 다시 보는 건가.
　　　　　회사 차는 타고 갔고? 맛있는 거 사주고, 집에도 데려다줬지?

태섭　　　(제대로 한 게 없네 싶은) 음…?

은호　　　(예감 안 좋은) 왜 이래 불길하게. 애프터는?

태섭　　　이번 주는 너무 바빠서, 다음 주에 할까 싶은데….

은호　　　나중에 만나도 신청은 빨리해야지. 핸드폰 꺼내봐. 아니다, 줘
　　　　　봐. (핸드폰 뺏으려는) 내가 대신 보내게.

태섭　　　(휙 막는) 아, 왜 이래. 퇴근하고 내가 할 거야.

씬14. 태섭의 집 (저녁)

태섭, 피곤한 얼굴로 집에 들어온다. 불 켜면, 내부 밝아진다. 깔끔하지만 휑해
서 모델하우스 같다. 시간, 8시 지났다.

태섭　　　　(작게) 다녀왔습니다. (돌아오는 건 적막뿐인…)

옷 갈아입은 태섭, 허리 아픈 듯 문지르며 방에서 나온다. 냉동실 열어 간편식
꺼내 비닐 뜯는다. 볶음밥인지 덮밥인지 모를 밥 전자렌지에 넣고 기다리며, 집
과 창밖 풍경을 눈에 담는데 삭막하다. 문득 의영이 했던 말 생각난다.

INS　(1부 씬2와 같은) 의영 "혼자니까, 내가 잘 챙겨야죠"

태섭 전자렌지 거들떠도 안 보고 냉장고로 간다. 반찬 꺼내, 제대로 상 차린다.
어울리는 접시 꺼내려고 수납장 위 칸에 손 뻗는데, 갑자기 허리 통증 빡! 온다.
"악" 외마디 비명 지른 태섭, 우당탕 소리 내며 넘어진다. 일어나려는데 몸 꿈쩍
도 안 한다.

태섭   어…? (안 되는) 어?????? (꿈쩍도 안 하는) 어???????? 핸드폰!!!

태섭, 얼른 눈으로 핸드폰 찾는다. 소파 테이블 위다. 거리 멀다. 미치겠다!

씬15. 더 힐스 호텔 – 사무실 (오후)

[자막] '소개팅 68시간 경과'.

일에 집중 못 하고 자꾸만 핸드폰 흘끔댄다. 핸드폰에 알람 울리자 얼른 보면,
회의 리마인드 알람이다.

[하계 빙수 신메뉴 회의 14:00]

김샌다.

의영   진짜 안 오네….

마침 사무실 지나던 나리와 현민, 의영 발견한다.

나리   (이상한) 의영 씨, 하루 종일 왜 저러니? 넋 나간 사람처럼.

현민   (무심코) 소개팅에서 무슨 일 있었나?

나리   (먹잇감 찾은 듯 신나는) 어? 소개팅을 했어?! 연애에 관심 없는 척
         하더니.

현민   (실수 직감하는) 제가 소개팅이라고 했어요? (나리 등 떠미는) 하,
         얼른 가요.

씬16. 더 힐스 호텔 – 조리실 (오후)

서빈, 조리대 중앙에 멜론빙수 스케치 놓는다. (2023년 포시즌스 애플망고빙수st)
조리사들과 의영, 화려한 비주얼에 감탄한다.

서빈   여름철 빙수에 호텔 자존심이 걸려 있다면서요? 우린 파인다이
                닝 퀄리티로 갈 겁니다. 멜론도 최고로 선택할 거고요. 그래서 블
                라인드 테스트를 준비했어요.

조리사들, 숭덩숭덩 멜론 손질하기 시작한다. 마침내 번호만 표기된, 멜론 그릇
들 일렬로 놓는다. 조리사들과 함께, 의영 멜론 맛본다. 조리사들은 맛 뜯어보
며, 평가지에 메모한다.

의영   와, 달다…. (옆에 거 먹어보고 더 눈 커지는) 이건 더 달아…!

CUT TO 서빈, 취합한 평가지 들고 있다. 멜론 번호표 뒤집으면, 머스크, 칸탈로
프, 양구, 홈런스타 등 품종명 보인다. 조리사들 웅성대며 의견 나눈다.

서빈   음. 머스크는 좋은 향과 맛을 가졌지만 희소성이 없고…. 칸탈로
                프는 부드럽고 호박 같은 맛에 과육이 붉은 게 특징, 양구는 과
                육이 촉촉하다 못해 살짝 끈적하고… 전체적인 밸런스가 좋은
                건 홈런스타네요.

의영   (구체적인 평가에 놀란) 와….

서빈   구매팀은 멜론 업체 찾아주세요.

의영   (얼른 홈런스타 멜론 보는) 네…!

서빈   (조리사들에게) 멜론 오면, 레시피 테스트 바로 시작하죠.

조리사들 시식대 정리한다. 의영, 빈 시식표 발견하고 챙긴다. 공부될 것 같다.

씬17. HOME - 사무실 (오후)

은호, 태섭 자리로 간다. 출근 흔적 없어 이상하지만, 비행기표 자리에 둔다.

은호   (이상한) 얘는 하루 종일 전화도 안 받고. 밥 먹으러 갔나? (마침
           직원들 들어오는 거 보는) 송 대표는?
보윤   대표님 저희랑 점심 안 먹었는데요?
진수   그러고 보니까 오늘 못 보지 않았어? 무단결근인가?
은호   송태섭이? 초중고에 대학교까지 개근한 놈인데?!

씬18. 태섭의 집 안 ↔ 앞 (오후)

태섭, 바닥에 누운 채 천장만 보고 있다. 움직여보려고 하는데, 역시나 안 된다.
포기한 듯 눈 감는데… 문 쾅쾅 두들기는 소리 난다.
→ 집 앞
은호, 태섭 집 앞에 서 있다. 문 쾅쾅 두들긴다.

은호   (걱정스러운) 야! 송태섭!!! 안에 있어?

                                    미혼남녀의 효율적 만남

→ 집 안

태섭	(목소리 있는 힘껏 크게 내보는) 은호야. 야….
은호	(E) 뭐야! 너 안에 있어? 문 열어!
태섭	(소리 지르는) 못… 열어!!! 그냥 들어와아…! 비밀번호는… 2, 6….

CUT TO 은호, 달려온다. 태섭 머리맡에 앉아 울먹이며, 어깨 잡고 흔든다. 두리 번거리다 물잔 발견하고, 태섭이 뭐라 하기도 전에 냅다 얼굴에 끼얹는다.

태섭	(물 뱉는) 퉤. 대답도 했는데 물은 왜 뿌려. 나 좀 일으켜봐.
은호	(일으키고, 울먹) 왜 이러는 거야? 병원 가자.

씬19. 한의원 – 진료실 안 (오후)

태섭, 진찰 의자에 앉아 있다. 태섭이 뭐라 증상 설명하려는데, 화타 같은 할아 버지 의사 "쉿!" 말 못 하게 하더니, 그대로 맥 짚는다.

은호	(울먹, 떨리는) 큰 병인가요?
의사	그게…. (분위기 잡다가) 담이야.
태섭	(황당한) 네? 담이요?
은호	(안 믿기는) 근데 사람이 꼼짝도 못 해요? 꼬박 하루를 그냥 누워 있었대요.
의사	한의학에 이런 말이 있어. 십중구담! 열 가지 병이 있음, 그중 아

홉은 담으로 인한 병이란 거지. 우습게 보면 안 돼. 침 맞고 가.
쯧…. 혼자구만?

태섭　(왠지 혼나는 기분) 네.

의사　어른도 보호자가 필요해. 긴급 연락처에 친구 번호 등록해놓고,
집 비밀번호도 알려줘. (중얼중얼) 고독생하다가 고독사하는 거
지….

→ 진료실 밖

은호와 태섭, 진료실 나온다. 은호, 걱정되는 듯 태섭의 양 뺨 쥔다.

은호　홀쭉해진 거 봐. 출장은 갈 수 있겠어? 진수만 보낼까?

태섭　가야지. (허리 살살 움직여보는) 침 맞았더니 좀 괜찮아.

씬20. 더 힐스 호텔 인근 카페 airy (저녁)

어둡고 세련된 분위기의 카페 겸 바. 의영, 나리, 현민, 새벽 와인 마시고 있다.
나리, 비어가는 와인병 보고 카운터 향해 "여기요!" 외친다.

나리　여자들끼리 있으니까 너무 좋다. 뭐 고민들은 없고? (새벽 보고)
자긴 강도현 변호사한테 고백받았다며. 그러다 일 말고 연애만
늘어서 가겠다?

새벽　네? (손사래) 저는… 진짜 연애 생각 없어요.

나리　왜, 만나봐. 그렇게 철벽 치다 (의영 보라는 듯) 저렇게 돼.

　　　　　　　　　　　　　　미혼남녀의 효율적 만남

핸드폰 보던 의영, 고개 든다. 나리, 의미심장하게 의영 본다.

나리	종일 핸드폰만 보네. 소개팅했다더니 애프터 기다려?
의영(V.O)	(핸드폰 내려놓고, 스윽 주변 둘러보는) 어디서 소문이 났냐.
현민	(뜨끔해서 헛기침, 필사적으로 시선 피하는) 음, 흡….
나리	지금까지 안 온 거면 마음 없다고 봐야지. 내가 남편 소개팅으로 만났잖아.
의영	뭐… 모든 남자가 다 그래요?
나리	다 그래. 어떻게, 내가 진국인 남자 소개해줄까? 조건 진짜 괜찮은데.
의영(V.O)	진국은 국물 요리에 쓸 때나 좋은 거고, 아무리 괜찮아도 나리 선배 소개면….
나리	Y대 출신. 졸업하고 바로 석사 따고 박사는 미국에서. 지금은 S전자 다니는데, 억대 연봉 받고 스카우트 됐대.
의영	…억이요?
나리	그게 3년 전이니까, 지금은 더 될걸? 거기에 유흥에 관심 없고, 여자 보기도 돌같이 하는 보기 드문 매물.
의영	그런 사람이…. (의심) 왜 만나는 사람이 없대요?
나리	너드 알지? 공부만 해서 사회성이 좀 떨어져. 그리고 (뜸 들이다) 얼굴이….
동시에	(안타까운) 아….
나리	자기들, 외모 봐?
의영	일부러 본다기보단… 잘 모르니까 더 보이던데요?
나리	얼굴은 차차 적응돼. 솔직한 말로, 자기 조건에 어디서 이런 남잘 만나? 우리야말로 겉만 화려하지 실속 없잖아. 만나라도 봐.

의영	…. (안 만날 이유는 없는, 고민되는)
나리	연락처 넘긴다? (핸드폰 바로 드는)
의영	(뒤늦게 정신 드는) 잠깐만요! 좀 더 기다려보고, 알려드릴게요.
나리	고집은. 그럼 사인 줘? (두리번) 근데 우리 알바생 부르지 않았니? 여긴 다 좋은데 알바생이 불성실해…. (큰소리) 여기요!

씬21. 거리 (밤)

취한 듯 발그레한 의영, 흘러내리는 가방끈 고쳐 멘다. 가방에 달랑거리는 인형 키링, 의영을 놀리는 것 같은 얄미운 얼굴이다. 의영, 멈춰 선다. 키링을 빼면 좀 덜 헐렁해 보이려나 싶어 빼려고 하는데, 힘 조절을 잘못해 키링이 휭 날아간다. 의영, "어어…!" 손 뻗는데, 키링 툭 떨어져 데구르르 굴러가다 남자 발에 툭 부딪혀 멈춘다. 남자, 먼저 슥 줍는다.

태섭	(E) 의영 씨…?

의영 고개 들면, 태섭이 키링 들고 서 있다.

태섭	이거, 의영 씨 거죠?
의영(V.O)	(눈 비비는) 애프터를 너무 기다렸나. 헛게 다 보이네….

의영, 멍하게 있는데 태섭, 캐리어 끌며 다가온다. 의영 앞에 선다.

의영	(얼떨떨한) 어?! (중얼) 태섭 씨가 왜 여기….

태섭, 키링에 붙은 먼지를 옷에 문질러 털어준 다음, 의영 가방에 키링을 다시
단단하게 잘 걸어준다.

태섭	됐다…. (눈높이 맞추고, 걱정하는) 술 마셨어요? 얼굴이 빨간데.
의영	회식이 있어서…. 태섭 씨는 (캐리어 발견하는) 어디 가시는 길이었나봐요.
태섭	(순간 깜빡한) 출장 때문에, 공항 가는 길이었어요.
의영	그래요…? (이대로 가기 아쉬운)
태섭	저 다녀와서…. (연락드리려고 했단 말을 하려는데)
의영	(O.L) 있잖아요. 태섭 씨 혹시… 또 소개팅하셨나요?
태섭	(당황한, 이런 질문은 예상 못 한) 네?! 아뇨. 들어온 게 없기도 하고….
의영	그렇구나…. 저는 들어왔는데. 저도 하지 말까요?
태섭	그건… (차분히 생각하는) 제 의견이 중요한 건 아닌 것 같은데요. 의영 씨가 하고 싶으면 하는 거죠.
의영	아. (왠지 실망스러운) 그쵸, 제가 괜한 걸 물었네요…. 얼른, 가보세요.
태섭	잠깐만요.

태섭, 의영에게 캐리어 건네고 도로변으로 나가 택시 잡는다. 기사에게 안전하
게 가달라고 당부하고는 현금 건넨다. 그리곤 의영에게 손짓한다. 의영 택시에
탄다.

태섭	못 데려다줘서 미안해요. 연락드릴게요.
의영(V.O)	연락…?

택시 출발한다. 의영, 고개 돌려 창밖의 태섭 본다. 태섭도 떠나는 택시 본다.

씬22. 의영의 집 – 베란다 → 의영의 방 (오전)

의영, 건조대에서 빨래 걷는다. 태섭의 조언대로 세탁한 흰 원피스, 간장 흔적
도 없이 새하얘져 있다.

의영　　　어? (신기한) 진짜 빠졌다!

의영, 좋은 생각이 난 듯 원피스 따로 챙긴다.
→의영의 방
원피스 침대에 둔 의영, 프레임 밖으로 잡동사니 밀어내고 사진 찍는다. 의영,
태섭에게 [원피스요. 알려주신 대로 빨았더니 얼룩이 싹 빠진 거 있죠?!] 사진과 함께
메시지 보낸다.

의영(V.O)　고마움은 둘째고, 애프터 받고 싶어서 수작 좀 부려봤다. 그렇게
　　　　　　다시 마주친 게 하늘이 준 기회 같았다.

핸드폰 뚫어져라 보는데 톡에 1 안 사라진다. "확인하겠지" 출근 준비하러 간
다. 왠지 기분 들뜬다.

미혼남녀의 효율적 만남

의영, 실망스럽다는 듯 핸드폰 본다. 여전히 톡에 1 안 사라졌다.

[자막] '소개팅 89시간 경과'

의영(V.O)   하…. 예의상 한 말에 또 낚인 거야?
서빈   자…. 이건, 좋은 멜론을 구해준 보답!

서빈, 테이블에 빙수 내려놓는다. 스케치와 똑같은 디자인에 현민과 새벽 감탄
한다. 의영, 얼른 한 입 맛보는데…. 눈 동그래진다. 너무 맛있다!

의영   와. 너무 맛있어요. 셰프님.
서빈   재료가 워낙 좋더라고. 마케팅팀에서도 얼른 판매 시작하고 싶
            다니까, 발주 잘 해줘요. (쿨하게 가는)
현민   근데, 괜찮을까요? (걱정) 13만 원이면…. 호텔 빙수 중에서도 최
            고가일 것 같은데.
의영   (맞는 말이지만, 기대도 되는) 흠. 재료 생각하면 터무니없는 가격
            도 아니고, 데이트하러 오는 기분이라는 것도 있으니까. 셰프님
            믿고 한번 가보자.

씬24. 더 힐스 호텔 - 사무실 → 휴게실 (오후)

의영, 발주서 작성하고 있다. 핸드폰 알람 울린다.

[의영 씨. 괜찮으시면 이번 주 토요일에…]

의영, 기다렸던 소식인 듯 자리에서 벌떡 일어난다.

의영(V.O)　(반가운) 태섭 씨다!

→ 휴게실

의영, 잔뜩 기대한 듯 핸드폰 보는데 놀라 "어…?" 한다.

[이정우라고 합니다. 나리 씨한테 연락처 받았어요. 이번 주 토요일 광화문역 첼로에서 뵙고 싶은데, 괜찮으세요?]

태섭 아니라 당황한다.

의영(V.O)　애프터가 안 오면 사인을 주기로 했는데. 이쯤 되면 파이라는 거, 선배도 아는 거다.

의영　아무리 그래도…. (서운한) 확인도 안 하는 건 좀 너무한 거 아냐?

태섭, 의영이 보낸 톡 안 읽었는지 1 그대로다. 의영, 서운함 잠시 넣어두고, 문자에 답장한다.

[토요일 광화문 좋습니다. 6시 어떠세요?]

씬25. 의영의 집 – 의영의 방 (밤)

의영, 패드 캘린더 앱에 스케줄 등록한다.

[이정우, 6PM, 광화문 첼로]

의영　(텐션 끌어올리는) 나도 됐다, 이거야.

의영, 책상 정리하다 한 켠에 놓인 멜론 평가표 발견한다. 의미심장하게 본다.
도로 패드 가져온다. 뭔가를 열심히 따라 그리고, 끄적인다.

의영   쉬는 날 놀러 다니는 거 안 귀찮아하는 사람이면 좋겠는데. 그럼
체력이 중요한가? 쓥 이왕이면… ('피지컬' 적는) 돈 쓰는 것도 맞
아야 되는데. 데이트에는 살짝 헤프면 좋겠다. (끄적이는) 아. 유
머. 유머를 잃으면 안 되지.

CUT TO   의영, 마침내 완성한 육각형 그래프 본다.

의영   (만족스러운) 이 정도면 됐나…?

육각형 꼭짓점에 외모, 성격, 경제력, 유머감각, 피지컬(체력), 공감능력 기준들
적혀 있다.

의영   두 번째는, 진짜 제대로 하는 거야.

씬26. 의영의 집 – 정임의 방 (오후)

[자막] '토요일 오후'

의영, 정임 옷장 연다. 명품 가방들 대여섯 개 보인다. 그중 제일 예뻐 보이는 가
방에 손 뻗으려는데….

정임   그건 비싼 거야. 옆에 거.

의영	내가 든 가방으로 날 평가할 거라며! 딸이 우습게 보여도 좋아?
정임	(아랑곳 않고, 담담한) 니가 과대평가 받는 것도 원치 않아.
의영	우씨…. (손 옮겨 옆에 있는 가방 꺼내는)

씬27. 광화문 거리 (오후)

북적이는 광화문 거리. 의영, 거리에 있는 가게에 제 모습 비춰본다. 태섭과 소개팅 할 때 입었던 흰 원피스에, 정임에게 빌린 가방 멨다.

의영　　　(마음에 든) 좋았어…!

[자막] '소개팅 118시간 경과'

취소선 그어진다. 소개팅 118시간 경과. '두 번째 소개팅 당일'. 의영, 약속 장소로 사뿐히 걸음 옮기는데, 핸드폰 울린다. 소개팅 상대인가 싶어 보면 태섭이다.
[다행이네요. 원피스 어울렸거든요. 오늘 저녁은 시간 어떠세요?]
예상 못 한 연락에 걸음 꼬인다.

의영　　　(기가 찬) 하. 뭐 하느라 이제…. 저 지금 소개팅하러 가는 길이거든요?

씬28. 태섭의 집 – 거실 (오후)

태섭, 소파에 앉아 있다. 막 출장에서 돌아왔는지 옆에 캐리어 놓여 있다.

[답장이 좀 늦었죠. 출장 일정이 빡빡해서 정신이 너무…]까지 톡 쓰는데, 의영에게서 답장이 먼저 온다.

[선약이 있어서요. 다음에 연락드릴게요.]

태섭, 아쉽다. 다음을 기약해보려는 듯, 썼던 톡 싹 지운다.

[그럼 연락주세요.]

짧게 답장한다. 의영이 소개팅 가는 중인 건 짐작도 못 하고, 표정 낙관적이다.

씬29. 카페 앞 → 안 (저녁)

의영, 카페 앞에 선다. 지도상으론 맞는데, 간판엔 'cafe 첼로'라 적혀 있다.

의영   (긴가민가, 불길한) 이름은 맞는데….

→ 카페 안

의영, 창가 자리에 앉아 있다. 주변 빠르게 스캔한다. 친구, 연인, 아이와 함께 온 손님들로 북적인다. 분위기 캐주얼하고 소개팅하기엔 산만하다.

의영(V.O)   소개팅 장소를 카페로 잡았다라…. 내가 별로면 커피만 홀랑 마시고 집에 가겠다는 거네.

의영, 일른 메뉴판 본다. 전부 커피에 디저트 메뉴다. 실망한 듯 내려놓는다.

의영(V.O)   (씁쓸) 돈도 시간도 허투루 쓰지 않겠다는 실용적인 태도…. 이렇게 살아야 억대 연봉도 받는 건가.

CUT TO 의영, 정우 기다린다. 시계 보면 6시 15분이다.

의영   (이상한) 왜 안 오지…?

두리번거리는 의영, 마침 지수(29세/남) 들어오는 거 본다. 화려한 느낌의 외모
에 당연히 정우가 아닐 거라는 생각에 시선 거둔다. 팩트 꺼내 마지막으로 립스
틱 덧바른다.

의영   늘는다고 말을 하든가. 자기 시간 귀하면 남 시간 귀한 줄도 알
           아야지…. (치아에 립스틱 안 묻었는지 확인) 이….
지수   (E) 늦었어요. 너무 늦게 말했나?

의영, 거만한 얼굴로 의영을 내려다보는 지수 보고 얼어버린다. 큰 키, 깔끔하게
올린 머리, 남자답게 시원한 이목구비… 생각했던 이미지랑 너무 다르다.

의영   (믿을 수 없는) 그쪽이… 이정우?
지수   (앉으며) 네. 제가 이정우예요. 이의영 씨죠?
의영(V.O)   뭐야? 외모는 기대하지 말라더니…?!?!

CUT TO 둘, 마주 앉아 커피 마신다. 지수, 주변 둘러보면 소란스럽고 어수선하
다. 근데도 의영은 연신 생글댄다. 입꼬리 자꾸만 올라가려고 씰룩댄다.

의영(V.O)   이의영, 입꼬리 잡아. 표정 관리해.

(효과) 지수 옆에 육각형 모양 그래프 생긴다. '외모', '피지컬(체력)', '경제력' 고

                              미혼남녀의 효율적 만남

점에 점 찍힌다. 세 개가 살짝 높은 정도다.

의영   정우 씨, 초면에 좀 실례일 수도 있는데… 되게 배우상이세요.

지수   네? (당황한) 그런 말은 처음 들어보네요.

의영   (그게 더 의외라는 듯) 그래요? 아 그럼, 혹시 영화는 좋아해요?

지수   영화 안 좋아하는 사람도 있어요?

의영   (살짝 놀라지만) 네? 아. 그쵸. 장르는요? 전 코미디랑 로코! 좋아
      하는데.

지수   그 둘(이라고 말하나 싶다가)은 빼고요.

의영(V.O) 뭐야? 내가 좋다고 해서 싫다고 하는 그런 느낌인데…?

의영   (반응에 당황하지만, 애써 웃는) 저랑 취향이 완전히 반대시구나.
      하하….

(효과) 그래프 '유머감각', '공감능력' 저점에 찍히며 육각형 기형적으로 변한다.

의영   나리 선배 말론 S전자 다니신다고 들었는데. 거기 인센도 잘 챙
      겨주죠?

지수   (화사하게 꾸민 의영과, 명품 가방 번갈아 보는, 속물적이라는 듯 보는)
      ….

의영   복지도 좋다던데. 부러워요. 저라면 일할 기분이 막 날 것 같은데.

지수   다른 월급쟁이들이랑 비슷한데. 소개팅 나가서 상대 재력이 별
      로 안 궁금하긴 해요.

의영(V.O) (표정 굳는) 지금 이거… 나 돌려 깐 거지?

(효과) 그래프 '성격' 최종 저점에 찍히며 육각형 더 더 기형적으로 변한다.

씬30. 카페 - 화장실 (저녁)

손 씻은 의영, 거울 본다. 기분 상해서 표정 관리가 안 된다.

의영   오늘은… 끝까지 해. 이의영.

씬31. 카페 안 (저녁)

(씬29와 같은) 의영의 결심이 무색하게 지수, 불량하게 앉아 핸드폰만 본다. 의영, 화젯거리 찾으려고 애쓰다 지수 목에 파스 발견한다. 타투를 가리려고 붙인 것 같은데, 완벽하게 안 가려졌다.

의영   어…? 목에 타투 맞죠? 뭐 새긴 거예요?

지수   …. (비밀 들킨 듯, 재빨리 목 감싸는)

의영(V.O)   (기분 상한) 왜 가려?

의영   (꿋꿋하게) S전자 되게 엄격하다고 들었는데. 정우 씨는 스타일
           이 자유분방하신 것 같아요. (장난) 알고 보면 막, 임원 아들인 거
           아니에요?

지수   (피식 웃곤) 내가 그랬으면 좋겠죠? 근데 그럼 여길 왜 나와.

의영   네…?

지수   아까부터 자꾸 회사랑 돈 얘기만 하잖아요. 스펙 보고 나온 건
           알겠는데… 너무 티 내니까 별로라. 난 버는 만큼 잘 써요. 그러
           니까 만약에 우리가 잘 돼도, 경제적인 건 기대하지 마요.

의영(V.O)   하… 싸가지. 소개팅에 억지로 등 떠밀려 나왔어?

                                    미혼남녀의 효율적 만남

 육각형 그래프, 아작 나서 사라져버린다. 의영, 참았던 화 터진다.

의영   저기, 의사 표현 확실히 하려는 건 알겠는데 오해예요. 저 처음
          만난 남자한테 경제적으로 기댈 생각 없어요. 아니, 보통 다들
          그런 기대를 안 하지 않나?
지수   (안 참는 모습 의외인, 조금 놀란) ….
의영   (화 누르고 미소) 오늘 커피값은 제가 낼게요. 마시고 일어나죠?

의영, 커피잔 보란 듯이 들더니 꿀꺽꿀꺽 원샷한다. 잔 쾅 내려놓고, 터프하게
입 닦는다. 지수, 그런 의영이 재밌다는 듯 본다.

지수   (씨익 웃는) 오케이. 그럼, (직원에게 손짓) 저기요!
의영   ??? (뭐 하는 건가 싶은)
지수   (직원에게) 티라미수랑, 딸기 쇼트케이크, 그리고 아이스 모카에
          는 휘핑크림 잔뜩 올려서 주세요. (싱긋 웃으며) 그쪽은 더 필요한
          거 없어요?

CUT TO 지수, 케이크 막 먹어 치운다. 의영, 어이없어 탄식한다.

의영(V.O)   세상에… 별 미친놈이.
지수   (해맑게) 제가요. 단 걸 좋아해요.
의영   (질린) 이제, 진짜 다 드셨죠? (가방, 계산서 챙겨 일어나는)

의영, 계산대로 가려는데… 마침 카페로 태섭 들어온다. 놀란 의영, 잽싸게 다
시 앉는다.

의영(V.O)   태섭 씨가 여길 왜….

지수   왜 그래요?

의영   아, 기립성 저혈압이 있어서요.

태섭이 자리 살피기 시작하자, 의영, 테이블 밑으로 숨어버린다. 마주 앉은 지수는 안중에도 없다. 태섭, 살짝 떨어진 곳에 자리 잡는다.

지수   방금 들어온 남자? 누군데요? (쫑알대는) 전남친? 전전남친? 전전전남친?

의영   (아니라고 고개 휙휙 젓다가 못 참고) 아! 좀 닥쳐요!!!

지수   (놀란) 네? 닭을….

의영   어차피 나한테 관심도 없잖아요! 나 먼저 나갈 테니까, 따라와요. 인사는 밖에서 하자고요.

지수   (황당한 듯) 그러고 입구까지 가게요?!

의영, 아랑곳 않고 네 발로 기어가기 시작한다. 근데 원피스도 점점 말려 올라간다. 흰 허벅지 드러나자 지수 놀란다. 계속 가다가는 속옷 보일 것 같다.

지수   잠깐! (당황한) 멈춰봐요. 멈춰보라니까…. (다급하게 치맛자락 향해 손 뻗는)

의영   (손 닿는 거 느껴지자 반사적으로 일어나는, 버럭) 이 새끼가! 어딜 만져?!

의영의 사자후에 카페 안 조용해진다. 의영, 눈알 도르르 굴려 보면, 태섭도 놀란 얼굴로 의영 보고 있다. 그러더니 일어나서 둘에게 걸어온다.

    미혼남녀의 효율적 만남

의영   (작게) 오지 마…. 제발.

지수   뭐? (당황한) 아니, 왜 소리를 지르고, 치마가 올라가ㅅ…

태섭   (지수로부터 보호하듯 막아서는) 의영 씨? 괜찮아요? 아는 사람이
       에요?

지수, 의영 본다. 의영, 솔직하게 말하는 건 안 된다는 듯 고개 마구 흔든다.

지수   알죠. (에라 모르겠다) 우리 누나니까!

의영(V.O)   누나…?!

지수   지이인짜 미안. 누나 돼지 저금통에 손댄 거 미안해. 초딩 때부터
          모은 건지는 몰랐지.

태섭   (이상한) 의영 씨. 외동이라고 하지 않았어요?

지수   (차가운) 외동 맞아요. 전 사촌 동생이고요. 그러는 그쪽은 무슨
          사이길래 우리 누나를 다 안다는 듯 말해요?

의영   그게, 태섭 씨가 생각하는 그런 상황은 아니에요…. (난처한)

태섭   (상황 파악 안 되지만 의영 표정 보고) 소리만 듣고 놀라서… 실례했
          습니다.

의영   소란 피워서 죄송합니다. 먼저 가볼게요. (꾸벅) 연락드릴게요.

의영, 지수 끌고 나간다. 태섭, 창밖으로 떠나는 둘에게서 눈 못 뗀다. 의영이 입
은 흰 원피스가 눈에 밟힌다.

씬32. 카페 앞 (저녁)

의영, 넋 나가 있다. 지수, 미안하기도 억울하기도 한 얼굴로 의영 본다.

의영(V.O)	사촌이라니. 그 말을 믿을 리가⋯.
지수	오해할까봐 말하는데. 그쪽 치마가 자꾸 올라가길래, 내려주려고 한 거예요.
의영(V.O)	이 자식이 커피에 케이크만 안 먹었어도⋯.
지수	어쨌든 손이 먼저 나간 건 미안해요. 나도 당황해서⋯ 듣고 있어요?
의영	네! (억지로 웃는) 하하하. 괜찮아요. 별 효관 없었지만 연기도 해주시고 고마웠네요. 그럼 (꾸벅) 안녕히 들어가십쇼!!!
지수	소개팅⋯ 끝?!
의영	네네. 완전히 끝이요. 가십쇼! (얼른 가라는 듯, 다시 꾸벅)
지수	(가리키며) 그쪽이 먼저 끝냈어요. (손가락 자기에게 돌려) 저 싫어서, 맞죠?
의영(V.O)	끝까지 사람 속을 뒤집어놓네.
의영	(짜증 나는 듯) 네네, 그렇다니까요. 맞으니까. 가세요.

지수, 몇 걸음 가는가 싶더니 다시 뒤돈다. 돌아와 의영 붙잡는다.

지수	혹시 뒤에 일정 없으면⋯ 술이나 마실래요?
의영	(뜻밖의 제안에 당황한) ⋯!

미혼남녀의 효율적 만남

이른 저녁이라 한산한 주점. 의영과 지수, 구석 테이블에 앉아 있다. 지수, 의영에게 메뉴판 건넨다.

지수　　　이건 소개팅이랑 별개예요? (직원에게) 여기 생맥주 두 잔 먼저 주세요.

의영　　　(메뉴판 보다가 고개 들고) 그럼 계산도 확실하게 해요. 카페에선 내가 냈으니까. 술은 그쪽이 사요.

지수　　　알겠어요.

의영(V.O)　소개팅으로 만나면 당연히 밥을 먹을 거라고 생각했다. 그래서 쭉 빈속이었다.

CUT TO 테이블에 안주 가득하다. 의영, 볼이 이미 통통한데도, 허겁지겁 손으로 산적꼬치 들고 뜯는다. 지수, 신기한 듯 본다.

지수　　　햄스터예요…? 하나씩 좀 먹어요.

의영　　　(양 볼에 음식 오물오물) 안 먹어요?

지수　　　아까 케이크를 먹었더니 입이 달아서…. 전 술 마실게요.

지수, 맥주 마신다. 꼭 무슨 광고의 한 장면마냥 청량하다.

지수　　　크! (환히 웃는, 매력 있는) 시원하다.

의영　　　뭐야. (그 와중에 멋진, 짜증 나는) 술을 왜 그렇게 마셔요?

지수　　　아니, 왜 사람 술 먹는 거 가지고. 근데, 내가 나이도 많은데. 말

놔도 되나?

의영   이미 놨구만. 나도 놓는다, 그럼?

씬34. 카페 (저녁)

태섭, 심각한 얼굴로 소파에 앉아 있다. 커피잔에 얼음 녹아 넘치기 직전이다.
펼쳐둔 노트 귀퉁이엔, 선약, 사촌…? 저도 모르게 펜으로 끄적여뒀다.

태섭   (펜 놓고, 후회하는) 소개팅이겠지…. 하지 말라고 했어야 했나….

그때, 태섭에게 카페 직원 난처한 듯 다가온다.

직원   손님. 저희 10분 뒤에 마감이어서요.
태섭   (바깥 보면 어느덧 어두운) 아…. 정리하고 나갈게요. 죄송합니다.

씬35. 한식 주점 (저녁)

어느덧 주점 안 사람들로 북적이고, 시끄럽다. 테이블 위 소주병 여러 개로 늘
었다. 취한 의영과 지수, 많이 흐트러졌다.

의영   (볼륨 커진) 내 목적은 뻔해! 더 늦기 전에 잘 맞는 사람 만나서 예
         쁘게 사랑하는 거! 근데 난 그쪽이 이해가 안 되는데? 소개팅 왜
         나왔어?

                                    미혼남녀의 효율적 만남

지수   나도 같지. (옆 테이블이랑 사운드 겹쳐 소리 씹힌다) 좋은 사람 만나
          려고.

의영   (못 들은) 뭐?! 죠스 싸만코?

지수   아니! (잘 들리라고 가까이 몸 기울이며) 좋은 사람 만나려….

의영, 안 들리는 듯 일어났다 얼어붙는다. 의영 뺨과 지수 입술이 닿을 듯한 거
리에 있다. 호다닥 재빠르게 떨어지는 둘…. 얼굴 빨개지고, 심장 쿵쾅댄다.

의영(V.O)   어우, 접촉 사고 날 뻔했네….

지수   (귀까지 빨개져서 헛기침) 다들 그런 이유로 소개팅하는 거잖아.

의영   근데 (이해 안 되는) 왜 나는 아닌데?

지수   (당황해 말 더듬는) 머, 뭐?!

의영   따지는 게 아니라 궁금해서. 내가 너만큼 잘 버는 건 아니지만,
          안정적으로 월급 나오고.

지수   …. (골때린다는 듯 본다)

의영   엄마 아직 일하고, 아빠는 따로 살긴 하지만 공기업 다녀. 성격
          도 호구 잡히면 잡혔지 나쁘단 소리 못 들어봤거든. 조건만 보면
          괜찮은 것 같은데….

지수   너…. (진심인) 괜찮아. 좀 착한 척은 하는 것 같은데 못된 것보다
          는 낫지.

의영   아, 그럼 외모가 니 스타일이 아니야?

지수   외모는… (의영 보면 예쁜, 쑥스러운) 예쁜 편이지.

의영   아니이! 어유우!!! 답답해. 솔직하게 말해줘야 내가 다음에 더 잘
          할 거 아냐.

지수   그럼…. (장난치듯 턱짓으로) 그거 마시면 알려줄게.

의영   (흘겨보는) 그렇게 안 해도 마실 거거든. 마시고 싹 잊고! 진짜 좋

은 사람 만날 거야. (술잔 비우는)

지수   (재밌다는 듯 보는) ….

의영   넌 누구 소개해줄 사람 없어? 친구 중에 너만큼 생긴 사람 또 없어?

지수   (웃긴) 그게 막 소개팅한 상대한테 할 말이야? 그리고 나 친구 없

어. 딴 데 가서 알아봐.

의영   우씨…. (핸드폰 뒤진다)

씬36. 한식 주점 앞 (밤)

의영, 핸드폰으로 시간 보면 11시 30분이다.

의영(V.O)   언제 시간이…. (고삐 풀린) 쪼끔 더 놀고 싶은데….

지수, 계산하고 나온다.

지수   (진심으로 놀란) 너 진짜 많이 먹었더라….

의영   음. (꾸벅) 잘 먹었습니다.

지수   먹었으면 좀 걷자.

지수, 앞장선다. 의영, 잘됐다는 듯 지수 따라간다.

    미혼남녀의 효율적 만남

씬37. 번화가 거리 (밤)

형형색색의 호텔, 모텔 간판으로 현란한 거리. 의영 긴장한 듯 흘끔 지수 본다. 지수 무표정하고, 무슨 생각을 하는지 모르겠다. 새삼 어색하고 낯설다.

지수 (갑자기 밝아지는) 어, 저기! (뭔갈 발견하곤, 어디론가 뛰어가는)
의영 어??? (쫓아가는)

씬38. 놀이터 (밤)

도착한 곳 놀이터다. 지수, 어린애처럼 놀이터 여기저기를 휘젓고 다닌다.

의영 (왠지 안심하는) 괜히 쫄았네….

뺑뺑이로 간 지수, 혼자 발로 힘차게 밀어서 탄다. 빙글빙글 돈다.

지수 (신난) 너 이거 알아?
의영 그럼. 뺑뺑이잖아. 나도 왕년엔 놀이터 좀 주름 잡았어.
지수 원래 이름이 뭔지도 알아?
의영 (그건 처음 듣는) 다른 이름이 있어?!
지수 (웃으며) 응. 회전무대.

지수, 의영에게 다가간다. 손 내밀면 의영, 조심스럽게 잡는다. 지수, 의영을 뺑뺑이 위에 세운다. 그런 다음, 천천히 부드럽게 돌리기 시작한다.

의영	우와…. (기분 좋은)

지수	(장난스럽게) 꽉 잡아…!

지수, 힘껏 속도 높인다. 점점 빠르게 돌아간다. 의영, 빨라지는 회전 속도에 살짝 당황한 듯 양손으로 손잡이 꽉 잡는다. 얼굴 점점 사색이 된다.

의영	(심각) 잠깐만…. 멈춰봐.

지수, 의영이 하얗게 질린 것도 모르고, 신나서 돌리기 바쁘다.

의영	멈춰!!! 토할 것 같애!!!

의영이 소리 지르자, 그제야 지수 멈춘다. 의영, 천천히 땅으로 내려온다. 비틀비틀 걷다 얼마 못 가 바닥으로 픽 쓰러진다. 놀란 지수, 달려간다.

지수	(심각한) 괜찮아?

의영	돈다….

지수	(미안하고 걱정되는) 토할래? 등 두들겨줄까?!

의영	(돌아서 완전히 대자로 누워버리며) 아니…. 헤헤. 봐, 지구가 돈다….

의영, 시야의 하늘 여전히 빙글빙글 돈다. 시야로 머리 쑥 내민 지수도 빙글빙글 돌고 있다.

→ 벤치

지수 앉아 있고, 의영은 지수 무릎 베고 누워 있다. 지수, 의영의 머리칼 넘겨주고, 옷에 묻은 모래도 조심스럽게 털어준다.

지수   너 진짜 웃겨. 모래 범벅이야.

의영, 지수 올려다본다. 지수, 긴장한 듯 입 다문다. 가만히 눈 맞추는 둘, 정적
만 흐른다. 사이의 공기 밀도 높다.

의영(V.O)   큰일이다.

지수, 슬그머니 손 옮겨 의영의 뺨을 부드럽게 쓸어내린다.

의영(V.O)   설렌다.

지수, 의영의 뺨을 훑었던 손으로 턱을 훑고, 다음은 목을 쓰다듬는다. 그러자
의영, 천천히 눈을 감는다.

의영(V.O)   상상하게 된다. 이대로 이 사람 손에 나를 맡기면 어떨까.

슬그머니 눈 뜨면, 지수 손가락 끝, 굵은 손마디, 쭉 뻗은 코끝과 매끄러운 턱선
보인다. 섹시하다. 더 위로는 밝은 달과 별, 구름 가득한 하늘이 낭만적으로 펼
쳐져 있다.

의영(V.O)   상상보다 더 좋을 거다. 하지만,
의영   나… 너랑 잘 생각 없는데.
지수   (슬쩍 웃으며) 왜? 지금… 안 좋아?
의영   아니….

엘리베이터에서 내린 의영, 사무실로 들어선다. 멀리서 소개팅 후기가 궁금한
나리 종종거리며 달려온다.

의영(V.O)　좋아서 문제다. 하지만 이 사람이 주선자인 이상 마음 가는 대로
　　　　　행동할 순 없었다.

나리　　왜 이제 와. 궁금해 죽는 줄 알았네. 어땠어?!

의영(V.O)　선배가 모든 걸 알게 된다? 어우…. 상상만으로 끔찍하다.

→ 탕비실

의영, 밖에 지나는 사람이 없는지 확인하고, 탕비실 문 닫는다.

의영　　좋았어요. 정우 씨 제 스타일이더라고요.

나리　　그래?! (이해 안 되는) 진짜? 얼굴도?

INS　(씬33에서) 맥주 마시고 웃던 지수의 청량한 얼굴.

의영　　네. 처음엔 긴장했는지 굳어 있다가, 점점 표정이 풀리더라고요. 그
　　　　갭이 좋던데요? 2차도 갔는데, 둘이 소주를 네 병이나 마셨어요.

나리　　(과몰입한) 어머머머머머머. 그래서?

INS　(씬38에서) 의영이 올려다본, 모래 털어주는 지수의 야릇한 표정.

의영　　그게 끝이에요.

나리	뭐?! 끝이라고? (맥 빠지는) 그니까 첫 만남에 소주 네 병이 뭐니? (탓하듯) 머리도 좀 하고, 옷도 새로 좀 사고. 사람이 성의를 보여야지….
의영	(머리 이상한가 싶어 만지는) 네에….

씬40. 더 힐스 호텔 - 사무실 (오전)

의영, 일한다. 연락 안 올 거라고 확신하는지, 핸드폰은 쳐다도 안 본다.

의영(V.O)	두 번째 소개팅은 그렇게 끝났다. 잘 들어갔냐, 속은 괜찮냐는 인사도 없다.

씬41. 지수의 집 (오전)

좁은 원룸. 연극 포스터, 연극 이론 자료들 벽에 붙어 있다. 창엔 실밥 튀어나온 무대용 암막 커튼을 대충 압정으로 눌러놨다. 가리지 못한 창문에서 빛 들어와, 침대에 누운 지수에게 닿는다. 핸드폰 톡 알람 울리자, 지수 "으…" 반쯤 눈뜬 채 핸드폰 본다. 진짜 이정우에게서 온 톡 보인다.

[신지수. 소개팅 잘했어?]

곧바로 다음 톡 이어진다.

[아니다. 소개팅 잘 안 했지? ㅋㅋㅋ]

지수, 몸 일으킨다.

(씬38과 이어지는) 지수 무릎 베고 누워 있던 의영, 몸 일으킨다.

의영	아까 카페에서 정신 말짱할 때, 그땐 너 나 별로였잖아. 주점에서도 의미 없는 소리만 하면서 빙빙 말 돌렸고. 근데 이제 와서 좋지 않냐고?
지수	(뭐라고 말하고 싶지만, 망설이는) ….
의영	정말 내가 좋아? 아닐걸? 이 순간이 좋은 거겠지. 그걸 뭐라고 하는지 알아?
지수	(의영 보는) ….
의영	성 욕.
지수	(너무하다는 듯 얼굴 빨개지는) 야!
의영	가자. 소개팅이 좀 산뜻한 맛이 있어야지. 술을 너무 마셨어….

의영, 엉덩이 털며 자리에서 일어나면, 지수도 따라 일어난다.

의영	(손 내밀며) 진짜 좋아하는 사람 만나.
지수	(망설이며 슬쩍 잡는다) ….
의영	(잡고 세게 흔든다) 돈이 아니라 니 전부를 줘도 안 아까운 사람 꼭 만나길 바랄게.

미혼남녀의 효율적 만남

씬43. 지수의 집 (오전)

(씬41과 이어지는) 지수, 결심한 듯 톡 쓰기 시작한다.

[형, 죄송한데. 이의영 씨 번호 좀 알려주세요.]

씬44. 더 힐스 호텔 – 사무실 (오전)

(씬40과 이어지는) 의영, 핸드폰에 톡 온다. 놀란 의영, 자리에서 일어난다.

씬45. 지수의 집 (오전)

지수가 전송 망설이는 사이, 이정우에게서 톡 온다.

[주선자가 모임에서 알게 된 사람인데. 자꾸 성향 떠보는 질문을 하더라고. 커밍아웃하기

싫었는데, 덕분에 잘 넘겼어. 이건 사례비],

곧

[이정우 님이 500,000원을 보냈어요.]

톡 온다. 지수, 작게 한숨 쉰다. 이제 와서 뭘 어쩌겠냐는 표정. 단념하듯 핸드

폰 내린다.

씬46. 더 힐스 호텔 – 레스토랑 입구 (오전)

의영, 핸드폰 톡 보고 있다.

[레스토랑으로 와보세요! 줄이 엄청나요!]

고개 들면, 젊은 커플로 북적대는 레스토랑 입구 보인다. 코너까지 빙 둘러 줄
서 있다.

의영(V.O)　　멜론 빙수 오픈런…?!?!

씬47. 더 힐스 호텔 – 회의실 (오후)

의영과 명운을 비롯해, 사업 파트 본부장 성진, 마케팅 팀장 가현, 서빈 등 관계
부서 사람들 둘러앉아 회의 중이다. 분위기 밝다.

가현　　　유명한 래퍼가, SNS에 저희 호텔 빙수를 샤라웃 했어요.

마케팅팀, 노트북 화면에 스토리 캡쳐본 띄운다. 멜론 빙수 사진에 문구 적혀
있다. [이제 라면 먹자 개수작 그만해. 좋아하면 돈쭐내. 멜론 빙수해. 광고x]

서빈　　　(의영 보며) 멜론 입고량 조정 가능할까요?

의영　　　가능해요. 안 그래도, 회의 들어오기 전에 업체에 확인해뒀어요.

가현　　　매체에서도 반응이 오고 있어요. 객실이랑 묶어서 패키지 상품
　　　　　　도 판매할 계획이니까, 그 부분 고려해서 물량 최대한 확보해주
　　　　　　세요.

의영　　　네…!

명운　　　(가만히 있다 괜히 끼어들며) 연예인 영향력이 대단하긴 해요. 그죠?

서빈　　　(애매한 말 마음에 안 드는) 빙수가 안 대단했음 그런 글을 쓰지도

않았겠죠. 열심히 메뉴 개발하고, 좋은 멜론 구해준 사람이 있는데, 공은 제대로 돌리자고요.

명운   (꼬리 내리는) 내 말이 그 말이었는데. 의영 씨 수고했어….

사람들 의영 본다. 의영, 민망하지만 기분 좋다.

→ 회의실 앞

의영, 회의 끝나고 나오는 서빈 붙잡는다.

의영   셰프님, 오늘 저녁에 시간 있으세요?

씬48. 송이닭발 → 가게 앞 (저녁)

사복 입은 서빈 가게로 들어온다. 의영, 손들고 반긴다. 정석, 현민, 새벽과 함께다. 서빈 앉는다.

서빈   구매팀 삼인방에 총지배인님? 특이한 조합이네….
의영   저희끼리 작게 사내 스터디를 하고 있거든요. 이름은 식식회.
서빈   씩씩해?
의영   식 식 회. 안 먹어본 음식들을 먹으러 다녀요.
정석   일에 도움 될까 싶어서 시작했다는데, 사실상 맛있는 거 먹으면서 스트레스 푸는 모임에 가까운 것 같긴 합니다.
의영   근데 오늘은 빙수 대박 난 거 축하하려고 모였어요. 오늘은 제가 쏩니다!

순주, 닭발 들고 온다. "뜨거워요!" 하고 내려준다. 빨간 닭발 비주얼에 서빈 놀란다. 어떻게 먹어야 하는지 감도 안 온다. 의영, 그런 서빈 흘끗 본다.

의영　　처음이시죠?

서빈　　네.

의영　　여기로 말할 것 같으면! 제가 몇 번이나 또 온 집이거든요. 자. (시범 보이는) 이렇게 장갑을 끼고, 관절을 꺾어서, 큰 뼈를 제거하고, 작은 뼈까지 빼내면…. (흐물텅한 닭발 흔들고, 서빈 그릇에 놔주는) 짜잔!

서빈　　와…. (조심스럽게 먹고, 감탄하는) 음! 근데, 여러분들이 스트레스 받는 일도 있어요? 이 팀은 늘 밝아 보여서 몰랐는데.

현민　　당연하죠! 전 365일 욕구불만이고….

새벽　　저는…. (조심스레) 정규직 전환이 불투명하고,

의영　　전 소개팅 망했어요.

정석　　전…. (그저 사람 좋게 웃는) 일 없어요. 그냥 여러분들하고 맛있는 거 먹어서 좋습니다!

정석, 잔 내민다. 다들 "짠!" 하고 건배한다.

→ 가게 앞

얼굴 발그레한 의영과 서빈, 나란히 서서 바람 쒼다. 마침 편한 옷에 모자 눌러 쓴 연인, 가게로 들어간다. 오래된 듯 편해 보이는 둘을 부러운 듯 보는 의영.

의영　　셰프님. 저도 언젠가 저랑 잘 맞는 멜론을 만날 수 있겠죠?

서빈　　그러니까… 지금 남잘 말하고 싶은 거죠?

의영　　(순순히) 네.

서빈   소개팅 겨우 두 번째라면서요. 어떤 사람 찾는데요?

의영   (고민하다) 음. 소개팅했던 남자가 되게 비싼 차 타는 걸 알게 됐
         을 때요, 심장이 막 빨리 뛰더라고요. 근데….

씬49. 거리 → 태섭의 차 안 (저녁)

의영, 집에 돌아가다 꽉 막힌 도로 보고 놀란다. 도로에 태섭 차도 있지만, 엠블
럼이 앞뒤 차에 가려져 못 알아본다.

의영   사고 났나…?

의영(V.O)   근데 그 차, 다시 눈앞에 갖다놔도 저 못 알아볼걸요?

→ 차 안

운전대 잡은 태섭도 사고가 났나 살피느라, 의영 못 본다. 둘, 그대로 서로를 스
쳐 지나간다.

의영(V.O)   저 사실 세단이랑 SUV 차이도 잘 몰라요. 면허도 장롱 면허
          고….

의영(V.O)   비싼 차를 타는 사람이든, 억대 연봉을 받는 사람이든,

씬50. 이탈리안 레스토랑 → 레스토랑 앞 (저녁)

분위기 좋은 레스토랑. 검은 셔츠 입은 남자, 와인랙에서 화이트와인 꺼내 여자

손님 테이블로 가져간다.

[STAFF. 신지수]

명찰부터 올라가면 지수 얼굴 보인다.

손님   (지수에게 설렌 듯한) 와인… 설명을 좀 들을 수 있을까요?

지수   (미소) 그럼요. 뉴질랜드 말보로 지역의 소비뇽 블랑으로 잘 익은
         과일 맛과 산미가 특징입니다. 테이스팅 도와드릴까요?

의영(V.O)   아니면 외모가 막 매력적이든,

와인 오픈하던 지수, 창밖으로 의영이 지나가는 걸 본다. "어?" 더 보려고 하지
만 의영, 그대로 지나가버린다. 잘못 봤나 싶다.

→ 레스토랑 앞

의영, "다음에 와봐야겠네…" 레스토랑 간판 체크하듯 보고 지나친다.

의영(V.O)   그런 조건이 좋다고 해서, 뭐가 되는 건 아니더라고요.

씬51. 은호의 집 앞 → 안 (저녁)

태섭, 문 앞에 서 있다. 문 열리더니 수아 나온다. 태섭, 웃으며 치킨 봉지 흔든다.

수아   삼촌. 왜 이렇게 늦었어. 나 7시 이후엔 금식하려고 했는데.

태섭   미안. 차가 막혔어. 근데 수아야. 원래 다이어트는 내일부터 아
         니야?

은호   (E) 수아. 삼촌 아파서 병원도 다녀왔어. 잔소리 그만하고 그냥

                                        미혼남녀의 효율적 만남

안아줘….

수아　　　(아프다는 말에, 얼른 가서 안아주는) 어디가 아픈데? 얼른 들어와.

수아, 태섭 손 잡고 안으로 잡아끈다. 태섭, 위로가 된다는 듯 웃으며 따라 들어
간다. 태섭, 들어가며 은호에게 차 키 건넨다. "내일 미팅 간다며" 은호 받는다.

씬52. 옷가게 앞 → 안 (저녁)

의영, "오" 한다. 옷가게 쇼윈도에 손과 얼굴 바짝 붙이고 감탄한다. 마네킹이
입은 하늘색 원피스에 꽂혔다.

의영(V.O)　　더 중요한 건 둘이 같은 페이지에 있는 거예요. 한 사람이 마음
　　　　　　　에 든다고 시작되는 게 아니라 재미있어요. 소개팅.

→ 가게 안
마네킹 근처에서 알짱거리는 의영에게 점원 다가간다.

직원　　　(친절한) 꺼내서 보여드릴까요? 같은 걸로 흰색도 있는데….

의영　　　흰색은 말고… 아예 좀 어두운 색도 있어요? 뭐 좀 흘려도 티 안
　　　　　　나는….

직원　　　(어두운색 원피스 찾아서 건네는) 이런 스타일도 어울리실 것 같은데.

직원이 보여준 원피스들 다 단정하고 예쁘다.

의영(V.O)   이왕 시작한 거, 저 제대로 해볼 거예요.

의영   저, 둘 다 입어볼게요.

씬53. 옷가게 피팅룸 안 (저녁)

지퍼 올린 의영, 거울에 비춰보면 하늘색 원피스 의영에게 예쁘게 어울린다.

의영(V.O)   그러니까, 주변에 괜찮다 싶은 사람 있으면 소개시켜주세요. 다
              음부턴 제가 알아볼게요.

그때, 의영 핸드폰에 알림 울린다. 의영, 일단 무시하는데, 계속 이어지자 이상
하다 생각한다. 핸드폰 확인한 의영 당황한다.
(효과) 좁은 피팅룸 안, 남자들에게서 온 톡 좌락 펼쳐진다.
[안녕하세요. 반갑습니다. 윤박입니다.]
[저 육준서라고 하는데요.]
[무대에서 노래하고 연기하는 이호광입니다. 이번 주 언제 한가하세요?]
놀란 의영, 당황한 듯 벽 짚는데 그게 문이라 그대로 열려버린다. 우당탕 큰소
리 내며, 의영 피팅룸 밖으로 넘어진다.

직원   손님, 괜찮으세요?!

(효과) 메시지들, 다시 의영을 압박해온다.
[이의영 씨 핸드폰 맞죠?]
[안녕하세요. 의영 님. 의영 씨 피부과 담당의 동생 김도윤입니다…]

                                    미혼남녀의 효율적 만남

의영   지금 이게 다… 소개팅하자는 연락인 거야?

핸드폰 쥔 의영, 고개 들면 황당한 표정이다. 혼란스러운 의영 얼굴 점점 클로
즈업되며.

                                                              2화 끝.

미혼남녀의 효율적만남
3화

씬1. (2화 씬53과 같은) 옷가게 안 (저녁)

피팅룸 안에서 우당탕탕 소리 난다. 팍! 소리 내며 문 열린다. (효과) 메시지들과 함께 와락 넘어진 의영, 메시지들 뾩뾩거리며 다시 주변을 압박해온다.

[안녕하세요. 반갑습니다. 윤박입니다.]

[저 육준서라고 하는데요.]

[무대에서 노래하고 연기하는 이호광입니다. 이번주 언제 한가하세요?]

직원   (놀라 달려온) 어머머. 손님 괜찮으세요?

의영, 휘청이며 일어난다. 의영은 핸드폰 보고, 직원은 옷 괜찮은지 살핀다.

의영(V.O)   지금… 이게 다 소개팅하자는 연락인 거야?

직원   (엉덩이 옆 티끌만 한 얼룩 발견한, 침 묻혀 문지르는) 어유, 이걸 어쩜
          좋아.

의영   (얼빠진) 제 말이요.

고개 들고 정면 보는 의영, 황당한 얼굴 클로즈업되며…

(타이틀) '미혼남녀의 효율적 만남 3화'

의영, 심각한 얼굴로 핸드폰 본다. 톡 또 온다. 직원들 멀찍이서 "또 왔나봐" 수
군댄다.

의영(V.O)   해킹인가? 번호 유출? 통신사?! 쇼핑몰?!?!

의영, '영문 11 박선아' 대화창 누르면 보이는 주고받은 메시지.

          - **선아** [사진 보냈더니 만나보고 싶대. 애들 가르치는데 잘나가. 번호 넘긴다?]

          - (스크롤 올리면) **선아** [이의영ㅠㅠ 좀만 기다려. 힘내]

          - (올리면) **의영** [내 번호 뿌려! 이제 공공ㅈㅐ야.],

          - (올리면) **의영** [ㄴㅏ소개팅점ㅅ릴줘. 소개팅ㅅㅣ커줄래, 아님 나랑 살래?]

INS   (2화 씬35와 이어지는)

          - 핸드폰 뒤지던 의영, 문자 쓴다. 버튼에서 엄지 미끄러지면

          - [ㄴㅏ소개팅점ㅅ릴줘. 소개팅ㅅㅣ커줄래, 아님 나랑 살래?]

의영   친구의 사돈의 친한 사장님의 사촌한테도 다 보내 걍!

의영… 지수가 이상하게 보건 말건, 메시지 계속 복붙, 또 복붙한다.

의영 (전부 생각난, 머리 뜯는) 와씨! 진상… 개진상…!!!

씬2. 의영의 집 – 거실 (저녁)

의영, 양손에 든 쇼핑백 툭 내려놓는다. 육중한 소리 난다. 정임, 놀라서 보면 안에 옷 여러 벌, 화장품 있다.

정임　이게 다 뭐야? 너 호텔에서 유니폼 입는다고 좋아했잖아. 어디 아파? (의영 이마에 손 짚는) 열은 없는데.

의영　(얼굴 뒤로 빼는) 아잇 그게 아니고오. 다음에 술 먹고 들어오면 내 핸드폰을 꺼줘. 아님, 손목을 자르던가.

정임　카드를 자르는 게 아니라?

의영　이게 그냥 옷이 아냐! 전투복이야.

정임　백프로 실큰데? (만지며) 이렇게 부드러운 전투복이 어딨어? (화장품 꺼내며) 이건, 위장 크림이게?

씬3. 의영의 집 – 의영의 방 (저녁)

청순st 원피스 하나 손에 들고, 거울에 비춰보는 의영.

의영　(어울리는, 마음에 드는) 단점 가려주고, 자신감 올려주면 전투복 이지….

　　　미혼남녀의 효율적 만남

침대에 옷 내려놓으면, 쇼핑한 옷 많긴 많다. 의영, 후회하긴 늦었다는 듯 가위 들고 온다. 원피스에 붙은 택 비장하게 싹둑 자른다. 다른 옷들 택도 찾아 자르기 반복한다. 어느새 한 줌 가득한 택 와르르 쓰레기통에 버린다.

의영(N)   시작은 술주정이었어도 기회는 기회다.

CUT TO 안경 쓴 의영, 책상 앞에 앉는다. 노트북 연다. 메신저에 안 읽은 메시지들 쌓여 있다. (카톡 안 읽은 메시지 표시) 빨간 1들 무수하다.

의영(N)   아직은 1%의 가능성일 뿐이지만, 만나보고 나랑 맞는 사람을 찾는 거다.

요란하게 손 풀고, 화면 가득 톡창 띄우고, 빠르게 메시지들 스캔한다.
[소개팅 해줄 사람 있음 내가 만났지. 니 주변엔 누구 없어?]
[아이고… 찾아볼게.]
[밥이나 한번 먹자.]
창 닫는다.

의영   이건 그냥 하는 말들이고….

은미   [찾아볼게! 근데 나도 부탁이 있는데. 너네 호텔 웨딩홀 상담 예약 좀 잡아줄 수 있어?]

의영   그럼. 부탁도 기브 앤 테이크지….

[그럼. 언제가 좋아?]

답장 쓰고, 다른 창으로 시선 돌리면

[안녕하세요. 반갑습니다. 윤박입니다.]

의영, 사진 클릭한다. 칠판 앞에 선 윤박 보인다. 칠판 글씨 확대한다. '지금 하는 공부가, 언젠가 너의 인생을 지켜줄 것이다!' 적혀 있다. 의영, 신기한 듯 보고, 톡 보낸다.

[안녕하세요 이의영입니다. 다음 주 토요일 괜찮으세요?]

의영, 창 띄우고, 타이핑하고, 다이어리에 스케줄 채우길 반복한다….

씬4. 더 힐스 호텔 – 사무실 (오전)

의영, 피곤한 얼굴로 커피를 양손에 들고 들어온다. 피곤한 듯 자리에 앉는다.

현민	어어? (앙큼) 하난 내 건가?

현민   어어? (앙큼) 하난 내 건가?

의영   미안한데… 둘 다 내 거야. 마시고 정신 차려야 돼.

현민   응? 잠 못 잤어요?

현민, 의영 패드 보고 뜨악한다. 소개팅 스케줄이 이름/나이/직업/시간/장소로 정리되어 있는데, 월요일부터 일요일, 아침부터 밤까지 꽉 채워져 있다. 현란하다.

현민   (놀라운) 아니, 출근 전에도 소개팅을 하자는 사람이 있어요?

의영   그게 나야. 시간이 없어서, 어쩔 수가 없었어. 출근하면서 영양제
       도 주문했다? 다 먹으면 도핑테스트 걸릴지도….

현민   쓰읍, 이 정도면 약발 받긴 해야겠네….

　　　　　　　　　　　　　　　　미혼남녀의 효율적 만남

의영   (머리 감싸는) 하…. 어제는 벌인 일 수습하자 그런 생각이었는
       데…. 이거 아니지?! 한 명 만나는 것도 벅찬데. 예의도 아니잖아.

현민   흠…. 사귀는 사이도 아니고, 매번 성의 있게 만나면 도리는 한
       거죠. 그러지 말고 그냥 해요. 결정적으로 이제 와서 취소하면,

의영   …?

현민   소개팅 또 안 들어와요. 주선자 영영 잃는 거라고.

의영   아. (그건 안 되는, 마음 잡으려는 듯 커피 쪼옥 마시는) 안 되지, 그건.

씬5. 더 힐스 호텔 – 회의실 (오후)

여러 부서 모여 회의 중이다. 구매팀이 한쪽에, 세일즈 팀장 나은, 마케팅 팀장
가현, 시설팀 팀장 정훈 맞은편에 앉아 있다. 나은, 화면에 PPT 화면 띄운다.
[위스키 브랜드 글렌디어 100주년 기념 팝업 전시 기획안]

나은   다음 달 중순부터, 프리미엄 위스키 글렌디어의 100주년 기념
       행사를 저희 호텔에서 진행하게 됐습니다.

직원들 좋아한다. 의영도 웃지만 슬쩍 골치 아프단 표정이다.

의영(V.O) 하필 바쁠 때 큰 프로젝트가….

명운   (자료 넘겨보며) 행사 기간이 3주나 되네요?

나은   네. (슬라이드 넘긴다) 호텔 로비에서 위스키 관련 전시와 시음 행
       사를 팝업으로 진행할 예정이고요. 브랜드에서 기획과 운영 전
       반을 저희한테 위탁한 상황입니다.

스크린 가득 브랜드 이미지들 보인다. 양조장, 바텐더, 스코틀랜드 현지 위스키 바 모습도 있다. 목재 활용한 인테리어 두드러진다. 의영, 좋은 생각 난다.

의영　　(손 드는) 이런 기획이면 아예 가벽을 세워서 샵인샵 느낌을 주는 건 어떨까요? 간판도 달고 바텐더도 섭외해서 스코틀랜드에 있을 법한 위스키바를 로비에 구현하는 거예요.

나은　　좋은데요? 그쪽으로 디벨롭 해볼 테니까, 구매팀은 공간 연출해 줄 수 있는 업체 찾아주시고, 시설팀은 현장 시공 때 도움 부탁 드릴게요.

의영　　네…! 알겠습니다.

씬6. 더 힐스 호텔 – 사무실 안 → 밖 → 안 (저녁)

의영, 일에 집중해 있다. 흘끗 시계 본 현민, 의영을 툭 치고 나가라는 듯 고갯짓 한다. 의영, 미안한 듯 작게 "부탁해!" 말하고 일어난다.

→ 사무실 밖

호텔리어들과 지나가던 정석, 엘리베이터 기다리는 의영 발견한다. 립스틱도 바르고, 옷 매무새도 정돈하는 모습 보고 "소개팅 가나?" 작게 혼잣말 한다.

→ 사무실 안

새벽, 자료들 모아들고 의영 자리로 간다. 빈자리에 의아해하는 새벽에게 현민, 따라 나오라고 손짓한다.

　　　　　　　　　　　　　미혼남녀의 효율적 만남

씬7. 더 힐스 호텔 – 휴게실 (저녁)

현민과 새벽, 자판기 버튼 누른다. 둘, 나란히 앉아 음료수 마신다.

현민	그동안 의영 선배 너무 일만 했잖아. 문제 터지면 다 나타나서 수습해주고. 봉합 실력이 외과 의사야. 덕분에 우리가 편했던 거, 알지?
새벽	(끄덕) 네.
현민	당분간 선배는 선배 인생 살게 두고, 우리가 배운 거 써먹자고. 너도 인턴 기간 끝나기 전에 뭔가 보여줘야 되잖아.
새벽	(간절한 듯 세차게 고개 끄덕이는) 네…! 저 열심히 할게요.

그때, 새벽 핸드폰에 톡 알람 온다. 도현이다.
[새벽 씨. 오늘 저녁에 시간 돼요? 잠깐 얘기 좀 해요.]
난처하다.

현민	저녁 먹고 와서 업체 서치할까?
새벽	(핸드폰 집어넣고 따라가며) 네…!

씬8. 소개팅 몽타주

의영, 긴장한 얼굴로 레스토랑에 도착한다. 옷이랑 머리 매만지고, 심호흡하고 카페 문 연다. 중식집 문 연다. 일식집 문 연다…. (여러 문 여는 컷들)

의영(N)   소개팅을 하며 알게 된 건, 세상은 넓고, 참 다양한 사람들이 있
           다는 거.

의영, 창가 자리에 앉는다. 햇빛 잘 드는 카페의 소파 자리에도 앉고, 분위기 좋
은 파스타집의 나무 의자에도 앉고, 옷은 원피스였다가, 또 다른 원피스였다가,
셔츠에 바지였다가, 셔츠에 스커트로 바뀌고, 먹는 음식도 파스타였다가, 초밥
이었다가, 다시 다른 파스타였다가, 커피였다가, 덮밥으로 바뀌고, 남자 얼굴도
통통했다가, 눈매가 날카로웠다가, 입꼬리가 음흉했다가… 달라진다. (먹는 메
뉴, 스타일, 남자 얼굴, 목소리, 10개 정도의 세팅이 계속 바뀌는)

의영(N)   그중에 똑같은 사람은, 아니 비슷한 사람도 없었다. 다들, 그 자
           체로 유일무이한 우주였다.

씬9. 어느 일식집 (저녁)

사람 좋게, 선하게 생긴, 여유로운 남자의 분위기를 팍팍 풍기는 박, 의영과 마
주 앉아 있다. 박 뒤에 배경 녹색이라, 묘하게 강의실 같다.
[자막] '윤박, 37세, 스타 수학 강사'
의영은 덮밥 ⅓도 못 먹었는데, 박은 젓가락으로 미소를 잘 푼 국물까지 야무지
게 호로록 마시곤, 입 닦고, 물로 가글한 다음, 의영을 그윽하게 본다.

의영   (부담스러워서 어색하게 웃는) 벌써… 다 드셨네요. 모자라면 더 주
           문하셔도….

박   벌써 나 챙기는 거예요? 혹 들어오네? (의영 반응 보고) 농담. 밥

                                    미혼남녀의 효율적 만남

을 주로 쌤들이랑 회의하면서 먹어서, 빨리 먹는 게 습관이에요. (뚫어져라 보는)

의영   (체할 것 같아 젓가락 놓는) 아…. 많이 바쁘시죠. 박 씨 수업이 학생들한테 엄청 인기라고 들었어요.

박   의영 씨가 궁금한 게 진짜 그거예요? 바쁜데 연애할 시간은 있냐, 애들이 아닌 날 아껴줄 수 있냐, 그거 아니에요. 맞죠? 내가 간파했어요?

의영   네? 아…. (그런 의도 아니었지만) 네, 뭐…. 시간 괜찮으세요?

박   난 시간이 금인 사람이고, 의영 씨한테도 은이나 동은 될 거 아니에요. (손재간 화려한) 그런 우리가 여기 나왔고, 서로의 말에 집중하고. 이런 상호작용들이 쌓이면 어떻게 되겠어요. 결말은 뻔하죠. 여친 합격!

의영   (어이없는) 네?!

박   의영 씨가 원하는 게 연애면 연애로 끌어줄 것이고, 결혼이면 결혼으로 끌어줄 것이고, 그러니까 어렵게 생각하지 말고 그냥 날 이용해! 그래도 돼!

의영(N)   플러팅을 고3 애들 가르치듯 하는 남자.

씬10. 어느 양식집 (저녁)

다부진 몸, 남자다운 인상의 준서, 의영과 마주 앉아 있다. 준서 인상 세서, 의영 조금 긴장해 있다.

[자막] '육준서, 29세, UDT 출신 재활 트레이너'

의영   준서 씨. 몸 관리 열심히 하신다고 들었는데, 탄수화물 괜찮아
          요?

준서   네. 같이 맛있는 거 먹으려고, 오늘 치팅데이로 정했거든요.

CUT TO 서버, 테이블 한가득 파스타, 치킨 샐러드, 피자 놓는다. 준서, 팔까지 걸
어붙이고 잘 먹는다. 그러면서 계속 의영 접시도 챙긴다. 의영, 슬며시 웃는다.

의영   근데, 준서 씨는 연상 괜찮아요?

준서   (일말의 고민 없이) 네.

의영   (너무 고민을 안 해서 오히려 놀라는) 네?!

준서   누나 소리만 기대하지 마세요. (웃는) 전 오히려 먹성 같은 게 차
          이 나면, 그건 매번 느껴지더라고요. 의영 씨는 잘 드세요?

의영   (끄덕) 네. 먹는 거 좋아해요. 가리는 것도 없고…

준서   와. (설렌 듯한) 저 지도 앱에 맛집 저장 엄청 해놨거든요. 말 나온
          김에, 오늘 몇 군데 가봐도 되겠네. (핸드폰 켜는, 지도 앱 보는) 설
          렌다….

의영   (살짝 당황) 몇… 군데요?

몽타주 - 준서, 설레는 얼굴로 '올어바웃타코' 타코집 간판 가리킨다.

          - 준서, 들뜬 듯 '두더지 베이글' 베이글 집 간판 가리킨다. 의영, 배가 부르다 못해 허
            리가 아픈 듯 허리 짚는다.

          - 준서, 소개팅도 잊은 듯, '흐르기 전에' 젤라또 집 혼자 들어간다.

          - 약국. 의영, 혼자 약국 들어온다. 명치 두들기며 "소화제 좀 주세요…" 한다.

의영(V.O)   두 번 만났다가는 위장에 무리가 올 것 같은 남자.

                                    미혼남녀의 효율적 만남

명치까지 풀어헤친 셔츠에 검정 라이더 자켓 입은 호광, 의영이 마음에 든 듯, 자꾸만 웃었다 입술 깨물었다, 고개 젓고 하늘 보기도 한다. 의영은 호광의 에너지가 살짝 버겁다. 계속 이어지는 소개팅에 지친 듯도 하다.

[자막] '이호광, 36세, 뮤지컬배우'

의영　　커피는 정말 제가 사려고 했는데…. (불편한) 돈 그냥 보내드릴까 봐요.

호광　　(뮤지컬톤) 그런 말 말아요. 의영 씨는 제게 억만금과도 바꿀 수 없는 완벽한 하루를 선물해준 걸요. 오늘부터 의영 씨는 제 뮤즈예요.

의영　　뮤즈요…?

호광　　팬텀의 크리스틴처럼요. (현란하게 손 뻗는) Sing! Sing for me, Christine!

의영　　하필… 팬텀이요? (무서운, 얼른 피하자 싶은) 호광 씨, 저 이제 들어가볼게요. 집, 바로 근처라 혼자 가면 돼요.

호광　　으응! 집까지 가야 마음이 놓일 것 같아요. (지나가는 남자에게 눈 치켜뜨는) 내 선샤인을 향한 뜨거운 시선…. 시커먼 속내들이 다 보이거든요.

의영(N)　나를 뮤즈, 크리스틴, 선샤인, 기타 등등으로 부르며 과보호하려던 남자는….

정임　　(E) 가라면 좀 가지? 집은 프라이버시라 알려주기 싫은 것 같은데.

의영(N)　사랑의 숙적을 만나 무참히 깨지기도 했다.

| 의영 | (정임 발견하고, 민망한) 아이고….

| 호광 | 레이디는 누구신데 갑자기 나타나서 저희 사이를 저지하세요?

| 정임 | 나? 애 엄마.

| 호광 | 지저스! 크롸이스트!

| 정임 | 지저스 아니라, 엄마. 말귀를 못 알아듣네….

씬12. 의영의 꿈 어느 서바이벌쇼 스튜디오

의영, 홀로 심사위원석에 앉아 있다. 무슨 상황인가 싶어 당황하는데, 별안간 무대 조명이 탁, 탁, 탁 켜진다. 무대엔 남자들 열 명 정도가 일렬로 서 있다. (프로듀스 101 같은) 남자를 한 명씩 훑는 카메라….

| 기도남 | (손 모으고) 우릴 이어준 하늘에게 감사 기도를 올려야겠어요!

| 의영(N) | 일요일은 주일이라 데이트도 쉰다는 남자.

| 이별남 | 의영 씨도 술 좋아해요? 집에서 혼자 마셔도 되는데 굳이 나가서 마시는 심리는 뭐예요?

| 의영(N) | 아직 전여친한테 미련이 많은 것 같은 남자.

| 찍먹남 | 취향은 다를 수 있어요. 제가 불편한 점은 왜 물어보지도 않고 소스를 붓냐는 거예요. 전 이게 의영 씨에 대해서 많은 걸 말해준다고 생각합니다….

| 의영(N) | 부먹파의 무심함을 견딜 수 없다는 찍먹파 남자.

| 손성애남 | 요리를 전혀 못 해요? 의영 씨 손이, 요리 잘하는 손인데. 진짜 조물조물 잡채 잘 무치는 손이거든요.

| 의영(N) | 손만 보고 나도 모르는 내 잠재력을 발견한 남자.

 미혼남녀의 효율적 만남

남자들, 동시에 품에서 장미꽃 꺼낸다. "저랑 만나주세요!" 외친다. 의영 앞에 '애프터'라 적힌 버튼이 눌러달라는 듯 반짝이는데…. 도저히 누를 수가 없다.

의영(N)　　　문젠, 그 많은 남자들 중에 내 취향 하나가 없었다는 거.

의영, 도망치기 시작한다. 그러자 남자들 우르르 의영 뒤를 쫓는다. "도망간다!/잡아!/한 번 더 만나보면 생각이 달라질걸요?!" 외치며 따라온다. 잡히지 않으려고 힘껏 달린다. (E) "삐삐삐삐!" 긴박한 알람 소리 공포스럽다.

의영　　　아뇨!!! 앞으로도 아닐걸요!!!

씬13. 의영의 집 - 의영의 방 (오전)

(씬12의 알람 소리 이어지는) 벌떡 일어난 의영, 이마에 식은땀 맺혀 있다. 알람 끄고 핸드폰 확인하면 애프터들 쌓여 있다.

윤박　　　[목적 없는 사랑은 방황만 키울 뿐. 믿고 따라올 준비 됐어요?]
준서　　　[의영 씨를 위해서, 손가락 따는 법을 익혔어요.]
호광　　　[어머니 카리스마가 대단하세요. 집 밖에선 내가 의영 씨 우산이 되어줄 수
　　　　　있을 것 같은데…]

그중에 은미에게서 온 톡도 보인다.

은미　　　[우린 이제 호텔 출발. 곧 보자!]

의영, 시계 보면 11시 반이다.

의영　　　하! 늦었다! (이불 박차고 나가는)

씬14. 태섭의 주말 몽타주 (오전)

한강.
태섭, "후, 후" 짧게 호흡하며 페이스대로 한강 따라 러닝한다.

INS　(2화 씬31에서) 의영, 태섭과 마주보고 서 있다. "먼저 가볼게요. (꾸벅) 연락 드릴게요" 의영, 지수 끌고 나간다. 태섭, 달리는 속도 점점 빨라지고 호흡 가빠진다. 넓게 잡으면 전력 질주 중이다.

　　－욕실. 샤워부스 안 태섭, 핸드폰 바깥에 뒀다. 샴푸하는데 벨소리 들린다. 얼른 나가 핸드폰 보면 은호다. 거절 누르는데, 눈으로 거품 들어온다. 따가워한다.
　　－거실. 태섭, 소파에 누워 책 읽는다. 그때, 의영 다가와 "태섭 씨" 하고 귓가에 나지막히 속삭인다. "의영 씨?!" 태섭, 놀라 허둥대며 낮잠에서 깬다. 책은 바닥에 내팽개쳐져 있다. 태섭, 의영 꿈까지 꾸다니 얼떨떨하다. 자세 고쳐 앉는다.

태섭　　　(살짝 원망하듯) 연락 준다더니…. 설마 그 사람이랑 잘됐나?

싫은 듯 인상 쓴다. 그때, 핸드폰 울린다. 얼른 확인하면, '동물의집 소장님'이다.

　　　　　　　미혼남녀의 효율적 만남

태섭   (무슨 일인가 싶은) 네. 소장님.

씬15. 더 힐스 호텔 – 카페 (오후)

의영, 은미와 은미 예비 신랑(호진)과 함께 커피 마시고 있다. 은미, 부잣집 영애님 같은 차림이다. 덩치 큰 예비 신랑은 은미 손 꼭 잡고 큰 고양이처럼 앉아 있다

의영   (감개무량한) 우리 스무 살에 만났는데. 니가 결혼을 다 하고…. 축하해.

은미   고마워. 호텔 다니는 친구 덕 제대로 본다.

의영   뭘…. 주말이라 상담 꽉 찼다는 거, 너한테만 특별히 해주는 거 니까, 애들한테는 소문내면 안 된다?

은미   걱정 마. 나 말고 특급 호텔에서 결혼할 만한 애들이 또 어딨어?

호진   (둘이 어떻게 친구인가 싶은) 근데 둘이 스타일이 되게 다르다.

은미   우린 달라서 잘 맞아. 대학 때 같이 팀플을 했었거든? 얘가 과제 준비, 발표 다 하는 대신 내가 10만 원 입금해주고 그랬어. 결과는,

의영   A+. 너만큼 나 믿어주고, 내 공 잘 쳐주는 사람 또 없었다.

은미   이렇게 앞가림 잘하는 애가 왜 여태 솔로지? 오빠. 친구들 중에서 얘 소개시켜줄 사람 정말 없어?

호진   (당황한) 어?

은미   (살짝 짜증) 어? 안 찾아봤어? 내가 알아보라고 했잖아.

의영   (머쓱한) 야, 왜 그래. 불편하게. 나 괜찮아. (예비 신랑한테) 괜찮아요. 정말.

정석   (E) 이은미 예비 신부님?

그때, 구세주처럼 정석 다가온다. 슈트 입고, 젠틀하게 인사한다. 뒤에 현민, 혹
처럼 붙어 의영에게 손 흔들고 있다.

정석   더 힐스 은정석 총지배인입니다. 연회실로 이동해서, 웨딩 담당
지배인을 소개해드리겠습니다. 여기서부터 (따라오지 말라는 듯)
친구분은.

의영   (정석 향해 눈짓) 잘 부탁드려요. (다가오는 현민에게 작게) 넌 뭐야?

CUT TO   의영과 현민, 마주 앉아 있다. 현민, 샌드위치 먹는다.

의영   그래서…. 숙박하고 체크아웃하는 길에 총지배인님이랑 마주친
거야? 너 소문이라도 나면 어쩌려고 그래.

현민   직원 할인이 소중한데 어떡해요. 그리고, 성인이 섹스 좀 했다고
소문나면 그게 웃기는 일이지. 그럼 안 해?!

의영   (대단하다는 듯) 하. 진짜 너는….

현민   근데, 요즘엔 사람 만나는 게 영 재미가 없어요. 패턴이 너무 똑
같애. 만나서 통성명하고, 밥 먹고, 자고, 끝. 두 번은 못 보겠어
요. 덕질을 해야되나….

의영   나 왜 좀 공감되냐….

그때, 핸드폰 울린다. 윤박이다.
[의영 씨, 여태 자는 거? 지금 잠을 자면 꿈을 꾸지만, 사랑을 하면 사랑을 이뤄요~]
의영, 설렘보단 피로한 얼굴이다.

의영   근데, 만나다보면 감정이 생기지 않을까? 대체로 번듯하고 괜찮

 미혼남녀의 효율적 만남

은 사람들인데.

현민   (흘끗 의영 표정 보는) 그렇게 좋아질 때까지 보게요? 번듯한 사람
이면 잡아두지 말고, 인연 찾아가라고 얼른 놔줘요.

그 말에, 의영 결심한 듯 핸드폰 든다. 윤박과의 톡창 들어간다.

[죄송합니다. 저랑은 인연이 아닌 것 같습니다. 좋은 분 만나길 바랍니다.]

메시지 써서 보내고, 호광에게도 보내려고 톡 들어가면 받은 톡 전문 보인다.

[어머니 카리스마가 대단하세요. 집 밖에선 내가 의영 씨 우산이 되어줄 수 있을 것 같은
데… 날이 화창해서 필요 없겠죠? 우리 인연은 여기까지… the end…]

의영   (선수 빼앗겼다는 듯) 어?!

현민   (알겠다는 듯) 내가 정리할 수 있음, 나도 정리당할 수 있는 거. 그
게 또 소개팅이니까. 응?

씬16. 유기견 보호소 – 밖 (오후)

태섭, 표정 밝다. '러브하우스' 멜로디 흥얼대며, 알러지약 한 알과 물 넘겨 삼키
고, 강아지들 모여 있는 운동장으로 간다. 그때 보호소 소장, 하네스에 목줄한
흰 중형견 데리고 나온다. 태섭, 소장에게 꾸벅 인사한다.

보호소 소장 급하게 연락했는데 와줘서 고마워요. 회원님이 설탕이 예뻐하
던 게 딱 생각이 나더라고요.

태섭   연락해주셔서 감사해요. 설탕이가 너무 순하기만 해서 늘 마음
이 쓰였는데. 새 가족한테 직접 데려다줄 수 있어서 너무 다행이

에요.

태섭, 쪼그려 앉는다. 설탕이 마구 쓰다듬는다.

태섭   와…. 털도 자르고 목욕도 했네. 설탕이 너무 예쁘다. 가서는 응
         석 잔뜩 부리고 살아. 알겠지?

태섭, 일어난다. 하네스줄 건네받으면 보호소 소장, 주소와 연락처 적힌 종이
건넨다. 태섭, 기대감 어린 표정으로 받아든다.

씬17. 모 아파트 단지 앞 (오후)

태섭, 종이 손안에서 구겨버린다. 설탕이와 나란히 선 태섭 표정 어둡다. 맞은
편에 선 부부도 난감하다는 표정이다.

태섭   …뭐라고요?
입양남   입양 취소하고 싶다고요.
태섭   (참고 설득해보려는) 이유는요? 하루이틀 고민하고 결정한 건 아
         닐 거잖아요.
입양남   사진으로 봤을 땐 어릴 때 키우던 강아지랑 닮아서 마음이 갔는
         데. 실제로 보니까 너무 달라요. 크기도 크고, 털 깎아 놓으니까
         피부도 별로네.
입양녀   밖에서 막 키워서 그런가…. 병 옮기는 거 아냐?
태섭   (화 치미는) 말씀 함부로 하지 마시죠.

                                          미혼남녀의 효율적 만남

입양남   뭐, 짐승이 사람 말 알아듣는 것도 아닌데….

태섭, 한숨 쉰다. 영문도 모르고 꼬리 흔드는 설탕이 안쓰럽게 느껴진다. 듣지 말라는 듯, 일단 설탕이부터 회사 SUV 조수석에 태우고 다시 부부에게 간다.

태섭   그런데요. 동물도 다 알아요. 사람들 짓는 표정, 목소리로 이 사
         람 기분이 좋은지 나쁜지, 나를 싫어하는지 다 눈치챈다고요.
입양남   네?
태섭   언젠가요. 오늘 설탕이랑 똑같은 일 겪고, 마음 아파보길 바랄게
         요. 직접 겪어보기 전에는 절대 모르실 것 같아서요.
입양남   뭐요?!?!

태섭, 운전석으로 가는데, 열받은 남자, 뒤에서 머리로 태섭 들이받는다. 태섭 도 물러나지 않고 멱살 잡는다. 여자, 다급하게 핸드폰 들어 112 누른다.

씬17. 경찰서 안 (오후)

정석, 다급하게 경찰서 안으로 들어온다. 호텔에서의 모습과 180도 다르게, 헐 렁한 추리닝 차림이다. 긴장한 듯 반듯하게 앉아 있는 태섭 보고, 태섭의 무릎 에 얌전히 있는 설탕이도 한 번 보고…. 그대로 입양남에게 덤빈다. 입양남, 이 건 또 뭐냐는 듯 뒤엉켜 싸우는데, 태섭, 말리지 않고 오히려 정석을 남자 쪽으 로 밀며 화력 보탠다.

정석   (머리 꼭대기까지 화난) 반려동물 입양은 신중하게!

태섭   책임은 무겁게!!!

씬18. 태섭의 차 안 (오후)

태섭 회사 SUV, 경찰서 앞에 주차되어 있다. 태섭은 운전석에, 설탕이는 조수석
에 앉아 있다. 정석은 뒷좌석에 앉아 뻐근한 몸 늘리며, 고구마말랭이 씹는다.

정석   …경찰서에 나를 부를 줄은 몰랐네.
태섭   이런 상황에서, 좀 어른스럽게 대처하실 것 같았어요.
정석   그래도 우리 팀워크가 좋았어. 얌전한 줄만 알았는데 은근 성격
          있어요?
태섭   (머쓱한) 만난 지 5분도 안 됐는데 파양을 한다니까…. 너무 화가
          나서….
정석   좋은 일도 아닌데, 이런 건 제발 신기록 갱신 좀 안 했으면 좋겠
          어요. 그쵸?

정석, 설탕이 입에도 고구마말랭이 넣어준다. 태섭은 혼자 파스 붙이려고 허리
춤 옷 들춘다. 멍들어 있다. 정석, 그런 태섭의 파스 대신 붙여준다.

정석   참, 강아지 알러지 있잖아요. 설탕이는 내가 보호하다가, 주말에
          보호소 돌려보내도 되는데.
태섭   약 먹으면 며칠은 버틸 만해요. (설탕이 보며) 제가 데리고 있을게요.
정석   그래요 그럼. (달래듯) 설탕이는 더 좋은 데 가려나보다. 응?
CUT TO   태섭, 운전 중이다. 핸드폰 알람 띠링 울리자, 얼른 확인한다. 뒷자리

                                      미혼남녀의 효율적 만남

정석 "제 거예요" 말하고 톡 확인하면 의영이다.

[총지배인님. 친구 예약했다면서요? 오프인데 나와주시고, 감동 또 한 번 적립입니다.]

뿌듯한 듯 웃는다.

정석   (별 뜻 없이) 뭐, 기다리는 연락 있나봐요?

태섭   네. 의영 씨요.

정석   (놀란) 그래요?! (망설이다) 주선자로서 책임이 있으니까 이건 말
       해줘야겠네….

태섭   소개팅 또 하시는 건 알아요. 봤어요.

정석   (더 놀란) 심지어 봤어?! 근데도 기다려요?

태섭   (머쓱한) 네. 연락 준다고 했고, 저랑도 끝난 건 아니니까….

정석   (신기한) 이건 자신감이야, 아님 눈치가 없는 거야.

태섭   흠…. (답답한) 저도, 한 번 더 만나면 확실히 알 것 같은데….

정석   (신경 쓰이는) 하…. 주선자는 주선자지, 큐피드는 아닌데. (한 번
       더 도와주자 싶은) 그럼 우연히 한 번 더 봐요.

태섭   (이상한) 그게 무슨….

정석   호텔이란 곳이 그렇잖아. 누군가한테는 일터라 하루 8시간을 머
       물러야 하는 곳이고, 누군가한테는 미팅하기도, 친구랑 차 한잔
       하러 들르기도 좋은 곳이고. 그렇게 우연히 한 번 더 봐봐요.

태섭   (이해한) 아…!

씬19. 태섭의 집 (저녁)

태섭, 소파에 앉아 있다. 설탕이 옆자리에 앉혀놓고, 우연한 만남 연습한다.

태섭　(소름 돋게 어색) 헉 의영 씨? 일한다는 호텔이 여기…? 아냐! 전 친구를 좀. 이렇게 만난 것도 우연인데, (설탕이 앞발 들고 악수하듯 흔드는) 같이 밥 먹을래요? 손은 왜 잡아 하. (미치겠는) 의영 씨. (톤 낮추는) 의영 씨…?

태섭, 그러다 현타 온 듯 괜히 설탕이 껴안는다. 고개 묻는다.

씬20. 더 힐스 호텔 – 전경 → 회의실 (오전)

더 힐스 호텔 전경.

→ 회의실

구매팀 회의 중이다. 의영, 새벽이 조사한 가구공방 자료 집중해서 본다. 단정하고 차분한 느낌의 목재 가구, 공간 이미지들 보인다. 상단에 '목공 스튜디오 HOME'이라 적혀 있다.

새벽　(긴장한) 홈이라고, 요즘 집 꾸미기 하는 사람들 사이에서 많이 언급되는 브랜드예요. (펼친 잡지 보여주는) 보면 카페 리모델링 공사도….

나리　소꿉놀이하는 것도 아닌데. 우리랑 일 많이 하는 오마주, 거기랑 그냥 하지?

　　　　　　　　　　　　　미혼남녀의 효율적 만남

의영	거기도 괜찮은데, 여기 (반한) 너무 멋있는데요? 두 업체 시안 받아보고 더 좋은 곳으로 결정하면 어때요?
나리	(귀찮은) 굳이 그럴 필요 있어? 것도 다 우리 일인데.
의영	공간 잘 나오게 하는 게 우리 일이죠. 시안 받는 걸로 하고 (나리 보며) 기한은 2주 줄까요?
나리	러프하게도 괜찮으니까 일주일로 해.
의영	너무 짧은데…. (정리하듯) 열흘로 하죠.
현민	(바로 듣고, 입력하는) 넵. 기간은 열흘….
나리	다 자기들 마음대로 할 거면 왜 물어봤어! 오마주는 내가 연락할 테니까, 나머진 자기들이 알아서 해.
의영	넵. 그럼 홈은 제가….
현민	새벽이! 업체 새벽이가 찾았으니까, 컨택 한번 맡겨보는 거 어때요? 메일은 제가 보낼 테니까, 디테일한 소통은 새벽이 시켜봐요. (눈빛 보내는)
의영	어…. (괜찮을까 싶어 새벽 보는) 그럴래?
새벽	(용기 내는, 끄덕) 네. 해볼게요….

씬21. 더 힐스 호텔 – 사무실 (저녁)

현민, 새벽, 사무실에 앉아 야근 중이다. 현민, 메일 전송 버튼 누른다. 기지개 켜며 자리에서 일어난다.

| 현민 | 됐다! (새벽에게) 메일 보냈으니까. 연락 한번 드려. |
| 새벽 | 네…! 수고하셨어요. |

→ 회의실

새벽, 떨리는 듯 핸드폰 든다. 번호 한 자 한 자 꾹꾹 누르고 전화 건다. "후…" 심호흡한다. 전화 연결된다.

은호	(E) 네. 홈 이은호입니다.
새벽	(떨리지만, 최대한 프로처럼) 안녕하세요. 더 힐스 호텔 구매팀 심새벽이라고 합니다. 막 메일을 하나 드렸는데요.
은호	(E) 아…. (확인해 보는 듯) 팝업이네요?

둘, 통화 이어 나간다….

→ 회의실 앞

새벽, 밝은 얼굴로 회의실 나온다. 그때, 법무팀 직원들 둘 지나간다. 새벽, 꾸벅 인사한다. 둘, 흘끔 새벽 본다.

직원	그 인턴이잖아. (수군대는데 들리는) 요즘 애들은 회사 진짜 재밌게 다닌다….
새벽	…. (표정 안 좋아지는)

뭔가 고민하던 새벽, 도현에게 톡 보낸다.

[변호사님. 잠깐 뵐 수 있을까요?]

씬22. 카페 (저녁)

도현과 새벽, 마주 앉아 있다. 도현은 긴장했고, 새벽 표정은 어둡다.

 미혼남녀의 효율적 만남

도현	(설레기도, 긴장되기도 한) 생각은… 좀 해봤어요?
새벽	네. 의영 선임님도 마음에 걸리고, 저는 지금 취업이 제일 중요하거든요. 죄송합니다.
도현	(당황한) 저, 전에도 비슷하게 거절당한 적 있어요. 그땐 쥐뿔도 없어서 그냥 물러났는데, 지금은 상황이 달라요. 제가 밥도 사줄 수 있고, 취업에 필요한 서포트도 해줄 수 있는데. 본인한테 유리한 게 뭔지 한번 생각을….
새벽	솔직히 말씀드리면… 좀 불리해졌어요. (담담하게) 아직 뭘 보여준 것도 없는데, 변호사님이 좋아한다니까 회사 분들이 저를 알아보더라고요. 저, 이번에 맡은 일 정말 열심히 해볼 거예요. 일에 집중할 수 있게 도와주세요.
도현	…. (얼얼한)
새벽	그럼, 저는 먼저 일어나볼게요.

새벽, 꾸벅, 도현에게 인사하고 나간다. 도현, 상황 갑갑하다.

씬23. HOME – 사무실 (오후)

태섭, 메일 확인한다. 더 힐스 호텔에서 온 메일 눈에 띈다. 얼른 클릭해 본다.

[The Hills Seoul] 더 힐스 X 싱글몰트 위스키 브랜드 팝업 지명입찰 제안 건

클릭한다.

[더 힐스 호텔 구매팀입니다. 저희 더 힐스 호텔에서는 다가오는 5월, 싱글몰트 위스키 브랜드의 팝업 프로젝트를 호텔 1층 로비 공간에서 진행하고자 합니다…]

놀란다.

태섭	(다급하게) 이은호. 메일 온 거 봤어?

태섭 (다급하게) 이은호. 메일 온 거 봤어?

은호 어떤 거?

태섭 더 힐스 팝업….

은호 (모니터에 시선 고정한) 아, 봤지. 근데 거절하려고. 일정도 빠듯하고, 너 팝업 싫어하잖아. 반짝 하고, 끝날 때려 부수는 거.

태섭 싫긴 하지…. 근데 해야겠다.

은호 (헷갈리는) 뭐래. 안 해도 돼. 말고도 할 일 많아.

태섭 아니, (일어나는) 하고 싶다고.

은호 엥? (일어선 태섭 보고) 어디가?

태섭 (외투랑 가방 챙기며 나가는) 공간 보러. 호텔.

은호 지금 간다고?! 진짜 할 거야?

태섭 응. 원래도 오늘은 (중얼) 가려고 했어…!

씬24. 더 힐스 호텔 – 엘리베이터 안 (오후)

의영과 새벽, 엘리베이터에 탄다. 1층 버튼 누른다.

새벽 저 선배님.

의영 응?

새벽 홈 이은호 대표님한테서 연락받았는데요. 입찰 참여하고 싶으시대요.

의영 정말?! 잘됐다! (기쁜) 너랑 현민이한테 일 다 떠넘긴 것 같아서 미안했는데. 내가 다음에 한 턱 제대로 쏠게.

새벽 (뿌듯한) ….

                                                          미혼남녀의 효율적 만남

씬25. 더 힐스 호텔 – 로비 (오후)

태섭, 호텔로 들어온다. 고급스러운 인테리어, 친절한 직원들과 고객들 보인다.

태섭　　　(왠지 조금 긴장되는) 여기구나….

마침, 새벽과 의영도 로비로 들어온다. 태섭, 스치듯 의영 본다. 놀란 태섭, 확인하려고 걸음 떼는데…. 마침 외국인 관광객들이 앞으로 줄지어 지나간다. 마음 급한데 틈은 없어 제자리걸음이다. 그때, 누군가 의영에게 전화한다. 모르는 번호다.

의영　　　어? (새벽에게) 나는 전화 좀. 이따 사무실에서 보자.

의영, 방향 바꿔 비상구로 간다. 관광객들 지나가자, 의영 안 보인다. 태섭, 아쉬워한다. "또 보겠지"하며 로비에 자리 잡는다. 일하려는 듯 스케치북, 펜 꺼낸다.

씬26. 더 힐스 호텔 – 비상구 (오후)

비상구로 들어온 의영, 핸드폰 보면 모르는 번호다. 의아한 얼굴로 전화 받는다.

의영　　　(받는) 어보세요?
수온　　　(E) 이의영 씨 핸드폰이죠? 저 은미 씨 소개로 연락드려요. 김수온입니다.
의영　　　아…. 소개팅…? (정말 연락 올 줄 몰랐던, 놀란) 안녕하세요.

수온   (E) 갑자기 전화해서 놀라셨나봐요. 혹시 내일 저녁에 시간 괜찮

          으세요?

씬27. 고급 레스토랑 (저녁)

의영과 수온, 스테이크 썰고 있다. 명품 로고가 큰 옷 입은 수온, 입은 웃는데 눈
빛은 날카로운, 어딘가 모르게 쎄한 인상이다.

[자막] '김수온, 35세, 가족 사업 운영'

수온   은미 씨한테 얘기 많이 들었어요. 성격 좋다고 하도 칭찬하길래

          솔직히 얼굴은 기대 안 했는데…. (빤히 보는) 되게 미인이시다.

의영   감사합니다. 수온 씨는 호진 씨 오랜 친구라고 들었어요.

수온   그 새끼랑 벌써 20년됐어요. 나중에 우리 넷이 더블데이트해도

          좋겠다. 골프 쳐요? 제가 골프는 조기교육을 받아서. 채 고르는

          것부터 알려줄 수 있는데.

의영   아. 저 골프는 못 치는데….

수온   그럼, 의영 씨 부모님 취미는 뭐예요?

의영   (이상해서 확인하듯) 저 말고 부모님이요? 음. 엄만 요가 오래 했

          고, 아버진 저 어릴 땐 낚시랑 캠핑 좋아하셨는데. 지금은 잘….

          (고개 갸웃…)

수온   아버님은 철도공사 다니신다고 들었는데.

의영   (다 아는 게 신기한) 맞아요. 아빠는 아직 경주에 계실 거예요.

수온   (이상한) 아버님이랑은 일 때문에 따로 산다고 들었는데…. 아닌

          가요?

의영	(고민하다) 일 때문만은 아니에요. 부모님 사정이라 다 아는 건 아니지만, 두 분이 성격도 가치관도 워낙 달라서요. 어릴 때부터 따로 사셨어요.
수온	(노골적으로 실망한 듯, 뒤로 기대는) 아, 그래요…? 이혼인가요?
의영	(기분 살짝 상하지만) 이혼은 아니고 별거…?
수온	그래도 다행이네요.
의영(V.O)	다행…?
수온	사랑 받고 자란 느낌이라, 말 안 했으면 솔직히 몰랐을 것 같아요.
의영	아….

씬28. 의영의 집 – 의영의 방 (밤)

의영, 지친 듯 곧장 침대로 엎어진다. 그때 전화 온다. 은미다. 받는다.

의영	어. 은미야.
은미	(E) 오늘 수온 오빠 만났다며?! 어땠어? 사람 재밌지 않아?
의영	너… 재미가 뭔지 몰라? 재미없는 말을 당당하게 하긴 하던데.
은미	(E) 솔직해서 그래. 나한테 그러더라? 원래 자기는 구김살 없는 스타일 좋아하는데, 넌 또 보고 싶대.
의영	(기분 상한 듯 일어나는) 그게 무슨 말이야?
은미	(E) (해맑은) 너네 부모님 별거 중이라며. 왜 숨겼어? 친구 사이에.
의영	숨긴 적 없어. 그걸 다 말해야 친구인 것도 아니고….
은미	(E) (달래듯) 요점은 애프터를 했다, 잘 됐다, 그거거든? 근데, 오빠가 너네 부모님 노후 준비는 되어 있는지 궁금하대.

의영	뭐?! (얼굴 찌푸리는) 그걸 물어보라고?
은미	(E) 너도 알아두면 좋잖아. 안 구체적이어도 돼. yes, no 그렇게만….
의영	야! 진짜 별걸 다 시킨다. 끊어.

의영, 전화 끊는다. 머리 복잡해 보인다.

씬29. HOME 사무실 – 화장실 → 사무실 (밤)

태섭, 편한 차림으로 가글하고 있다. 가글 뱉고, 손 씻고, 문 열면 사무실이다.
→ 사무실

태섭, 자리에 앉는다. 화이트보드에 레퍼런스 이미지 출력해서 무드보드 꾸미기 시작한다. 스코틀랜드 바의 거친 이미지, 위스키의 남성적인 이미지와, 병의 부드러운 곡선 이미지 등 추상적인 이미지들로 채우고는 본다. 태섭, 흠…. 뭔가 부족한가 한참 보더니 마지막으로 손바닥만 하게 출력한 개죽이 이미지 한 장 프린트해서 붙인다. 만족한 듯 본다. 자리에 앉아, 펜으로 공간 손스케치하기 시작한다….

씬30. 의영의 집 – 의영의 방 (밤)

잠옷 차림의 의영, '아빠' 톡 프로필 사진 보고 있다. 갈등되는 표정이다.

의영	이거 물어보려고 갑자기 연락을 해…?

미혼남녀의 효율적 만남

그때 정임, 빨래한 옷 들고 방으로 들어온다. 의영, 화들짝 놀란다.

정임　　뭐 해?

의영　　(들키면 아작날 것 같은) 아무것도 안 해. 이리 줘.

정임, 옷 건네고 나간다. 의영, 조금 고민하더니, 마음 굳힌 듯 핸드폰 든다.

의영　　그래, 이건 아냐. 부모님 노후 그런 거 모르고 연애 잘만 했는데….

의영, 은미에게 톡 보낸다.

[수온 씨. 나랑 안 맞는 사람 같아. 니가 말 좀 잘 전해줘.]

보내고 나니 후련한 듯, 옷 들고 옷장으로 간다. 서랍에 넣으려다, 구석에 떨어진 원피스 발견한다. 원피스에 택 그대로 달려 있다.

의영　　어…? (좋은) 안 뗀 게 있었네?! 환불해야지.

씬31. 더 힐스 호텔 – 사무실 → 탕비실 → 사무실 (오전)

구매팀, 각자 일에 집중해 있다. 나리, 슬그머니 새벽에게 간다. 잠깐 따라오라고 비밀스럽게 손짓한다.

→ 탕비실

새벽, 어리둥절한 표정으로 탕비실 들어온다. 나리, 문 잘 닫는다.

나리	우리 업체 시안 받기로 했잖아. 그냥 오마주 한 군데만 보자.
새벽	네? (당황한) 왜….
나리	뭘 다 봐. 시간 아깝게. 사실 오마주랑 하면 되는데, 자기한테 일 주려고 괜히 더 보겠다고 하는 거야. 일 복잡하게 만들지 말자.
새벽	그럼, 의영 선배님한테도 한번 여쭤보고….
나리	(O.L) 내가 말한 걸, 지금 의영 씨한테 컨펌받겠다는 거야?
새벽	네? 아…! 아니에요. (표정 어두워지는) 죄송합니다.
나리	새벽 씨. 이런 상황 잘 정리하는 것도 실력이야. 이쪽 시안은 완벽하게 준비될 수 있게 나리가 캐리할 테니까, 업체에서 말 안 나오게 마무리만 잘해줘?

할 말만 쏟아낸 나리, 새벽 대답은 듣지도 않고 나간다. 새벽, 난처하다. 머리 터질 것 같은지 한숨 쉰다. 맡았던 일 중에 제일 어려운 일이다.

씬32. 더 힐스 호텔 - 회의실 안 → 회의실 앞 (오후)

구매팀과 유관 부서 직원들 한쪽에 앉아 있다. 회의실로, 중년의 남자 디자이너와 젊은 여자 조수 들어온다.

디자이너 오마주 대표 오만중입니다.

CUT TO 조수, 테이블 가득 포트폴리오 깔아뒀다. 다 진열 못 할 정도로 많다. 알아서 보라는 듯, 의자에 기대어 앉아 있는 디자이너 자세 불량하고 오만하다.

  미혼남녀의 효율적 만남

디자이너   (가리키며) 재작년에 플레이스 호텔에서 전시했던 거. (그림 전시인)

의영   근데, 메일에도 적어드렸지만, 저흰 오브제를 중심으로 한 전시
         여서요.

디자이너   쇼케이스 좀 만들면 되겠네. 2017년 뉴월드 백화점, 쥬얼리 매장
         오픈한 거 보여드려.

조수, 포트폴리오 찾아다가 의영 앞에 놓는다. 의영, 일방적인 회의에 답답하다.

의영   다음은 납기일인데요. 시공을 오픈하기 최소한….

디자이너   (말 자르고) 아가씨. 우리 구멍가게 아니에요. 이런 팝업, 숨 쉬듯
         해봤다고. 시청, 백화점, 미술관이랑 협업하는 우리가 납기일을
         못 맞추겠어요?

의영   물론 그러시겠지만, 절차상 확인을….

디자이너   (말 자르고) 선아 씨. 시안 보여줘.

조수, 시안 건넨다. 기대 없이 펼친 의영 놀란다. 완벽하게 디자인 되어 있다.

의영   (놀란, 대단한) 짧은 시간에, 이렇게 디테일하게 해오신 거예요?

디자이너   목재로는 라왕 합판을 써서 위스키 바의 빈티지한 무드를 살릴
         거고. 일부 목재 표면엔 호마이카 가공*을 해서 글랜디어의 시그
         니처 컬러로 포인트를 줄 거예요.

나리   프로는 다르네. 금방 이렇게 퀄리티 있게…. (새벽에게 거 보라는
         듯 눈짓하는)

____

* 목재 표면을 마감하는 방식.

→ 회의실 앞

직원들, 회의실 나온다. 의영, 사무실로 가려다 회의실에 남은 나리와 디자이너
가 대화하는 모습 본다. 많이 친해 보인다. 의영, 앞서가는 새벽 붙잡는다.

씬33. 더 힐스 호텔 - 휴게실 (오후)

의영, 새벽 데리고 휴게실로 들어온다.

의영　　(의아한) 새벽아. 홈이랑 미팅 일정은 아직도 조율 중이야?

새벽　　그게, (거짓말하는) 대표님한테 연락이 왔는데, (어색한) 내부 사정
　　　　이, 일정을 착각한 게 있어서, (어쨌든 결론은) 드랍하시겠다고….

의영　　(이상한) 응? 일 시작한 지 한참 됐는데. 이제 와서? 너… (뜸 들이
　　　　다) 그래서 기운이 없었구나?!

새벽　　네?

의영　　열심히 알아봤는데…. 속상하지? 괜찮아. 종종 이런 일도 있어.

새벽　　그래도 실력 있는 곳이랑 하게 됐으니까…. 얼마나 다행인지 몰라요.

의영, 새벽 어깨 두들긴다. 새벽, 의영의 다정함에 더 죄책감 든다.

씬34. HOME - 사무실 → 사무실 앞 (오후)

태섭, 시안 마무리 중이다. 책상엔 일회용 커피잔들, 머그잔들 쌓여 있다. 집중
한 나머지, 어두운 표정으로 다가오는 은호는 보지도 않고 일만 한다.

　　　　　　　　　　　　　미혼남녀의 효율적 만남

태섭	전시 동선 너무 복잡한가?
은호	좋아. 다 좋은데…. (속상한) 우리 아웃이래.
태섭	뭐? (이해가 안 되는, 그제야 은호 보는) 무슨 소리야. 아직 미팅도 안 했는데.

→사무실 앞

태섭과 은호, 한옥 담벼락 앞에 기대어 있다. 바람 쐬고 있다.

은호	(갑갑한) 담배 있냐?
태섭	끊은 지가 언젠데….
은호	악! 그냥 내부 사정이라고 취소한 게 열받아. 보통은 견적이 안 맞는다 그런 말이라도 하는데. 성의가 너무 없잖아. 내정된 업체가 있는 거야. 우리가 지들한테만 캔슬 당해본 줄 아나….
태섭	(얼굴 쓸며) 정말 그런 거면, 이쯤에서 마무리 된 게 다행일 수도 있어.
은호	에휴…. 그래. 너 일정 맞추느라 며칠 잠도 못 잤지? 같이 어디 바람이라도 쐬러 갈래?
태섭	(체념하듯) 그래. 수아 데리고, 다녀오자.

씬35. 더 힐스 호텔 – 탈의실 앞 (저녁)

의영, 퇴근하려는 듯 쇼핑백 들고 탈의실 나온다. 직원들과 인사하고 걸어가는데, 마침 전화 온다. 모르는 번호다. 일단 받는다.

| 의영 | (누군지 모르는) 여보세요…? |

수온	(E) (작게 웃는) 번호 저장 안 했나보네. 의영 씨. 저 수온이에요. 은미 씨한테 또 만나고 싶다고 전해달라고 했었는데.
의영(V.O)	은미 얘는 내 말을 안 전한 거야?!
수온	(E) 퇴근하고 시간 돼요? 볼일이 있어서, 마침 의영 씨 호텔 근처인데.
의영	아. 그러세요…? (마지못해) 저녁, 괜찮아요.

전화 끊은 의영, 입은 옷 본다. 도저히 애프터 나갈 차림 아니다. 의영, 환불하려고 가지고 온 쇼핑백 속 원피스 본다.

의영	환불하려고 챙겨온 건데….

씬36. 이탈리안 레스토랑 안 → 주방 앞 (저녁)

화사한 분홍색 원피스 입은 의영, 수온과 밥 먹고 있다.

수온	의영 씨, 오늘 옷도 되게 어울리는 거 알아요? 핑크 잘 받기 힘든데.
의영	감사합니다. (말할까 말까 망설이다) 근데 수온 씨. 저희 부모님 노후를 궁금해하셨다고 들었는데. 저 못 물어봤어요.
수온	(웃으며) 왜요?
의영	제 생각이지만…. 우리가 지금 결혼을 목적으로 만나는 것도 아니고, 부모님 노후 준비는 저랑 부모님이 고민할 사안이지, 수온 씨가 대비해야 하는 일은 아닌 것 같아서요.
수온	(약간 빈정 상한) 아…. 그럴 수 있죠. 괜찮아요. 불편하게 생각하

미혼남녀의 효율적 만남

지 마세요. 어우, 분위기 좀 바꿔야겠다. (와인 메뉴 들고) 와인 한 병 시킬까요?

의영   네. 좋아요.

수온, 손 든다. 흰 셔츠에 앞치마 두르고 다가오는 남자… 지수다. 의영, 놀란다.

의영(V.O)   이정우?!

수온   치즈 플래터랑 와인 (메뉴판 가리키며) 이걸로 주세요.

지수   (흘끗 의영 보고, 아는 티 안 내는) 준비해드리겠습니다.

CUT TO 지수, 능숙하게 잔에 와인 따른다. 얼굴은 정우가 맞는데, 명찰엔 '신지수'라 적혀있다. 의영, 지수에게서 눈을 뗄 수가 없다.

의영(V.O)   (생각난) 그래, 이정우라면 목에 타투가….

의영, 목 주변 살피려는 찰나 지수 돌아서 떠난다. 아쉽게 못 본다.

수온   술 잘 마신다고 들었는데. 의영 씨 주량이 정확히 어떻게 돼요?

의영   (지수 신경 쓰느라 건성으로 답하는) 주종마다 다른데… 와인은 한 병?

수온   와. 저보다 센데요? 텐션 맞추려면 (와인 더 따라주는) 더 드려야 겠다.

그때, 멀리 지수 지나간다. 의영, 자리에서 벌떡 일어난다.

의영   저 잠깐 화장실 좀….

→ 주방 앞

두리번거리던 의영, 지수와 마주친다. 목 근처에 타투 있나 확인하려는데, 옷에
가려져 안 보인다.

의영   저, 이런 질문 당황스러울 수도 있는데요. 혹시 쌍둥이세요?

지수   (긴장했다가, 황당한 질문에 웃음 참는) 아뇨. 저 혼잔데요.

의영   아…. (괜히 물어봤다) 실례했습니다. (지나가려는)

지수   (막상 가려고 하자 아쉬움에 붙잡는) 쌍둥이라기엔 아는 분하고 성
        이 다르지 않아요? 저는 신씨, 그쪽은 이씨.

의영   그건 그렇긴…. (말하다가 눈치챈) 맞지?! 이정우? 뭐 해, 여기서?

지수   보면 몰라? 아르바이트.

의영   (이해 안 되는) 그니까 니가 왜….

지수   (말 돌리는) 넌? 또 소개팅? 와. 너 지인짜 연애하고 싶구나?

의영   뭐? (기분 상한)

지수   그날도 연애, 연애 노래하더니…. 남자 나쁘지 않네. (약간 심술)
        눈코입 다 있고, 옷도 비싼 거 입었고. 너 저런 거 좋아하잖아.

의영   내가 뭘 (점점 화나는) 좋아해?

지수   잘해봐. 그래도 혹시 마음에 안 든다 싶음 (귓불 매만지며) 이렇게
        사인 보내. 알겠지? (떠나는)

CUT TO 의영, 지수의 말 곱씹을수록 불쾌하다. 속 타는 듯 와인 벌컥 마신다.

의영   수온 씨, 우리 나갈래요? 여긴 분위기도 좀 딱딱하고, 편한 데로
        자리 옮길까봐요.

                                    미혼남녀의 효율적 만남

수온	(무슨 사인인가 생각하는) 그럴까요? 아는 데 있어요?
의영	없는데, 어디든 다 괜찮을 것 같아요. 여기만 아니면.
수온	(묘하게 받아들이는) 그래요…? 그럼 저 화장실 좀 잠깐….

씬37. 이탈리안 레스토랑 – 남자 화장실 앞 → 안 (저녁)

비품 든 지수, 화장실 들어가려다 멈칫한다. 문 너머에서 수온 목소리 들린다.

| 수온 | (E) 은미 씨가 그러더라? 애프터 거절했다고. 볼 것도 없는 주제에 날 까? (웃는) 심심해서 그냥 나오라고 했어. 근데 깨는 거. |

→화장실 안

지수, 비품 들고 들어온다. 핸드타월 채우며, 통화 엿듣는다.

| 수온 | 옷에 택을 그냥 달고 나온 거야. 그거 내가 떼면, 내 거 되나? |

INS 테이블에 앉아 있는 의영 훑는 카메라. 분홍색 원피스 등 밖으로 택 나와 있다. (사이즈 S, 139000)

| 수온 | 편한 데로 옮기재. 어디로 갈까, 뭐, 편한 모텔? (기분 나쁘게 웃는) |

지수, 화난 듯 핸드타월 꽉 쥔다. 나가다 수온 툭 치면, 손 씻다 옷에 물 왈칵 튄다. 인상 팍 쓰며, "씨!" 하는 수온.

지수, 홀로 돌아온다. "16번, 17번" 식전빵 나오자 반사적으로 쟁반에 싣는다. 머릿속으로는 할 말 궁리하며, 테이블에 설명도 않고 툭, 툭 내려놓은 다음 성큼 걸어서 의영 테이블로 간다. 지수, 의영의 손목 잡고 일으켜 세운다.

의영   (뿌리치려는데 안 되는) 왜 이래…?

지수   나가자. 밖에서 설명할게.

지수, 의영 잡아끈다. 마침 손 털며 나오는 수온, 둘 발견한다.

수온   뭐예요?

의영   그게….

지수   (수온 노려보고) 누나. 못 보던 사이에 남자 취향 바뀐 거예요?

의영   (어이없는 멘트 당황스러운) 뭐?! 갑자기 무슨 소리야.

수온   어? (알아본) 너 방금, 화장실에서 나 일부러 밀쳤지? 아는 사람이에요?

의영   아뇨?! 몰라요. 우리 그냥 나가요. 수온 씨.

지수   (막아서는) 누나, 진짜 갈 거예요? 나 누나 맘 알아요. 이렇게라도 나 보고 싶어서 온 거잖아요.

의영   (황당한) 너 왜 이래. (수온에게) 저 아녜요.

지수   난 누나 보고 싶어서 잠도 못 자고, 밥도 못 먹었는데…. (애절한) 나 안 야위었어요? 좀 봐봐요.

수온   (얼굴 굳는) 지금 나 이용한 거예요? 하, 나 진짜 별 재수가 없을려니까. 고상한 척하더니, 남자 문제가 더럽네?

지수   (반사적으로) 진짜 더러운 게 누군데.

수온   (욱한) 뭐?! 이씨. (멱살 잡는다) 다시 말해봐.

지수, 수온 노려본다. 수온, 지수 밀치자, 테이블로 넘어진다. 와인잔, 식기들 떨어지며 깨진다. 놀란 의영, 소리 지르고 입 가린다. 누가 "경찰 불러!" 말하자 수온 욕하며 떠난다. 의영이 따라 나가려고 하자 지수가 막아선다. 의영, 지수 노려본다. 어이가 없어 말도 안 떠오른다. 주변에서 웅성대기 시작하자, 의영 주변 의식하고, 지수도 한발 물러난다. 의영이 도망치듯 나가자, 망설이던 지수, 따라간다. 직원들이 부르는데도 그냥 간다.

씬39. 레스토랑 앞 (저녁)

의영, 놀라서 온몸이 다 떨린다. 팔로 몸 감싸고, 무작정 걷기 시작한다.

의영(V.O)   뭐야, 대체….

어느새 의영 뒤따라 나온 지수, 달려와 의영 팔 잡는다.

지수   데려다줄게.

의영   (바로 뿌리치는) 니가 왜 날 데려다줘.

지수   와인 마셨잖아.

의영   하. 방해했다가 위해주는 척했다가, 하나만 해! 뭐 이유라도 있
         는 거야? 말해봐. 이해해보게.

지수   그게…. (망설이다) 니가 귀 만졌잖아! 사인 보낸 줄 알았지, 구해

달라고.

의영   (안 웃는) ….

지수   (웃음기 지우는) ….

의영   너 내가 웃기지? 이 여잔 왜 이러고 사나, 왜 이렇게 사랑에 절실
        한가. (핸드백으로 치는) 어?

지수   (그대로 밀쳐지는) 그런 거 아냐.

의영   근데 있지. 난 니가 더 웃겨. 얼마나 웃긴지 웃음도 안 나와.

지수   ….

의영   넌 가짜잖아. 소개팅도 가짜고, 이름도 가짜고. (날카로운) 근데
        니가 날 우스워하니까 내가 안 웃겨?

의영, 지수 무시하고 걸어간다. 의영의 말, 타격 있는 듯 지수 얼어붙는다. 그것
도 잠시, 멀어지는 의영을 다시 묵묵히 따라가기 시작한다.

씬40. 거리 (저녁)

해 거의 저물었다. 의영 뒤를, 앞치마 두른 지수가 따라간다. 열 걸음쯤 뒤에 있
고, 더 가까워지지도 멀어지지도 않는다. 여러 사람들과 풍경들 지나 계속 걸어
나간다.

씬41. 한강 다리 위 (밤)

날 완전히 캄캄해졌다. 의영, 한강 바람 받으며 걷는다. 걸음 점점 느려지는가

    미혼남녀의 효율적 만남

싫더니 뚝 멈춘다. 그러자 뒤따라 걷던 지수도 걸음을 천천히 멈춘다. 의영, 별 안간 휙 뒤 돈다.

의영　　　(멀어서 좀 소리 지르듯 크게) 너 언제까지 따라올 거야.
지수　　　(멀어서 크게) 너 화 풀릴 때까지.
의영　　　왜 저래…. (크게) 이제 가! 그럼.

지수, 그 말에 한걸음에 뛰어온다. 주머니에서 지갑 꺼내고, 안에서 연극 티켓 꺼내 건넨다. (극단 '2막' 정기 공연 〈갈매기〉)

의영　　　(보는) 뭐야…?
지수　　　내 이름 이정우 아니고 신지수야. 직업은 배우고 나이는 스물아 홉. 소개팅은 사정이 있어서 대신 나갔는데, 이유는… 말 못 해.
의영　　　(돌려주는) 나, 니 사연 안 궁금해. 안다고 달라지는 것도 없고.
지수　　　(다시 쥐여주는) 받아줘. 이거 내 신분증 같은 거야. 나 너한테 완 전히 다 가짜는 아니고 싶어.

지수, 진지하다. 의영, 마음 약해진다. 안 받으면 안 갈 것 같아서, 받는다.

지수　　　나 너 이해 못 해. 왜 그렇게 사랑이 하고 싶은지 이해 안 돼. 근 데, 널 우습게 생각한 적은 없어.
의영　　　… 알았으니까 가.
지수　　　(머뭇거리다) 잠깐만….

지수, 다가간다. 의영, 긴장하는데, (목걸이 걸어주는 것처럼) 조심스럽고 가벼운 손짓으로, 등에 걸려 있던 택의 바늘을 빼곤 금세 떨어진다. 꼭 앞에서 껴안는 모양새다. 의영, 순간이 영겁처럼 느껴진다.

의영   뭐야? (만지작거리면 아무것도 없는) 뭐 했어?

지수   (손에 감추는) 아니. (둘러대는) 뒤에 뭐가 좀 묻었더라.

씬42. 한강 공원 (밤)

지친 의영, 씁쓸한 얼굴로 한강 보고 있다.

의영(N)   소개팅을 하면서 간과한 게 있었다. 마음을 주는 것만큼, 주려고
              노력하는 것도 참 힘들다는 거.

의영, 한강으로 지수가 준 티켓을 날려 보내려는 듯 내민다. 바람에 마구 펄럭인다. 손에 힘만 풀면 되는데, 마음 약해져 티켓 꼭 쥔다. 가방에 넣는다. 그때, 전화 온다. 승준이다. 받는다.

승준   (E) 야. 너 왜 이렇게 연락이 안 돼? (바람 소리 듣고) 밖이야?

씬43. 헬스장 차 안 (밤)

의영, 승준의 봉고차 조수석에 앉아 있다. 말없이 창밖만 본다. 운전하는 승준, 걱정스러운 얼굴로 의영 흘끔 본다.

     미혼남녀의 효율적 만남

승준	괜찮냐? 목소리가 너무 안 좋아서, 나 피티도 취소하고 왔어.
의영	안 괜찮아. 두 남자가 날 두고 싸우다가, 막 잔이 허공에 날아다니고 난리도 아니었어. 무서워 죽는 줄 알았네….
승준	아니, 소개팅을 어떻게 했길래. 너 지금 되게 창백해…. (승준 계속 잔소리하는데 안 들린다)
의영(V.O)	승준이는 말했다. 무리하게 몸을 쓰고 난 다음에는 반드시 쉬어줘야 한다고. 그래야 부상을 피할 수 있다고. 마음이라고 뭐 다르겠냐고.

씬44. 더 힐스 호텔 – 사무실 (저녁)

퇴근 무렵의 사무실. 의영, 현민, 새벽만 남아 일하는 중이다. 의영, 핸드폰에 톡 온다.
[소개팅 생각 아직 있어?]
의영, 없다는 듯 핸드폰 덮어버린다.

의영(V.O)	그래서… 난 당분간 소개팅을 쉬기로 했다. 절대 포기는 아니었다. 훗날 추진력을 얻기 위한 웅크림이랄까.

의영, 결심한 듯 현민, 새벽에게 말한다.

의영	퇴근하자!
현민	네?!
새벽	?!

의영　　　 너네 그동안 내 몫까지 일하느라 고생했어. 오늘 내가 풀코스로
　　　　　 쏜다!

몽타주　 - 네일샵. 셋, 쪼르르 앉아 네일 케어 받는다. 기분 좋은 분위기다.

　　　　 - 피부과 안. 실펌엑스 기기 보이고, 그 옆에 겁에 질린 채 시술 침대에 누워 있는 현
　　　　　 민. 새벽은 막 시술 마친 듯하다.

현민　　　 아, (시술하려는데) 잠깐! 아플 것 같은데…. 선배, 선배가 먼저 해
　　　　　 봐요! 새벽아, 진짜 안 아파??

새벽　　　 (웃으며) 하나도 안 아파요!

의영　　　 쓰읍! 너 기미 고민된다며! 새벽이 앞에서 엄살떨래? 관리가 중
　　　　　 요한 거 몰라?!

현민　　　 히잉…. (잔뜩 긴장해서 시술받으면) 어! 진짜 하나도 안 아파요!!!

　　　　 - 마사지샵. 나란히 건식 마사지 받고 있는 현민과 새벽.

현민　　　 아아악!!! 아파요!!! 아아… 살살…. 아아아!!!

의영　　　 (웃음 터진다)

　　　　 - 마사지샵. 마사지 후 로비 나란히 앉아서 차 마시는 세 사람. 힐링한 표정이다.

씬45. 카페 (저녁)

의영, 카페에 앉아 있다. 톡으로 '아빠'에게 고당도 18brix 제철 과일 선물로 보

　　　　　　　　　　　　　　미혼남녀의 효율적 만남

냈다.

[잘 지내시죠? 최근에 다른 일 하다가 생각이 나서 보내봐요. 건강하세요.]

은미   (E) 이의영!

의영(N)   그치만 바로 잡을 건 바로 잡아야 했다!

고개 들면, 카페로 들어오는 은미 보인다.

CUT TO 둘, 마주 앉아 커피 마신다.

은미   뭔데? 무슨 일인데 이렇게 분위기를 잡아?

의영   그게 실은…. (소리 들리지 않는)

의영, 수온과의 소개팅에서 있었던 일 설명한다. 은미 표정, 점점 심각해진다.

잠시 뒤, 은미 충격 받은 듯 부들부들 떤다.

은미   난 분명히 전했어…. 애프터 거절했다고. 근데 모른 척 너한테 전

           화해서 나오라고 한 거야?

의영   말 전한 거면 됐어. (일부러 대수롭지 않게 말하려는) 좀 이상한 사

           람이네.

은미   괜찮아? 어디 다친 덴 없어?

의영   날 밀친 게 아니라. 가게 직원을…. 좀 놀랐는데, 이제 괜찮아.

은미   (화나 듯 자리에서 일어나며) 너 있어봐

CUT TO 은미, 밖에서 예비 신랑과 통화 중이다. 통유리 너머로, 은미가 화내는

소리가 먹먹히 들린다. 의영, 왠지 조금 안도한다.

은미   (먹먹한) 넌 알았다는 거야, 몰랐다는 거야? 둘이 20년지기라며.

        똑바로 말 잘해라? 파혼당하고 싶지 않으면?

씬46. 더 힐스 호텔 – 로비 (오후)

[자막] '위스키 브랜드 팝업 전시 오픈일'

로비에 위스키 바 완벽하게 구현되어 있고, 방문객들 북적인다. 의영, 전시 둘러보고 있는데 갑자기 브랜드 관계자들 웅성댄다. 심각한 얼굴로 나은에게 뭐라고 이야기하곤 자리 뜬다.

의영   (이상한) 곧 시음 행사 시작인데, 어디 가는 거지?

현민   (심각한 얼굴로 다가오는) 선배! 이거 봤어요?

기사 보인다. '카피 디자인으로 브랜드 팝업 전시 기획한 더 힐스 호텔…' 스크롤 내리면, 팝업 공간의 구성과 유사한 다른 전시 사진 올려져 있다.

의영(V.O)   (충격) 카피 디자인?!

씬47. 더 힐스 호텔 – 복도 → 회의실 (오후)

의영 비롯한 명운, 나리, 현민, 새벽, 회의실로 가는 길에, 다른 회의실에서 나오는 브랜드 관계자와 세일즈 팀장 나은 마주친다. 브랜드 관계자 화내며 가고, 나은 연신 "죄송합니다. 책임지겠습니다" 고개 숙여 사과한다. 분위기 살벌하다.

                                          미혼남녀의 효율적 만남

→ 회의실

본부장을 비롯, 구매팀 전원, 세일즈팀 나은, 마케팅팀 가현, 시설팀 정훈, 도현
까지 전부 모여 수습 회의 중이다.

정훈   (사진 비교해보며) 진짜 대범하다. 심지어 작년 작업이네요.

가현   행사했던 미술관 홍보팀에서 기자한테 제보했대요. 몰랐다고 입
         장은 전했는데, 저희도 책임에서 자유로울 순 없을 것 같습니다.

도현   이미 비슷한 시비에 휘말린 전적이 있던데. 구매팀에선 업체 검
         증을 안 했나봐요? 설마 알고도 봐준 건 아니죠?

새벽   (밀어붙이는 도현을 원망스레 보는) ….

나리   (나서는) 아니! 우릴 어떻게 보고…. 아녜요.

정훈   원래 다른 업체 시안도 받기로 하지 않았어요? 거기도 포폴 좋
         았는데….

의영   업체 측에서 중간에 빠졌어요. 내부 사정 같아서 더 안 물어봤고요.

나은   본부장님. 손해가 나더라도 행사 진행해야 돼요. 이렇게 마무리
         되면, 호텔 평판 무너지는 거 순식간이에요.

도현   브랜드에서 법적으로 문제 삼으면 어차피 돈으로 보상해야 됩
         니다. 지금 주도권 잡고 문제 해결하는 게 나아요.

본부장   그럼…. 책임지고 다시 합시다. 세일즈팀, 마케팅팀은 돈 생각 말
         고 브랜드 요구 다 맞춰주세요. 구매팀은 공간 연출해줄 업체 다
         시 알아볼 수 있어요?

명운   해야죠.

의영   일정 바뀌었으니까, 입찰 참여하기로 했던 업체에도 다시 연락
         해볼게요.

의영 말에 새벽 놀란다. 나리 흘끔 보는데, 사건의 주범인 나리는 입 꾹 다물고 아무 말도 안 한다.

→ 회의실 앞

직원들 지친 듯 회의실 나온다. 불안한 새벽, 나리 나오길 기다렸다가 다가간다.

새벽	(나리에게) 저 책임님….
명운	(때마침 나리에게 성내는) 이게 뭐야? 쪽팔리게. 알아서 잘한다며?
나리	죄송합니다…. 제가 책임지고…. (새벽 밀치고 명운 따라가는)

새벽, 서러워 눈물 날 것 같은데, 때마침 회의실에서 의영 나온다. 둘, 눈 마주친다. 의영, 새벽을 의아하게 본다.

씬48. 더 힐스 호텔 – 탕비실 (오후)

새벽, 죄인처럼 고개 푹 숙이고 있다. 상황 잘 모르는 의영, 새벽 위로한다.

의영	놀랐지? 일하다보면 이런 일이 생기고 그래. 내가 다시 잘 설득해볼 테니까, 홈 대표님 연락처만 넘겨줘.
새벽	연락… 안 받으실 거예요. 사실은, 회의 그쪽에서 취소한 거 아니거든요.
의영	어? (당혹스러운)
새벽	(무겁게 입 떼는) 제가 취소했어요.
의영	무슨 말이야? (이해 안 가는) 왜 니가….
새벽	나리 책임님이 오마주랑 그냥 하자고. 자기가 책임지겠다고 해

서, 저는 제 선에서 정리를 하려고….

의영　　　(실망한) … 뭐?

새벽　　　그리고… 오마주에서 카피한 것도… 홈 작업이에요.

의영　　　뭐?!?!

의영(V.O)　완전 꼬였다.

새벽, 울기 시작한다. 의영, 화도 나고, 황당하다.

씬49. HOME 사무실 ↔ 더 힐스 호텔 사무실 (오후)

은호, 들뜬 얼굴로 새 캠핑 장비들 예쁘다는 듯 닦으며, 가방에 잘 넣고 있다. 그 때 사무실로 전화 온다. 전화 받는다.

은호　　　(기분 좋은) 뉘에!

의영　　　(E) 이은호 대표님이시죠?

은호　　　(기분 좋은) 맞는데요?

의영　　　(E) 저… 더 힐스 구매팀 이의영입니다. 계속 연락드렸는데, 답이 없으시더라고요.

은호　　　아, 그래요. 근데 더 힐스 호텔이면 (부드러웠던 말투 바뀌는) 일부러 안 받은 건데요? 기사 나온 거 봤어요. 대체 얼마나 대단한 시안을 받았길래 회익도 취소하나 기대했는데. 그게 저희 작업을 고대로 베낀 거더라고요?

→ 더 힐스 호텔 사무실

의영, 당황스럽고 난처한 듯 자리에 앉아 은호와 통화한다.

| 의영 | … 많이 언짢으셨죠. 관련해서 꼭 드리고 싶은 말씀이 있는데. 지금 사무실에 계시나요? |

의영   … 많이 언짢으셨죠. 관련해서 꼭 드리고 싶은 말씀이 있는데. 지금 사무실에 계시나요?
은호   (E) 와도 못 만나요. 이제 나갈 거거든요.
의영   혹시 어디로 가세요? 제가 계신 곳으로 찾아뵐 수도 있는데….

→ HOME 사무실

은호, 들을 생각 없어 보인다.

은호   어딜 가는 줄 알고 찾아온다고…. 그래 뭐, 춘천 가는데 찾아와 보든가요.
태섭   (사무실로 들어오는) 나와. 출발하자.
은호   어어…. 가.

태섭, 의아한 눈으로 은호 본다. 은호, 전화 끊고 짐 들고 나간다.

씬50. 한옥마을 근처 → HOME 사무실 앞 (오후)

의영, 한옥마을 언덕 오른다. 양손 가득 호텔에서 챙겨온 선물 들고 있다.

→ HOME 사무실 앞

의영, 문 앞 기웃댄다. 노크해 보고, 벨 눌러보고, 담장 너머 까치발 들고 엿본다.

의영   전화는 받았잖아 (끈질긴) 분명! 안에 있어.

                                          미혼남녀의 효율적 만남

CUT TO 의영, 지친 듯 입구에 쪼그려 앉는다.

의영   진짜 갔나봐. 하아…. 어딘지도 모르는데 찾아갈 수도 없고….

의영, 가방에서 사탕 꺼내다 꼬깃하게 접힌 연극 티켓 발견한다. 날짜 오늘이다.

의영   이것도 오늘이었네….

의영, 티켓에 적힌 시간이랑 시계 번갈아 본다. 아직 여유 있다. 갈까 고민하는
데, 그때 멀리서 '빈 차' 등 켠 택시 온다. 홀린 듯 손 뻗는다.

의영   일단…. 타자.

택시, 앞에 멈춰 선다. 의영, 안에서 남자(진수) 내리는 것 기다렸다 택시 탄다.
(화면엔 보이지 않지만, 진수가 사무실로 향하자) 의영, 멈칫한다.

택시기사   어디로 모실까요?

씬51. 소극장 (오후)

셔츠 입고 머리 멋지게 넘긴 지수, 소극장 백스테이지 입구에 서서 객석 보고
있다. 객석 다 차고 있는데, 앞줄 2열 딱 가운데 자리만 비어 있다. 초조하다.

남 배우   답지 않게 오늘따라 긴장한 것 같다? 누구 기다려?

지수   그냥, 친구요.

연극 시작 알리는 종소리에 객석 불 꺼진다. 지수 아쉬워하는데, 순간 객석으로
후딱 들어오는 여자 실루엣 보인다. 의영인가 싶어 기대하는데, 객석 불 켜지면
의영 아닌 다른 젊은 여자다….

씬52. 캠핑장 앞 → 안 (오후)

의영, 지는 햇빛 받고 서 있다. 무념무상인 얼굴로 산과 강을 본다. 넓게 잡으면,
산으로 둘러싸인 캠핑장 입구다. '별마루 캠핑장' 간판 보인다.

의영(V.O)   진짜 와버렸다.

의영   산은 산이고, 물은 물이요, 나는 일꾼이지….

→ 캠핑장 안

편안한 옷차림인 캠핑객들, 의영 이상하게 본다. 구두에 셔츠, 작은 핸드백….
여기 있을 사람 같지 않다. 마침내 똑같이 생긴 텐트 두 채 찾은 의영, 어느 텐
트일까 고민하다, 좋은 생각이 난 듯 은호에게 전화 건다. 지이잉, 진동 소리 들
리자, 소리가 나는 듯한 오른쪽 텐트로 다가간다. 짐 내려놓고, (지퍼로) 닫힌 문
노크하는데 비닐 재질이라 소리 안 난다.

의영   대표님. 안에 계시죠? (반응 없어 의아한) 저 전화드렸던 이의영입
           니다! 저기요…?

                                    미혼남녀의 효율적 만남

의영, 텐트에 귀를 가져다 대는데…. 순간 문 지이익 열리고, 중심 잃은 의영, "어어어어어어어!!!" 하며 텐트 안으로 쓰러진다. 사람(태섭) 그대로 덮친다. 놀라 재빨리 일어나는데, 급하게 일어나다 텐트 꼭대기에 달린 랜턴을 머리로 쳐서 끈다. 내부 훅 어두워진다.

의영   미치겠다. 죄송합니다! 제가 얼른 불을…. (위치도 모르며 막무가내로 손 뻗는)

그때, 스위치 '탁' 올라가는 소리와 함께 텐트 내부 환해진다. 불은 의영이 아니라 태섭이 켰다. 의영은… 판판한 가슴팍을 더듬거리고 있다.

의영(V.O)   어라? (손 얼른 떼는) 이게….

뻘쭘한 듯 고개 드는 의영…. 저를 내려다보는 태섭과 눈 맞춘다. 아찔한 적막.

의영   태섭 씨가 왜 여기에….
태섭   의영 씨, 저 만나러 온 거예요?
의영   (정신 드는) 예?! (황당해서) 제가요? (손사래) 아니요? 저는 여기
             일 때문에…. (말하다 이상한 예감) 그럼 설마… 태섭 씨가….
태섭   홈 대표예요.
의영   난 또, 태섭 씨가 대표님이셨구ㄴ… (놀라는) 예?!

의영, 믿을 수 없단 얼굴로 태섭 본다.

3화 끝.

미혼남녀의 효율적만남
4화
미혼남녀의 효율적만남

씬1. 더 힐스 호텔 - 옥상 (오후)

버버리자켓 입은 의영, 난간 근처에 서 있다. 도심을 아득히 내려다본다. 느와르 영화 (<무간도> 같은) 한 장면 같다. 나리, 쭈뼛대며 다가온다. 두려운 듯 보인다.

의영   선배의 선택으로, 우리 조직이 지금 와해될 위기예요.

나리   내가 순진했어. 난 우리가 다 형제라고 생각했어. 믿음에 대한 대가를 배반으로 치를 줄이야….

의영   (카리스마) 약한 소리.

나리   (눈빛 흔들리는) !!!

의영   믿을 상대와 의심해야 할 상대를 분간하는 것도 우리 일이에요. 선밸 믿고 따른 인턴 뒤통수에 치명상을 입힌 것도 선배고요. 사과하고 책임지세요. 계속 선배 대우 받고 싶으면.

의영, 나리에게서 등 돌린다. 자켓 자락 휘릭 날리며 나가려고 하는데 스텝 꼬인다. 나리, 절박하게 옷자락 붙들고 있다.

나리   잠깐!!! 도와줘! 응? 수습은 자기 전문이잖아. 한번마아안!!!

씬2. 더 힐스 호텔 – 회의실 (오후)

의영 주도로, 구매팀 모여 수습 회의 중이다. 명운, 현민, 새벽 앉아 있다.

의영   팀장님. 홈에 작업하던 시안이 있을 테니까. 다시 일하자고 설득
           하는 게 최선이에요.
명운   상한 마음 돌리는 게 제일 어려운데. 되겠어?
의영   되게 해야죠….

그때 나리, 회의실로 들어온다. 손에 커피와 간식 잔뜩 들었다. 테이블에 내려놓고 미안하고, 머쓱하다는 듯 웃는다.

나리   이거…. 좀 드시고 하세요. (커피 나눠주는)
의영   (현민, 새벽 보고) 현민이랑 새벽이는 제안서 내용 다듬어서 출력
           해주고, 팀장님이랑 선배는 제안서 세부 항목들 유관부서랑 협
           의해주세요. (일어나는) 저는 가서 만나고 올게요.

씬3. 더 힐스 호텔 - 사무실 (오후)

(3화 씬50과 이어지는) 의영, 사무실에 앉아 은호와 통화 중이다.

의영   혹시 어디로 가세요? 제가 계신 곳으로 찾아뵐 수도 있는데….

           (끊긴) 여보세요? 여보세요?! 하….

의영(V.O)   위기의 순간에 난 초심을 생각한다.

의영, 힘 빠질 만한 상황인데, 다시 주먹 꾹 쥐고 일어난다.

씬4. 더 힐스 호텔 - 창고 (오후)

의영, 창고에서 선물 바리바리 챙긴다. 고기도 초콜렛도 수건도…? 다 넣는다.

의영   선물 공세, 협박, 애원…. 다 해보는 거야. 응? 니가 누구야.

의영(V.O)   내가 누구였던가.

씬5. 과거 면접장 안 (낮)

[자막] '과거'

면접관인 정석, 흥미로운 지원자를 못 발견한 듯 지쳐 보인다. 다음 그룹 자소
서 보면, 의영 자소서 보인다. 증명사진 속 의영, 활짝 웃고 있다. 정석, 자기소
개서 빠르게 훑는다. '어렸을 때 추억…'에 '진부함' 적는다.

정석   다음 지원자들 불러주세요.

CUT TO 정장 입은 의영, 지원자 둘과 함께 면접장에 앉아 있다.

의영   어릴 적 더 힐스 호텔에서 어머니와 크리스마스를 보낸 기억이
           있습니다. 제게 따뜻한 기억을 안겨줬던 호텔이 고객들에게도
           좋은 추억으로 남을 수 있게 보탬이 되고 싶습니다.
정석   (나이브하다는 듯) 근데, 추억은 아름답게 두는 게 낫지 않아요?
의영   (당황한) 네?
정석   좋아하는 게 일이 되면 그렇잖아요. 앞으로 호텔에서 할 경험이
           스트레스도, 트라우마도 될 수 있어요. 불같이 화를 내는 거래처
           도 있을 거고, 무릎을 꿇으라는 고객도 있을 텐데. 괜찮겠어요?
의영   (당황한 듯) 무릎이요?
정석   안 괜찮겠죠? (다른 지원자 자소서로 넘어가려는) 그럼 다음은….
의영   아뇨. 제가 적임자인 것 같아요. 그냥 하는 소리가 아니라….

의영, 일어난다. 다들 '???' 하고 보는데, 의영, 무릎을 번쩍 든다.

의영   (진지한) 제 도가니가 진짜 크고 튼튼하거든요. 등급으로 따지면,
           투플러스급?
정석   (터진다) 풉…. 하하…!
의영   (이게 먹힌다 싶은) 제 무릎 연골이 닳도록 최선을 다하겠습니
           다!!!
의영(V.O)   난 호텔 개관 역사상 최초로 도가니를 어필해 합격한 신입사원
           이었고,

씬6. 의영(동에 번쩍 서에 번쩍하는) 몽타주

- [자막] '영월 감자 농장'

의영, 인부들 사이에 섞여 감자 캐고 있다.

- [자막] '논산 딸기 농장'

의영, 인부들 사이에 섞여 딸기를 재배하고 있다.

- [자막] '속초 동명항 작업장'

의영, 청량하게 웃으며 빨랫줄에 오징어 건다. 햇빛 보며, 해사하게 웃는다.

의영(V.O)   홍길동보다 더한 역마살이 낀 신입사원이었으며,

씬7. (1화 씬11과 같은) 시즌플라자 호텔 – 로비 (오후)

의영, 시즌플라자 호텔 구매팀장과 마주 보고 서 있다. 둘 사이 긴장감 팽팽하다.

의영   (비장한) 오늘 이 호텔로 들어온 대구, 저한테 싹 넘기시죠.

의영(V.O)   내가 지금 두는 수가 문제를 해결하는 묘수인지, 되려 문제를 키
울 무리수인지,

씬8. 고속도로 (오후)

'춘천'을 알리는 도로 표지판. 그 밑으로 택시 한 대 빠르게 지나간다.

→ 택시 안

의영, 지도 앱 보고 있다. '별무리 캠핑장'까지 (GPS상) 현재위치 점멸하며 빠르게 이동 중이다. 눈빛, 결연하다.

의영(V.O)　일단 두고 나서 확인하는 똥배짱이 아니던가!

씬9. 캠핑장 (오후)

태섭, 텐트 앞 캠핑 의자에 앉아 캠핑장 풍경 스케치한다. 은호는 산 배경으로, 수아 릴스 찍어주고 있다. 그때 우르르 쾅쾅! 천둥번개 친다. 은호, 깜짝 놀라 하늘 보면, 엄청 파랗다.

은호　　　(이상한) 날이 이렇게 화창한데…. 불길하게.
수아　　　아, 아빠! 나 감정 올라왔는데.
은호　　　어어…. 미안미안.

씬10. 캠핑장 – 태섭, 은호의 텐트 앞 (오후)

의영, 바리바리 챙겨온 짐 내려놓는다. 텐트 두 개 보인다. 어느 쪽인가 고민하다 은호에게 전화 건다. 어디선가 휴대폰 진동음 들린다. 의영, 오른쪽이라 확신하며 텐트로 다가선다. 그럼 얇은 비닐을 사이에 두고 텐트 안쪽에 있는 태섭 보인다. 태섭, 스케치북 넘기다, 한 그림에서 멈칫한다. (1화 씬1에서) 의영을 처음 만나던 순간을 그렸다. 흩어지는 군중 속, 의영만 또렷하게 표현되어 있다.

미련, 아쉬움, 실망 섞인 눈으로 그림 보던 태섭, 노트 페이지째 뜯어내려고 한
다….

의영   (E) 대표님, 안에 계시죠? (반응 없어 의아한) 저 전화드렸던 이의
         영입니다! 저기요…?
태섭   (깜짝 놀란, 노트 뜯으려다 그대로 굳어버리는) 어?!

태섭, 문으로 다가간다. 의영도 텐트에 귀를 바짝 붙인다. 태섭, 조심스레 지퍼
열면, 놀라서 중심 잃고 휘청이는 의영. (여기서부터 슬로우로) 텐트를 손으로 잡
아보지만 놓치고, 눈 커지고, 텐트 안으로… 태섭을 떠밀며 넘어진다.

의영   어어어어어어어!!!

씬11. 캠핑장 – 태섭의 텐트 안 (오후)

눈 질끈 감는 의영, 하지만 딱딱한 바닥이 아닌 가슴팍에 쿵, 머릴 박는다. (여기
서부터 다시 빨라지는) 잉? 예상보다 폭신한 감각에 슬그머니 눈 뜨고 놀란다. 급
히 일어나는 의영, 일어나다 랜턴에 머리 박고, 충격에 스위치 꺼지며 텐트 내
부 훅 어두워진다.

의영   미치겠다, 죄송합니다! (당황한) 얼른 불을, 불이 어디에….

의영, 손에 잡히는 대로 열심히 더듬거린다. 그때 '탁' 소리와 함께 다시 내부 밝
아진다. 의영이 더듬던 것, 남자 가슴이다!

                                    미혼남녀의 효율적 만남

의영(V.O)   어라? 이게 (손 얼른 떼는) 아니네…?!

민망한 듯 고개 든 의영, 당혹스럽게 저를 내려다보는 태섭과 눈 마주친다.

의영   (놀라 눈 커진) 어…? 태섭 씨가 왜 여기에…?

태섭   의영 씨, 저 만나러 온 거예요?

의영   예?! (황당한) 제가요? (손사래) 아니요? 저는 여기 일 때문에….
           (말하다 이상한 예감이 드는) 그럼 설마 태섭 씨가….

의영(V.O)   (경악) 이은호?!

태섭   홈 대표예요.

의영   (안도하는) 난 또, 태섭 씨가 대표님이셨구ㄴ… (더 놀라는) 예?!

그때 수아, 무슨 일인지 쪼르르 달려왔다 보고 놀란다.

수아   아빠! 삼촌 텐트에 여자가 있어!

소란에 다가온 은호도 당황해 말 잃는다. 손에 쥔 핸드폰에서 지잉지잉 진동음
들린다. '받지 마. 더 힐스 이의영'로 저장된 화면 확대되는…

(타이틀) '미혼남녀의 효율적 만남 4화'

씬12. 캠핑장 – 은호, 태섭의 텐트 앞 (오후)

태섭, 전구들 켜서 텐트 앞 밝힌다. 캠핑 의자 가져다가 의영 앞에 무심하게 두

고, 저는 아이스박스에 대충 걸터앉는다. 표정 냉랭하다.

의영   (생각지도 못했다는 듯) 두 분이 공동 대표였구나….

의영(V.O)   진짜 인생 착하게 살아야 된다. 지구는 둥글고, 원수는 외나무다
           리에서 만나고, 산타 할아버지는 모든 것을 알고 계시니까.

수아, 의영에게 다가온다. 호기심에 머리끝에서 발끝까지 훑는다.

의영   (억지로, 최대한 밝게 웃는) 넌 이름이 뭐야…?

수아   (냉담한, 말 짧은) 이수아.

은호   제 딸이고 일곱 살이에요. 근데 의영 씨는 (태섭 향해 고갯짓) 얘가
           홈 대표인 거 정말 몰랐어요? 둘이 소개팅했다면서요!

INS   (1화 씬2와 이어지는) 태섭, 서로를 소개하는.

태섭   친한 친구랑 같이 공동 대표로, 홈이란 공간 브랜드를 운영하고
           있어요.

의영   아 공간…. (회사보단 친구랑 일한단 포인트에 방점 찍는) 친구분이
           랑 사이가 엄청 좋은가봐요.

의영   아…. (그제야 조금 떠오르는)

의영(V.O)   삼x전자나, 현x자동차 같은 회사가 아니라 솔직히 이름은 듣고
           까먹었다.

은호   넌 알았지?

태섭   응.

의영   (야속한) 알고 계셨어요? 전화나 문자로 슬쩍 알려주셨음 일이

                                    미혼남녀의 효율적 만남

이 지경까진 안 됐을 텐데?!

태섭 일하다가 자연스럽게 알게 될 거라 생각했어요. 근데 일이 이 지경이 돼서.

의영 아…. (급 죄인인) 저희가 그랬죠.

은호 근데, 이 캠핑장에 있는 건 어떻게 알았어요? 뒤라도 밟았어요?

의영 아뇨?! 평범하게, (살짝 찔리는) 합법적으로….

INS - (3화 씬51과 이어지는) 택시에서 내린 진수, 쇼룸 암호키 누른다. 의영 도로 택시에서 내린다. 진수 가방 붙잡는다 "대표님 가신 곳, 춘천 어디예요?!"

　　 - 문까지 막은 의영. "꼬옥 전해야 될 말이 있는데? 안 들음 후회할 텐데?"

　　 - 택시 기사까지 편든다. "(짜증 섞인) 거 좀 알려줍시다!" 택시 뒤에 늘어선 차들 합세해 클락션 빵빵 울린다. 궁지에 몰린 진수, 난처해하다 입 뗀다. "별무리 캠핑장…. 1+1으로 산 텐트…."

의영 드리고 싶었던 말씀은, 정말 (고개 숙이는) 죄송했습니다. 갑질이라는 게, 이 정돈 괜찮겠지 하는 안일한 마음에서 시작된단 거 이번에 알았어요.

태섭 …. (이제 와서 무슨 소용인가 싶은)

의영 디자인을 도용한 일에 대해서도, 다시 한번 사과드립니다. (고개 푹 숙이는)

은호 (마음 약해진) 근데… 그건 호텔도 몰랐다고 기사 났던데요?

의영 몰랐던 건 맞지만…. 저희가 업체 검증을 꼼꼼히 했더라면 충분히 피할 수 있는 일이었어요.

은호 (마음 더 약해진) 아니, 사람이 오란다고 진짜 오고…. 뭘 이렇게 순순하게…. 이럼 내가 나쁜 사람 같잖아요. 고생은 밤낮으로 (태섭 가리키는) 여기 송 대표가 다 하긴 했지만, 일단 사과는 받을게요.

의영 감사합니다. 진짜 감사해요….

의영, 슬그머니 고개 든다. 가방 꼭 쥔다. 가방에 문서 삐죽 튀어나와 있다. 'The Hills Seoul X HOME 위스키 브랜드 팝업 기획안'

의영(V.O) 이제 말해야 한다. 새로운 제안을 준비했다고. 모두에게 좋은 그림을 열심히 고민했으니, 하는 게 무조건 이득이라고! 그렇게 말을 해야 되는데….

의영, 셋 본다. 놀러 온 듯한 캐주얼한 복장이고, 특히 태섭은 표정도 어둡다.

의영(V.O) 입이 안 떨어져….

은호 뭐 더 할 말 있어요?

의영 그게, 선물이요! 호텔에서 뭘 좀 챙겨왔는데, 딱 여기가 (그릴 위에 손으로 위치 마킹하듯) 제자리 같네요? 하하…. (테이블에 놓는)

의영(V.O) 그래. 사과하자마자 새 기획 얘길 꺼내는 건 도리가 아니지. 분위기 좀 바꾸고, 친밀감 쌓고, 그런 다음에 말하자.

수아, 얼른 와서 구경하더니 초콜릿 하나 가져간다. 은호도 슬그머니 와서 뭐 있나 본다. 그제야 조금 안도하는 의영. 태섭은 여전히 요지부동이다.

은호 뭐가… 엄청 많네. (태섭 향해) 우리 이따 마트 안 가도 되겠다.

태섭 어. 멀리서 오셨는데, 저녁 먹고 가세요. (말하고 좀 걸으려는 듯 떠나는)

  미혼남녀의 효율적 만남

의영   (눈치 보다가, 은호에게) 제가 뭐 도울 건 없을까요?

은호   됐어요. 어떻게 일을 시켜요. 앉아 계세요.

씬13. 캠핑장 – 강가 (오후)

수아, 서서 은호가 찍어준 사진들 보고 있다. 각도 엉망이라 다리 짧아 보이고,
눈도 감았다. 의영, 슬그머니 눈치 보며 다가간다.

수아   (마음에 안 드는) 깜찍하게 잘 낳아놓고 왜 사진은 이따구로….

그때, 수아 또래 여자애 예쁜 옷 입고 지나간다. 아이 엄마, 한껏 숙이고 앉아,
카메라로 그 모습 남겨준다. 수아, 저도 모르게 부러운 눈길 보낸다.

의영   (눈치채는) 근데, 수아 엄마는 같이 안 왔어?

수아   아줌마. 모든 사람들한테 엄마, 아빠가 있을 거라고 생각하는 거
           좀 별로예요.

의영   어? (실수한 거 깨닫고) 아…. (따라가는) 미안! 수아야!

수아, 토라진 듯 강가로 향한다. 의영, 얼른 뒤쫓아간다.

씬14. 캠핑장 – 관리실 (오후)

태섭과 은호, 장작더미에서 장작 챙기고 있다. 은호, 흘끗 태섭 눈치 본다.

은호   너는, 어떻게 할 거야? 연락 기다렸잖아.

태섭, 고민하는 표정. 의영과 마주쳤던 순간들 스친다.

INS   - (2화 씬4와 같은) 소개팅 끝나고 헤어지는 둘. 의영, 뒤 한번 안 돌아보고 걸
             어간다.

             - (3화 씬26과 같은) 호텔에서 스친 의영, 사람들로 혼잡한 틈에 자취 감춘다.

             - (2화 씬31과 같은) 의영, 곤란해하며 지수와 함께 나간다.

태섭   타이밍이 이렇게 안 맞으면, 만나지 말란 뜻 아닐까.

은호   그래. 처음부터 이렇게 삐걱대는데, 만나면 또 어떻겠어. (태섭
           품 안에 장작 뺏어 드는) 너는 그냥, 강 따라서 바람이나 쐬고 와.

씬15. 더 힐스 호텔 앞 (오후)

퇴근하려는 현민과 새벽, 호텔 앞에 선다. 현민, 의영에게 톡 보낸다.

[여기 상황은 얼추 정리했어요. 이제 선배만 잘하면 돼요]

피곤하다는 듯 기지개 켠다.

새벽   (망설이다) 선배.

현민   응?

새벽   저 정규직 전환, 어렵겠죠?

현민   어? (당황한, 거짓말 못 하는) 모르지! 그, 밥 먹고 갈래? 소주 한잔
           할까?

                                            미혼남녀의 효율적 만남

새벽	(반응 보고 시무룩해지는) 아뇨. 다음에요.
현민	(다독이듯) 주말 동안 맛있는 거 먹고, 재밌는 거 보고, 너무 생각 하지 마. 어차피 미래는 아무도 몰라. 알겠지?
새벽	네….

씬16. 강가 (오후)

수아, 바닥에 대충 핸드폰 세우고 촬영 버튼 누른다. 춤추기 시작하자, 카메라 훅 엎어진다. 의영, 구두 신어 아찔하지만 그래도 수아 쫓아 자갈길 걸어간다.

의영	내가! 내가 찍어줄게.
수아	됐어요. (기대 안 하는) 잘 못 찍을 거면서.
의영	(기가 찬) 보지도 않고. 나 엄청 잘 찍어. 뭘 원해? 세로캠? 페이스 캠? 퍼포먼스 비디오 스타일로?
수아	쫌… 아네? (반신반의하며 핸드폰 거꾸로 건네는) 그냥 좀… 길어 보이게요.
의영	(받으려다 말고) 대신, 찍은 거 보고 마음에 들면, 오늘 나랑 좀 놀 아주기다?

의영, 한껏 숙이고 밑에서 카메라 든다. 수아, 새침하게 포즈 잡는다.

의영	(디테일 챙기는) 너, 앞머리 갈라졌다.
수아	(정돈하는) 바람 때문에….
의영	흠…. 2% 아쉬운데.

CUT TO 잠시 뒤 머리 양갈래로 땋은 수아, '난 괜찮아 딩딩딩딩딩' 릴스 찍는다. (그때 유행하는 릴스) 마침 근처 지나던 태섭, 둘 발견한다. 수아가 강 쪽으로 가자, 의영도 강가로 간다. 곧 발 담글 것처럼 아슬아슬하다. 태섭, 어…? 지켜보는데 의영, 결국 물에 첨벙 발 담근다. 그런데도 그저 밝기만 하다.

CUT TO 수아, 릴스 확인하고 표정 밝아진다. 의영은 귀엽다는 듯 수아보고 웃으며 구두에 들어간 물 탈탈 털어낸다. 수아, 산책하던 태섭 발견한다.

수아　　　어? 삼촌이다! (손 흔드는)

태섭, 수아에게 가볍게 손 흔든다. 의영도 끼어서 인사하려고 하는데, 태섭 휙 가버린다. 의영, 마음이 많이 상했나 싶어, 더 노력해보자고 다짐한다.

씬17. 현민의 집 (오후)

현민의 투룸 집. 수증기로 뿌옇다. 쏴 들리던 물소리 끊기고, 로브 걸친, 수건으로 머리 틀어 올린 현민, 침실로 간다. 섹시하게 다리 꼬고, 핸드폰 본다. 기대하며 데이트앱 켜면 '만날래?' 보낸 메시지 읽씹이거나 안읽씹이다.

현민　　　(속상) 내가 이렇게 촉촉한데 만날 놈이 하나도 없어?!

그때 한 남자에게서 답장 온다.

[약속 있어]

현민, 얼른 답장한다.

[깨고 와. 나도 집도 진짜 촉촉해.]

　　　　　　　　　　　미혼남녀의 효율적 만남

초조한 듯 다리 떠는데… 답장 온다.

[중요한 일. 근데 또 문 열어놓고 샤워했니? 곰팡이 생긴다니까…]

현민, "아차차" 하고 얼른 창문 열어 환기한다.

현민　　하…. 새로 매칭하기는 귀찮은데. 뭐 하지? 만화나 볼까?

현민, 데이트앱 끈다. 중고 거래 앱 순무마켓 켠다. '만화책' 검색한다. 여러 만화 중에 슬램덩크 판매글 보인다. '슬램덩크 신장재편판 전권'. (신장재편판 7권의) 표지의 농구하는 서태웅이 현민의 눈길을 사로잡는다.

씬18. 승준의 집 – 거실 (오후)

승준의 원룸 집. 살림 거의 없다. 책꽂이에 온갖 헬스, 해부학 관련 책들과 함께 슬램덩크 전권 꽂혀 있다. 상의 탈의한 승준, 정자세로 푸시업한다. "181, 182…" 전완근 잔뜩 성나 있다. 핸드폰 알람 울리자, 일어나 확인한다.

[흥정망정 : 올려두신 만화 제가 사고 싶은데…]

승준, 일어난다. 만화책 아련하게 본다.

승준　　진짜 보내줄 때가 됐구나…. 니 가치가 깎이지 않게 내가 최선을 다할게.

메시지 확인한다. 현민 목소리 오버랩된다.

(E) [올려두신 만화 제가 사고 싶은데 지금 읽기 올드한 건 아니죠?]

승준, 톡 보낸다.

[올드라뇨. 클래식한 거죠. 언제 읽어도 좋은 명작입니다.]

또 답장 온다.

(E) [잘생긴 남자들도 많이 나오나요?]

승준, 어이없다는 듯 답장한다.

[네. 작화가 미쳤거든요.]

곧바로 답장 온다.

[아ㅎ예. 빨리 읽고 싶은데, 오늘 직거래 되나요? 만나서 상태 보고 살게요.]

승준   어린가? (피식, 귀여운) 오늘 인생작을 만나겠구만….

씬19. 캠핑장 – 주차장 근처 공터 (오후)

태섭과 은호, 은호의 SUV 트렁크에서 짐 꺼낸다. 수아, 의영 손잡고 대화하며 걷다가, 차에 있는 둘에게 다가간다.

수아   (좋은) 언니는 마라탕 재료 뭐 좋아해?

의영   나 분모자랑 유부. 넌…?

은호   지금…. (귀 후비는) 수아 너 언니라고 한 거야? 너 낯가리는 어린 이잖아.

의영   (태섭에게 다가가는, 용기 내는) 태섭 씨. 이제 저녁 준비하는 거예요?

태섭   네. (수아에게 작은 짐 주는) 수아는 이거. (다음은 무거운 짐 들고) 은 호 너도.

의영   저도 들게요!

                                              미혼남녀의 효율적 만남

의영, 순서 기다리는데… 태섭, 별안간 슬리퍼만 하나 툭 손에 놓는다. 그러더니 혼자 무거운 도구들 다 들고 가버린다. 의영, 당황하다가… 제 신발 본다.

의영　　　어…? 신발 젖은 건 어떻게….

씬20. 캠핑장 – 은호, 태섭의 텐트 앞 (오후)

의영, 슬리퍼 신은 발 꼼지락댄다. 화기애애하게 저녁 준비하는 태섭, 은호, 수아 본다. 고기로 확실히 만회하겠다는 듯 머리까지 묶은 의영, 그릴 앞에 선다. 집게 들고 각 재다가, 에라 모르겠다 냅다 불판에 고기부터 얹는다.

의영　　　(의욕만 앞선) 불이 이게… 약한가. (고기 이리저리 뒤집어보는)

의영, 두리번거리다 발화제 발견한다. 이거다 싶다. 들고 냅다 뿌리자 불길 확 치솟는다. 의영, 멍해지는데… 어느 틈에 다가온 태섭, 의영을 자기 품 쪽으로 당긴다.

태섭　　　가만히 있으면 어떡해요.
의영　　　아…. (얼떨떨한) 놀라서.
태섭　　　줘요. 제가 할게요.
의영　　　(엉겁결에 밀려나고, 집게도 건네는) 저도 할 수 있는데….

태섭, 장갑 낀다. 능숙하게 고기 굽기 시작한다. 가늘게 쪼갠 나무들 넣어 불 키우는 모습 능숙하다. 의영은 일 떠넘긴 것 같아 미안해서 태섭 옆 못 떠난다.

태섭   (작게 한숨) 미안한 건 알겠는데, 가서 앉아요. 불 앞이잖아요. 위
          험해요.

수아   그래 언니. (옆자리 툭툭) 이리 와!

의영, 수아 옆에 앉아서 고기 굽는 태섭 본다. 더운지 단추 두어 개 끌르고, 소매
도 팔꿈치까지 걷었는데, 아래로 갈라진 전완근 보인다. 태섭, 별안간 후우, 불
어 불씨 키우고, 목에 둘렀던 손수건으로 땀도 닦는다. 의영, 얼굴 빨개진다.

의영(V.O)   어우…. 팔이. 삼겹살집에서 만났어야 됐나?

수아   언니, 얼굴이 왜 이렇게 빨개? 불타는 고구마 같애.

의영   (뺨 만지작) 아….

씬21. 캠핑장 – 은호, 태섭의 텐트 앞 ↔ 텐트 안 (오후)

태섭, 테이블에 고기 내려놓는다. 굽기 완벽하다. 의영, 한점 집어 먹는데 입에
넣자마자 곧바로 감격한다. 은호도 감탄한다.

의영   와…! (감격) 지인짜 맛있어요…. 살살 녹아요.

태섭   고기는 많으니까…. (구우려고 일어나려는)

의영   (반사적으로 태섭 손목 잡는) 일단! 같이 먹어요.

은호   그래, 먹고 해. 자 너도…. (수아 밥에 고기 놔주는)

수아   배 안고파. (옆으로 돌아앉는)

은호   뭐?! 너 나중에 배고프다 그래도 없어. 아빠가 다 먹어버릴 거야.

                                              미혼남녀의 효율적 만남

수아, 생각 없다는 듯 일어나 텐트로 가버린다.

의영   (걱정되는) 이따 배고플 텐데….

의영, 주변 살핀다. 모닝빵 봉지 집어 든다. 빵 가르고, 안에 채소랑 고기 끼워 버거 만든다. 다음에는 옆에 있는 핸드타월 집어 든다. 태섭과 은호, 뭐 하려는 건가 호기심어린 눈으로 본다.

의영   수아는… 무슨 동물 좋아해요? 토끼, 곰, 백조 중에서….
은호   (뭐 하려는 건지 짐작도 못하는) 다 좋아하는데… 토끼?
의영   토끼…. (빠르게 타월로 토끼 접기 시작한다)

→ 텐트 안
수아, 색연필 든다. 종이가 필요한지 두리번거리다 의영 가방에 어설프게 꽂혀 있는 기획안 발견한다. 뭔지 보지도 않고 도화지 삼는다.

의영   (E) 스위트룸에 묵고 계신 이수아 고객님!

→ 텐트 밖

의영   룸서비스입니다. 안에서 드실 수 있게 미니 버거를 준비했습니다!

의영, 버거랑 타월로 접은 토끼 들고 서 있다. 반응 없나 싶은데… 텐트 조금 열린다. 틈으로 손 쑤욱 나온다. 태섭, 은호 감탄하며 웃는다.

합정역 전경. 사람들로 북적인다. 후드 뒤집어쓴 승준, 쇼핑백 들고 서 있다. 순무마켓 알림 온다.

[도착했어요. 빨간색 후드티요.]

승준, 교복 입은 학생들 무리 살피는데 후드티 없다. 고개 더 돌렸다가, 빨간 후드를 머리에 맞게 조여 쓴 현민과 눈 마주친다.

승준	(당혹스런) 어른…이네?
현민	(다가오는) 중꺾마님?
승준	중'깎'마… 인데요. 중요한 건 깎이지 않는 (말로 하려니 쑥스럽다) 마음….
현민	(뭐라는 건가 싶은) 예?

둘, 비슷한 후드티 차림으로, 서로를 경계하고 서 있다.

벤치 끝과 끝에 앉은 승준과 현민, 사이엔 만화책 더미 있다. 현민은 책 페이지 넘기며 컨디션 확인하고, 승준은 그런 현민 감시하듯 보고 있다.

현민	(문득 고개 들고) 어디 코딱지라도 묻어 있음 바로 거파예요.
승준	(기가 찬) 하, 저 그런 사람 아니거든요?
현민	(허세 웃기지도 않는) 내숭은. 세상에 코 안 파는 사람도 있어요?

현민, 만화책 컨디션 살펴보는가 싶더니… 빠져든다. "쿡" 하고 웃자, 승준, 긴 팔로 잽싸게 현민 손에서 만화책 뺏는다.

승준   (이건 아니지) 어? 여기 만화방 아니거든요?
현민   순간 집중력이 좋아서 그래요. 별것도 아닌 걸로 사람 무안하게.

삔또 상한 듯 휘리릭 책 넘기는 시늉하는 현민, 많이 읽어서 상대적으로 약간 낡은 듯한 5, 6권 두 권은 뺀다.

현민   (두 권 돌려주는) 낡은 건 빼고, 만 원 깎아주세요.
승준   (발끈) 세트인데, 말이 돼요? 그리고 (뺀 두 권 하필 정대만 에피소드) 이 만화에서 여길 안 보면, 이걸 봤다고 할 수가 없어요!
현민   (귀 후비적) 그거야 보는 사람 마음이고…. 전 (서태웅 가리키며) 이 친구 농구하는 거 보려고 사는 거거든요. 네고라도 해주시든가요.
승준   글에 써놨는데? 네고 금지라고. (눈빛 매서운)
현민   (같이 째려보다 먼저 눈감는) 눈 시려. 그럼 그냥 깔끔하게 승부를 내죠.
승준   승부라니, 뭔 엉뚱한 소리를….
현민   농구 만화니까 농구 게임 어때요? 내가 이김 깔끔하게 만 원 깎아주시고, 그쪽이 이기면 제가 만 원 얹어드릴게.
승준   (기가 찬) 지금 나랑 농구로 원온원을 하자는 거예요?
현민   (처음 듣는) 원어, 뭐요? 자신 없음 그냥 가위바위보나 하든가요.

현민, 깍지 낀 손 꼬고, 그 사이로 승준 본다. (가위바위보 점) 눈 마주친 승준, 어이없다는 듯 현민 본다. 팔 삐쩍 말랐다.

승준   하…. (눈빛 바뀌는) 농구로는 질 자신이 없는데. 후회 안 할 자신
        은 있죠?

씬24. 오락실 안 (저녁)

승준, 황당하다. 화면 넓어지면, 소란스럽고 정신없는 오락실 한 가운데다.

승준   (당혹스런) 농구가 아니잖아요, 이건.

현민   (태연하게 게임기 basketball game 글씨 가리키며) 농구 게임, 맞는
        데? 초딩도 다 아는 걸…. 쯧. (손바닥 내밀며) 게임비나 내놔요.

승준, 삥 뜯기듯 주머니에서 돈 주섬주섬 꺼낸다. 현민, 잽싸게 가져가 기계에
올려둔다. 돈 넣는다.

현민   나 하는 거 먼저 봐요. (승준 보며, 선심 쓰듯) 진짜 많이 봐준다.

현민, 시작 버튼 연타한다. 공 내려오면 몸 내밀고, 까치발 들고, 어떻게든 가까
이서 던지려 안달이다. 양손 쓰는 투구폼 엉망이다. 저래서 되겠나 싶어 웃는
데…. 공에 자석이라도 달린 것처럼 다 들어간다. 승준 얼굴 점점 굳는다.

승준   저게, (진땀 나는) 왜, 다….

CUT TO 148점으로 마무리한 현민 뒤돌면, 요란하게 워밍업하는 승준 보인다.
기계 앞에 선 승준, 심호흡하고 소매 걷는다. 시작 버튼 누르는 눈빛 비장하다.

                                    미혼남녀의 효율적 만남

현민   (웃긴) 하기 싫다더니….

승준   (마인드 컨트롤하는) 왼손은 거들 뿐이지….

승준, 공 정석으로 던지는데…. 포물선 그리던 공, 인터셉트한 손에 의해 툭 떨어진다. 현민, 악랄하게 웃는다. 승준 투구를 적극적으로 방해한다.

승준   아잇. (차마 밀치진 못하고 피하며) 왜 이래요, 진짜! 똥매너야!

현민   왜 똥매너지? 방해가 반칙이란 말은 한 적이 없는데?

약도 오르고 마음도 급해진 승준, 방법이 없다는 듯 현민 허리를 팔로 껴안는다. 놀란 현민, 빠져나가려고 안간힘 쓰는데…. 꼼짝도 안 한다. 가까이서 본 승준, 남자답게 잘생겼다. 얼굴선 따라 흐르는 땀방울 탐스럽고 전완근도 두껍다.

승준   (던지는데 초집중) 피지컬도 반칙은 아니잖아요.

CUT TO 승준, 103점이다. 현실 받아들이기 힘들다. 현민은 옆에서 폴짝 뛰며 좋아한다.

승준   (승부욕 발동된) 한국인은 삼세판. 다른 걸로 해요. 스트리트파이터?

CUT TO 현민과 승준, 나란히 앉아 서로 죽어라 버튼 눌러대며 스트리트파이터 한다. 웃고, 소리 지르고, 밀친다. 영락없는 데이트다.

수아, 은호, 의영, 태섭 뒷산에 올라 있다. 나란히 선 넷, 고개 뒤로 휙 꺾은 자세로 하늘 보고 있다. 별이 얼굴로 쏟아질 것처럼 많다. 은호, 크게 감탄한다.

은호　　　광활한 우주에서 인간은 찰나를 살아가는 점일 뿐이구나. (더 높은 곳으로 수아 잡아끄는) 수아야. 쩌기까지 가면 별이 더 잘 보일 것 같지 않아?

수아　　　(저항 없이 끌려가며) 그래, 가자…. 가….

은호, 수아 데리고 별 보러 간다. 의영, 태섭과 둘만 남는다. 의영, 괜히 저 별은 어느 별인가 본다.

태섭　　　…어색해요?

의영　　　(아닌 척) 아뇨? 어색하긴…. (눈 커지는) 어! 유성우다!!!

태섭, 의영이 가리킨 곳 본다. 정말 유성우 떨어지고 있다.

의영　　　(태섭 툭 치며) 얼른 소원 빌어요! (손 모으고 눈 감는)

의영(V.O)　어, 저랑 엄마, 승준이, 아빠, 여기 있는 수아, 태섭 씨, 은호 씨 다 건강하고 행복했음 좋겠고, 저 월급도 오르게 해주시고, 연애도 아직 포기한 거 아니니까 잘 좀 챙겨주세ㅇ….

태섭, 소원 비는 대신 떨어지는 유성우와 의영 번갈아 본다. 유성우는 다 떨어졌는데, 의영의 소원은 끝날 기미가 없다. 그런 의영이 신기하고 재미있다.

태섭   무슨… 소원이 그렇게 길어요?

태섭, 어이없다는 듯 웃는다. 눈 뜬 의영, 태섭과 눈 마주친다.

의영   (민망) 평소에는 소원 빌 기회가 좀처럼 없으니까…. 그러는 태섭
        씬 무슨 소원 빌었는데요? 뭐, (놀리듯) 결혼하게 해달라고 한 거
        아녜요?

태섭   네?! 아뇨? (억울한) 왜….

의영   저한테도 물어봤잖아요. 첫 만남에. 제가 얼마나 놀랐는데요….

태섭   그건 나이가 있으니까 연애도 책임감 있게 하고 싶고, 의영 씨가
        마음에 든다는 걸 표현하려다 말이 좀 세게…. (말하다보니 민망한)

의영   아…. (급 쑥스러운) 그런 거였어요? (웃는) 쿡….

태섭   그럼 의영 씬, 그래서 또 소개팅 한 거예요? 제가 결혼하자니까
        놀라서?

의영   놀랐죠. 근데 너무 쿨하게 하라길래 저한테 별 관심 없는 줄 알
        았어요.

태섭   그랬죠, 제가. 이상하죠. 배려랍시고 한 행동이 오히려 서로를 멀
        어지게 만들고, 더 이상 신경 안 쓰려고 하면 그때부터 더 의식
        하게 돼요….

의영   (듣는) ….

태섭   오늘도 사무적으로만 대하려고 했는데, (의영 보며) 사실 지금도
        의영 씨가 너무 신경 쓰이거든요.

의영, 훅 들어온 태섭의 진심에 마음 요동친다. 분위기 묘해지는데, 그때 은호
와 수아 "별 진짜 많아!!!" 신난 듯 내려온다.

캠핑장 평화롭다. 은호, 의자에 앉아 자는 수아 얼굴에 낙서하고, 태섭은 책 읽고, 의영은 타는 장작불 보며 불멍한다.

의영(V.O) 신경 쓰고 싶지 않은데, 그래서 더 신경 쓰인다는 말… 무슨 뜻인지 안다.

의영, 태섭 본다. 태섭, 시선 느끼고 의영 본다. 뭔가 필요한 거라고 생각해 옆에 있는 담요 건넨다. 의영, 그걸 자연스레 받는다.

의영(V.O) 그래서 다 망쳤으면서도 다시 기대하게 된다.
은호 (웃음 겨우 참는) 애 이거 보면 난리 나겠지?
태섭 알면서도 저런다…. (유치하다는 듯 고개 젓는)

수아, 얼굴에 수염, 빠직 모양 등 아저씨 같은 낙서 잔뜩이다. 은호, 만족한 듯 수아 안아 든다. 텐트로 가다 산더미 같은 설거짓거리 발견한다.

은호 하, 저걸 다 언제 치워….
의영 (일어나서) 제가 후딱 씻어 올게요. 가서 수아 재우세요.
은호 그럼 좀 부탁할게요.

접시 챙긴 의영, 개수대로 간다. 은호, 텐트에 수아 눕히고 나온다. 테이블 정리하는 태섭에게 간다.

| 은호 | 의영 씨만 괜찮으면 자고 가라고 하자. 너랑 나랑 한 텐트에서 자고, 의영 씨는 수아랑 자라고 하면 되잖아. 산이라 그런가 너무 캄캄해. |
| 태섭 | 응. (일어나는) 텐트 좀 치워둬야겠다. |

→ 텐트 안

태섭, 텐트로 들어온다. 짐 정리하다 수아가 낙서하던 종이 본다. 'The Hills Seoul X HOME 위스키 브랜드 팝업 기획안'이라 적혀 있다. 이게 뭐지 싶어 본다.

씬27. 캠핑장 - 개수대 (밤)

의영, 설거지하고 있다. 그때, 핸드폰 진동 울린다. 확인하면 '오명운 팀장'. 의영, 이름 확인하자마자 표정 구겨진다. 전화 받는다.

의영(V.O)	잊고 있었다. 아니, 회피했나.
명운	(E) (다짜고짜) 어떻게 됐어. 우리랑 하겠대?
의영	아. (난처한) 상황을 좀 보고 있는데, 아무래도 기획안 얘긴 서울에서 제대로 자리를 만들어서 정중하게 하는 게….
명운	(E) 고작 사과하려고 춘천까지 택시를 타고 쫓아갔어? 기세 좋다 했더니, 마무리가 왜 이렇게 허접해?
의영(V.O)	허접…?
명운	(E) 안 되면 다신 안 보면 그만이야. 그럼 쪽팔린 꼴 좀 보여도 되잖아.
의영	…. (할 말 잃은)

명운	(E) (비꼬는) 왜 대꾸를 안 해. 첩첩산중이라 전화가 안 터지는 거야?
의영	(고민하다 결심한 듯) 터져요. 잘 터지고요. 얘기해볼게요. 그래서 이 시간까지 이러고 있는 거니까….

태섭, 랜턴 들고 개수대 근처에 서 있다. 대화 내용 듣고 실망한 듯 돌아선다.

씬28. 소극장 – 무대 → 무대 뒤 (저녁)

지수, 연기 중이다. 연극 막바지를 향해 달려간다. (<갈매기>의 한 장면. 지수가 트레플료프. 여배우는 니나.)

지수	(애절한) 니나. 나는 당신을 저주하고 미워했으며, 당신의 편지와 사진을 찢어버렸어요. 하지만 내 영혼은 영원히 당신과 동여매어져 있다는 것을 한 번도 잊은 적 없어요. 당신을 미워할 수 없어요, 니나.
여배우	…. (연기인데도 마음 동하는)

CUT TO 지수, 배우들과 커튼콜 인사하고 무대로 들어온다. 배우들, 가발, 신발 벗는다. “수고했다”, “술 먹으러 가자아!” 인사하며 분장실로 간다. 지수도 소품 정리하는데, 지수 또래인 미모의 여배우, 눈치 보며 슬쩍 지수 곁으로 다가온다.

여배우	뒤풀이요.
지수	그 공원 쪽에 우리 맨날 가는 고깃집….
여배우	아니, (도발적으로) 우리 둘이 할래요? 나는 지수 씨를 더 알아보

고 싶은데.

지수, 의도 알아챘다. 야릇한 눈빛 피하지 않고 본다.

씬29. 어느 고깃집 앞 → 안 (밤)

고깃집 전경. 지수, 담배꽁초 발로 비벼 끈다. 창문 너머로 뒤풀이하는 극단 배우들 보인다. 핸드폰에서 진동 울린다. 얼른 확인하면, 당연히 의영 아니다.

최은아   [사람 마음 무시하고 좋은 배우가 될 수 있을 것 같아요?]

지수   (기가 차서 담배 피울 마음도 사라진) 얼씨구? 무대 위니까 좋아한 거지. 막 내렸는데 자뻑은….

→ 고깃집 안

극단 사람들 (지수보다 열 살은 많아 보이는 큰형, 큰누나) 소주 마신다.

연출   은아는 오늘 공연까지만 하고 관둔대. 그렇게들 알어.

남배우1   얼마 만에 들어온 신입인데, 또 나가요?

남배우2   뻔하지. 남녀상열지사. 한동안 신지수랑 붙어 다녔잖아. 걘 연기가 아니라 진짜 사람을 꼬시려는 것 같애. 배우도 꼬셔, 관객도 꼬셔….

지수   (말 끊고, 앉는) 상대역이니까 챙겨줬지. 근데 꼬신다…. 뉘앙스 묘하다. 욕이라기엔 칭찬 같은데?

남배우2   (놀라서 더 큰소리) 들었냐? (헛기침) 그니까! 여기서 물 그만 흐리

고 그냥 영화나 드라마 해. 너 캐스팅하고 싶단 감독들 줄을 섰

잖아.

지수   됐어. 지금도 충분히 피곤한 인생이야. (기분 안 나는) 아. 오늘 술

땡겼는데, 술맛 떨어졌다. (일어나는) 나 갈래.

남배우1   뭐? 너 가면 고기는 누가 구워?

지수   (기가 찬) 배고파? 형들이 고기 대신 날 하도 씹어대길래 배부른

줄 알았지.

그때, 가게 직원 고기 들고 지나간다. 지수, 고기 들어 테이블에 턱, 놔준다.

지수   먹을 사람이 구워 먹고, 당분간 나 찾지 마. (나가는)

연출   (혼자 넋두리하듯) 갈 데가 어딨다고…. 극장이 집인 놈이.

남배우1   (걱정은 또 되는 듯 뒤통수에 대고) 진짜 가? 너 알바도 잘렸다면서!

씬30. 더 힐스 호텔 앞 (밤)

지수, 호텔 입구에서 서성인다. 나오는 사람들 유심히 보다 실망하길 반복한다.

지수   무작정 와서 뭘 어쩌자는 거야….

정석, 바닥에 발 구르며 화풀이하는 지수 발견한다. 무슨 사연일까…. 궁금한

얼굴이다. 잠시 뒤 정석, 커피 들고 지수에게 다가간다.

정석   아까부터 계시던데. (인자하게 웃으며) 뭐 도와드릴 일이 있을까요?

 미혼남녀의 효율적 만남

지수   (들켰구나 싶고, 민망한) 아, 그런 거 없어요. (가려는)

정석   이거 가져가세요. (웃으며 커피 건네는) 향이 좋아요.

씬31. 더 힐스 호텔 인근 카페 airy 앞 ↔ 차 안 (밤)

지수, 얼결에 받은 커피 들고 내려간다. 언덕 내려가다 카페 발견한다. 외벽에
아르바이트 공고 붙어 있다. 커피와 공고 번갈아서 본다.

→ 차 안

차 뒷좌석에 앉아 영화 기획안 넘겨보던 지수 계모 정아(52세/여) 매니저와 대
화 중이다.

매니저   (운전하며) 진 감독이 극비에 진행하는 영화. 여자 주인공이 시
          력을 잃어가는 정원사로 나와요. 언제 돌아올지 모르는 옛사랑
          을 기다리면서 독성이 있는 식물을 잔뜩 심은 정원을 가꾸는 거
          야…. 스릴러 섞인 멜로?

정아   진 감독이 나 써준대? 내 찌라시 때문에 고민 중이라며.

매니저   찌라시가 힘이 있나. 기사가 나온 것도 아니고. 일단 미팅하기로
          했어요. 며칠 호텔에서 쉬면서 리프레시하다가 만나요. 깐느 다
          시 가야죠. 누나.

정아   (웃다가 바깥 보는, 지수 발견하는) 잠깐 차 좀 세워봐. 쟤 신지수 아냐?

정아 탄 차, 카페 앞에 멈춰 선다. 빵! 클락션 울리자 지수, 신경질적으로 뒤돈
다. 창문 열고 고개 빼꼼 내민 정아, 활짝 웃는다. 지수 얼굴 구겨진다.

정아	(명랑하게) 지수, 너 못 보던 사이에 더 멋있어졌다?
지수	…. (무시하는)
정아	전화는 왜 안 받니? 우리 가끔 통화는 할 수 있는 사이 아니니? 용돈 안 필요해?

지수, 정아 무시하고 카페 안으로 들어간다.

정아	저게, 어른이 말하는데. 누굴 닮아서 싸가지가.
매니저	들어갔다 갈래요?
정아	됐어. 지가 날 언제까지 피해? 올라가자. 피곤하다.

씬32. 캠핑장 – 은호, 태섭의 텐트 앞 (밤)

식기 들고 캠핑장으로 돌아오는 의영, 분위기 싸하다. 은호, 태섭 텐트 앞에서 안절부절못하고 있다.

은호	(의영 온 것 모르는) 그래서 지금 돌려보내자고?

의영, 왜 그러나 싶은데, 마침 태섭이 의영 짐을 텐트 바깥으로 모두 들고 나온다.

의영	어…? 제 짐은 왜….
은호	(대신 수습하듯) 아. 시간도 늦었고, 곧 막차 끊길 테니까 이러는 것 같아요. 그럼, 차로 역까지 좀 데려다줘.
태섭	운전 못 해. 나 맥주 마셨어.

은호   (놀라는) 뭐?

은호, 고개 돌리면 막 마신 듯한 작은 맥주캔 보인다. 태섭, 화난 듯 의영하고는
눈도 안 마주친다.

의영   (심각한 분위기 풀어보려는 듯) 태섭 씨, 갑자기 왜 그러는 거예요?
태섭   갑자기요? 의영 씨. 여기 왜 왔어요?
의영   (당황한) 네?
태섭   왜 남아서 우리랑 어울리고, 잘해주고 있던 거예요?
의영   그게….
태섭   (기획안 보여주며) 사과하러 온 거 아니었잖아요. 말해봐요. 들을
          게요. 마지막으로.
의영   (놀라서 말 잘 안 나오는) 그게, 먼저 사과를 드릴 생각이었고, 이
          건 그다음에… 양사에 도움이 되는 방향으로 새로 정리해본 건
          데…. 이미 충성도 있는 고객들이 있는 건 알지만… 저희랑 협업
          하면 더 많은 사람한테 브랜드를 알리는 효과가 있을 거고…. (목
          소리 기어들어 가다 멈추는)

둘, 한동안 말없이 서로를 본다.

태섭   실망이네요. (먼저 고개 돌리는, 지나가는) 끝난 거죠? 택시도 잡아
          줘요?
의영   아뇨…. 혼자 갈게요. 실례했습니다.

의영, 쓸쓸하게 짐 챙겨 든다. 슬리퍼 벗고 구두로 갈아 신은 다음, 눈 안 맞추는

태섭에게도 인사하고, 마음 편치 않아 보이는 은호한테도 인사한다. 떠난다.

씬33. 공원 (밤)

현민, 지갑에서 돈 꺼낸다. 만 원짜리 여러 장 중에 한 장 쏙 빼고 준다. 승준, 전의 상실한 얼굴로 받고, 만화책 든 봉투 건넨다.

승준	(질린) 무슨 게임을 그렇게 다 잘해요? 밥 먹고 게임만 했어요?
현민	이기는 걸 잘해요. 기분이다! 돈 벌었으니까, 내가 팁 하나 알려 줄게요.
승준	(이상한) 엉? 돈 번 건 난데…. 뭔데요?
현민	그쪽처럼 정공법만 쓰면 나 같은 사람 절대 못 이겨요. 만나면 그냥 상대하지 말고 도망가세요. 오케이?
승준	(어이없는) 그게 무슨 팁이라고. 하여간 다신 보지 맙시다.

승준, 가려는 듯 일어난다. 현민, 아쉽다. 저도 모르게 덥썩, 승준 팔 잡는다.

현민	아쉬우면, 나랑 거래 하나 더 하든가요.
승준	무슨….
현민	팔이 아파서…. (만화책 봉투 툭 치며) 집까지 들어주면 만 원 돌려 줄게요. 배송비라고 생각해요.

현민 눈빛, 왠지 도발적이다. 승준, 그런 현민을 빠히 보다가 팔 천천히 뺀다. 거절인가 싶은데…. 그대로 봉투 들어 무게 가늠해본다.

승준   뭐, 좀, 무겁긴 하네…. 흠! 만 원, 약속 지켜요?

씬34. 현민의 집 (밤)

번호키 누르는 소리 들린다. 현민, 먼저 들어온다. 승준, 잠깐 망설이는데, 현민
이 안으로 휙 끌어당긴 다음 벽으로 밀친다. 승준, 손에 쥔 만화책 봉투 떨어뜨
린다. 현민, 천천히 입 맞춘다.

현민   (입술 떼고) 내가 꼬시는 거 알았어요?
승준   개수작을 하도 부리니까. 긴가민가하긴 했어요.
현민   근데도 도망 안 가고 냉큼 따라왔다? 피차 원하는 거네.

이번엔 승준이 먼저 키스한다. 현민 후드 벗기면, 긴 머리 살랑, 내려온다. 둘,
키스하며 방으로 들어간다. 만화책, 바닥에 흩어진다. (슬램덩크 비지엠 깔린다)

씬35. 캠핑장 입구 (밤)

의영, 캄캄한 캠핑장 입구에 의영 홀로 서 있다.
INS (씬32에서) 태섭 "실망이네요. 끝난 거죠?"

의영   (허탈한) 끝….

의영, 콜택시 부르려는데, 설상가상으로 핸드폰 꺼진다. 길 보면 택시는커녕 지

나가는 차 한 대도 없다. 한숨 깊게 쉰다.

의영　　　이의영. 왜 여러 사람 힘들게, 여기까지 와서 이러냐…. (한심한)

그때 멀리서 버스 한 대 내려온다. 의영, 버스는 다니는구나 싶어 버스가 온 방향으로 걷기 시작한다.

씬36. 캠핑장 – 은호, 태섭의 텐트 앞 (밤)

태섭, 답답한 듯 혼자 나와서 앉아 있다.

태섭　　　(마음 불편한) 하아….

태섭, 의영이 가지런히 벗어둔 슬리퍼 본다. 답답한 듯 시선 돌리면, 이번엔 의영이 타월로 접은 토끼 보인다. 태섭, 의영의 흔적들로부터 달아나듯 텐트로 들어간다. 그러자 바닥에 하나둘 빗방울 떨어지기 시작한다.

씬37. 버스 정류장 (밤)

의영, 버스정류장으로 들어온다. 다음 차 시간 보면… 오전 5시 반이다.

의영　　　(가만 생각해보고, 눈 커지는) 아까 그게 막차였어?!

의영, 걱정스러운 얼굴로 벤치에 앉는다. 조금씩 떨어지는 비 본다.

의영   진짜 되는 일도 없다….

씬38. 캠핑장 – 태섭의 텐트 안 (밤)

렌턴 끈 텐트 안 어둡고, 사위 조용하다. 태섭, 팔 베고 누워 있다. 잠이 올 리가 없다. 또렷한 눈으로 텐트에 톡, 톡 떨어지는 빗방울 그림자 지켜본다.

INS – (씬11에서) 의영, 태섭 가슴팍에 손 붙이고, 눈 크게 뜨고 저를 본다.

    – (씬16에서) 의영, 강가에서 수아와 놀아주고 있다. 청량하고 예쁘다.

    – (씬25에서) 의영, 유성우 떨어지는 것 보며 소원 빈다.

    – (씬32에서) 의영, 짐 들고 "실례했습니다" 인사하고 떠난다.

태섭, 죄책감에 한숨 쉬는데, 그때 빗방울 후두둑 떨어지더니 큰비로 바뀐다. "쏟아진다!", "치워!" 바깥 소란스럽다. 얼른 일어난 태섭, 곧장 의영에게 전화 걸면, 핸드폰 꺼져 있다는 안내 나온다. 불길함 번지는데, 텐트 열린다. 은호다.

은호   (다급하게) 송태섭! 밖에 비 엄청 와. 하늘에 구멍 난 것 같애.

태섭   큰일 났네.

은호   가야 돼. (걱정하며) 텐트 이거, 생활 방수밖에 안 돼, 이거.

태섭   넌 짐 챙겨서 수아랑 먼저 시내로 가.

은호   (이상한) 넌? 같이 안 가고?

태섭   의영 씨가 연락이 안 돼. 잘 갔는지 확인해야 될 것 같애.

은호   연락 안 된다며. 어떻게 확인하게?!

태섭, 은호 말은 뒷전이다. 백팩에 이런저런 짐들 대충 챙겨 넣곤 나간다.

씬39. (씬37과 같은) 버스 정류장 (밤)

앞 보이지 않을 정도로 비 쏟아진다.

의영　　　(심란한) 나 벌받나봐….

벤치에 털썩 앉은 의영, 정류장 안으로도 비 들이치자 최대한 벤치 안쪽으로 몸 구긴다. 신발 벗고, 발 올려서, 무릎 끌어안는다. 춥고 외롭다.

씬40. 산길 (밤)

"의영 씨!" 태섭, 이름 크게 부르며 의영을 찾아 헤맨다. 그때, 멀리서 자전거 끌고 오는 중년의 아저씨 보인다. 태섭, 뛰어간다.

태섭　　　(다급한) 저 혹시 (가슴께에) 키 요만한 여자분 못 보셨어요?

아저씨　　못 봤는데?

태섭　　　(꾸벅) 알겠습니다.

아저씨　　(떠나려는 태섭 보고) 이봐요. 청년! 이 시간에 누굴 찾는다고 그 래. 버스도 끊겼고, 밤에 여긴 산짐승 밖에 안 다녀.

태섭　　　산짐승이요?! (더 다급한) 저, 선생님. 자전거 좀 빌릴 수 있을까 요? 주변만 한번 돌아보고 돌려드릴게요.

아저씨   이 날씨에 이걸 타겠다고…? (눈빛 진지한 거 보고) 가져…가요.

　　　　　우리 집은 (손으로 가리키는) 쩌기, 밑에. (더 설명하려고 하는데)

태섭   (마음 급해 안 듣는) 감사합니다…!

태섭, 자전거 타기 시작한다. 미끄러지고 난리인데도, 페달 막 밟는다. 자전거로 여기저기 어두운 산길을 샅샅이 살피는 태섭. 의영, 어디에도 안 보인다.

씬41. 버스 정류장 (밤)

의영, 몸 작게 웅크리고 무릎에 고개 파묻고 있다. 몸에 검은 그림자 드리우는데, 못 알아챈다.

의영   태섭 씨는 날 형편없는 사람으로만 기억하겠지….

태섭   의영 씨.

의영, 놀라 고개 든다. 물을 줄줄 흘리며, 태섭 서 있다. 드디어 찾았다는 듯 안도의 한숨 푹 쉰 태섭, 지친 듯 의영 옆에 앉는다.

태섭   괜찮아요?

의영   (걱정하는) 전 괜찮은데, 태섭 씨가…. 이 비를 다 맞고 온 거예요?

태섭, 낯빛 창백하다. 놀란 의영, 태섭의 체온 확인하려는 듯 뺨에 손등 갖다 댄다. 그럼 태섭, 고개 슬쩍 돌린다.

태섭	내가 의영 씨를 어떻게 기억하면 좋겠어요?

태섭   내가 의영 씨를 어떻게 기억하면 좋겠어요?

의영   …네?

태섭   다가가면 도망가고, 멀어지면 찾아내고, 가버리려고 했는데…
또 내가 찾을 수 있는 곳에 이렇게 있잖아요.

의영   ….

태섭   의영 씬 어떤 사람이에요?

의영(V.O)   우리의 타이밍은 이상하리만치 번번이 엇갈렸다.

의영과 태섭, 한참 서로를 본다. 서운함도 안타까움도 미련도 느껴진다.

의영   태섭 씨가 본 모습들…. 저 아니라고 못 해요.

의영(V.O)   이럴 때 내가 할 수 있는 건… 다시 바닥까지 솔직해지는 것뿐이다.

의영   하지만 그게 제 전부는 아니에요. 다른 나도 보여주고 싶어요. 나
한테 시간을 좀 줘요.

태섭, 짧게 한숨 쉰다. 자리에서 일어난다. 의영, 긴장한다.

태섭   그럼… 같이 가요. 결국엔 원수 같은 사이가 되더라도, 당장 못
보는 것보단 나을 것 같으니까.

의영   …!

태섭   (눈빛 결연한) 얼마나 더 꼬일 수 있나 보자고요.

        미혼남녀의 효율적 만남

씬42. 산길 (밤)

둘, 자전거 한 대 같이 타고 있다. 태섭이 페달 밟고, 의영은 뒤에서 허리 끌어안고 있다. 우비마저 의영에게 입힌 덕에, 태섭은 다 젖었다. 힘들 법도 한데, 표정은 한결 가벼워 보인다. 산길 달리는 둘, 청량하다.

의영	태섭 씨! 나 찾으러 와줘서 고마워요. 좋은 모습으로 보답할게요.
태섭	무슨 사회적 물의를 일으킨 정치인 같은 소릴….
의영	…. (웃는)
태섭	그리고 그렇게 별로이기만 한 건 아니었어요. (민망함에 페달 더 힘껏 밟는)
의영	(쑥스러운) 근데 우리 어디까지 가요?

씬43. 성당 앞 (밤)

태섭, 성당 건물 앞에 멈춰 선다. (아직 건물 전체적으로 안 보여서 성당인 건 안 보이는) 둘 다 흠뻑 젖었고, 으슬으슬하다.

의영	또 여기네…. 태섭 씨 혹시 길치예요?
태섭	분명히 이쪽이라고 그랬는데….
의영	아침에 다시 찾아보기로 하고, 일단 들어가요. 이러다 큰일 나겠어요.
태섭	근데… 혹시 종교 있어요?
의영	필요하다면… 오늘부터 믿어야죠.

둘, 고개 든다. 닫힌 문부터 위로 올라가면 성당의 첨탑 끝 십자가 모양 보인다. 성당이다. 때마침 종 울린다. 댕, 댕…. 의영, 태섭과 눈빛 주고받는다. 긴장된 얼굴로 계단 오른 다음, 손잡이 잡고 돌린다…. 열린다!

씬44. 성당 안 (밤)

의영, 두 손 꼭 모으고 기도하고 있다.

의영(V.O)　　하느님 아버지 선생님…. 모든 건 당신의 계획이었나요?

눈 뜬 의영, 경외하는 얼굴로 십자가에 매달린 예수상 본다. 예수, 꼭 의영을 내려다보는 듯하다. (약간 무섭기도 한)

의영　　　하루만 신세 지겠습니다. (손 모으고) 진짜 조용히 있다 갈게요. 아멘….

태섭, 랜턴 들고 성당 내부 살핀다. 적당한 의자 한 켠에 짐 내려놓는다.

태섭　　　(작게 속삭이듯) 의영 씨!

CUT TO　의영, 태섭이 챙겨온 옷으로 갈아입었다. 우비와 젖은 옷가지들 잘 펼쳐 말려둔 둘, 성당 의자에 나란히 앉는다. 조금 어색하다.

의영　　　신자도 아닌데 들어왔다고, 막 벌받고 그러지는 않겠죠?

| 태섭 | 에이. 믿어주는 사람들 챙기기도 바쁘지 않을까요. 그래도… 누 |
구 오기 전에, 새벽에 일찍 나가는 걸로 해요.

의영	(끄덕) 그래요오에취!
태섭	추워요?
의영	(고개 젓는) 아까보단 훨씬 나아요.

의영, 말은 그렇게 하면서 몸 떤다. 태섭 머리는 짧아서 거의 말랐는데, 의영 머리는 아직도 많이 젖어 있다.

태섭	길어서 그런가, (걱정되는) 하나도 안 말랐네. 돌아 앉아봐요.
의영	(민망한) 놔두면 마를 텐데….
태섭	어느 세월에요.

의영, 태섭 등지고 앉는다. 그럼 태섭, 입고 있던 후드티 벗는다. 반팔 차림으로, 후드로 머리를 감싸고 아프지 않게 꾹꾹 눌러 물기 닦는다. 의영, 기분 묘하다. 머리 말려주는 태섭의 손이 목과 귓가를 닿을락 말락 스치자, 의영 흠칫 떤다.

| 태섭 | (순간 멈칫하는) 미안해요. |
| 의영 | 그게 아니라, 따듯해서요…. |

태섭, 의영 앞쪽 머리도 말려준다. 그러다 서서히 멈춘다. 둘, 지그시 눈 맞춘다. 태섭, 의영 이마에 붙은 젖은 머리 넘겨주고, 그럼 의영, 태섭 손 잡는다. 태섭, 천천히 고개 기울이며 가까이 다가간다. 의영, 태섭의 얼굴 너머로 예수상 본다.

의영(V.O)　　이래도 되나….

태섭, 의영이 망설이는 건가 싶어 멈춘다. 의영이 눈 천천히 감자, 태섭, 다시 다가와 입 맞춘다. 둘, 키스한다.

의영(V.O)　　죄라면 언젠가… 속죄하겠습니다.

씬45. 성당 안 (아침)

예수상의 표정, 지난밤과 달리 인자해 보인다. 스테인드글라스, 성당 곳곳을 알록달록하게 밝히고, 성당 입구의 성수대에서는 작은 물줄기 나온다. 복사로 봉사하는 아이들, 하품하며 가운 입고 나온다. 한 남자애 빗자루로 바닥 쓸다 그르렁대는 숨소리 듣는다. 의영, 태섭과 정수리를 맞대고, 좁은 성당 의자에 누워 자고 있다. 놀란다. 잠시 뒤, 아이들 여럿 "신부님!" 큰일이라는 듯, 막 예배당으로 들어온 검은색 사제복 차림의 신부 손을 잡아끈다.
CUT TO　　의영 주변으로 신부님과 복사들, 신자들 구름처럼 몰려들어 있다. "미사 보러 온 건 아닌 것 같죠?", "자러 왔구만요, 뭘."

의영(V.O)　　어…? (잘못됨 감지한) 씁….

인기척에 눈뜬 의영, 흐릿하게 보이는 사람들 인영에 도로 눈 감는다.

신자　　　　눈 뜬 거 봤는데….

그 말에 의영, 벌떡 일어난다. "죄송합니다" 인사하곤 태섭 흔들어 깨운다. 태섭, 크게 잠꼬대하며 일어난다. 반사적으로 늘어놓은 옷부터 걷는 태섭, 신부님 얼굴 보고 놀란다. 지난밤 자전거를 빌려줬던 아저씨다.

태섭	어…? 아저씨. (알아보고 놀란) 신부님이셨어요?
신부님	아…! (의영 보고 흥미로운) 진짜 찾아왔네? 잘 왔어요.
신자	(의아한) 우리 성당 신부님이랑 아는 사이예요?

씬46. 성당 – 식당 (아침)

뉴페이스에게 관심이 쏠린 신자들, 의영과 태섭을 흘끔대고 지나간다.

의영(V.O)	그냥 갈걸 그랬나.
신부님	(속 꿰뚫은 것처럼) 성당 손님이면 내가 섬기는 분 손님인데. 빈속으론 그냥 못 보내지. (들고 온 조식 쟁반 내려주는)

CUT TO 의영, 잼 바른 토스트 와앙 먹는다. 커피도 벌컥 마신다.

의영	맛있어요.
신부님	(웃는) 잼은 수녀님들이 산에서 딸기를 따다가 졸인 거고, 원두는 내가 가마솥 뚜껑에다가 안 타게 살살 저어가며 볶은 거고…. 입맛에 맞나보네.
의영	커피가 고소해서 보리차 같기도 하고… 훌렁훌렁 들어가요.
신부님	마음에 들면, 신 한번 믿어보든가.

의영	네?! 아하하…. 어제부로 믿음이 약간 생기긴 했는데.
신부님	(태섭 보며) 잠은 좀 잤어요? 나무 의자라 딱딱해서 등이 배겼을 텐데.
태섭	아뇨. 여기 아니었음, 정말 큰일 났을 거예요. 감사합니다.
신부님	문이야 늘 열려 있지! 근데 둘은 무슨 사이? 과묵한 친구가 지극히 챙기는 것 같던데, 아가씨 남자친구 되시나?
의영	아, 그게….
태섭	(O.L) 아닙니다. 그런 거…. 지인입니다.
의영(V.O)	지인?!

신부님과 의영, 둘 다 예상치 못한 답변에 당황한다.

씬47. 택시 안 (아침)

산길을 굽이굽이 달리는 택시 안. 의영과 태섭, 뒷좌석에 멀리 떨어져 앉아 있다. 의영, 불만스러운 얼굴로 창밖에 시선 고정하고 있다.

| 의영(V.O) | 뭐, 친구도 아니고, 동료도 아니고, 굳이 분류를 하자면 지인이 맞긴 하지. 근데 입은 맞췄잖아! 증인도 있는데?! |

INS (씬44에서) 키스하는 의영, 태섭 뒤로 보이는 예수상. 둘을 구경하는 것 같다.

| 태섭 | (기분 나쁜 것 눈치 못 챈) 은호랑 수아는 춘천 시내에서 자고 막 체크아웃 했나봐요. 의영 씨도 은호 차로 같이 올라가도 되는데…. |

　　　　　　　　　미혼남녀의 효율적 만남

의영   (뾰로통) 아녜요. 전 기차 타고 가면 돼요. 설명할 게 너무 많을 것
           같아요. 어떻게 만났는지, 어디서 잤는지도요.
태섭   (눈치 없는) 그건 그렇네요.

씬48. 기차역 → 기차 안 (아침)

태섭, 플랫폼에서 의영과 함께 기차 기다린다. 뭔가 하지 못한 말이 남은 것 같
은데, 섣불리 말 못 꺼낸다.

태섭   저, 어제….
의영   네?
태섭   어제 빌려준 옷은 다음에 주세요.
의영   (고작 그거냐 싶은) 네. 아주 깨끗하게 빨아서 돌려드릴게요.

CUT TO 의영, 기차 탄다. 기차 밖 태섭, 슬그머니 의영 좌석 있는 곳까지 걸어간
다. 기차 탄 의영이 앞만 보자, 태섭 왠지 또 엇갈릴 것만 같고 불안하다.

→ 기차 안

기차 출발한다. 무심코 고개 든 의영 놀란다. 태섭, 의영 옆자리에 앉는다.

의영   뭐예요?!
태섭   같이 가요. (머쓱한) 저 무임승차 처음인데…. 한 열 배 물어내
           나…?

씬49. 은호의 차 안 (아침)

은호, 운전 중이다. 수아가 조수석에 앉아 있다. 푸른 하늘, 경치에 은호 감탄한다.

은호 아유, 운전할 맛 난다. 어제 그렇게 비 온 게 거짓말 같네.

수아 아빠. 삼촌은?

은호 삼촌은 언니 찾았나봐. 이번엔 어떻게 안 엇갈리고 잘 만났네.

수아 어? 둘이 싸운 거 아니었어? (뺨에 아직 낙서 묻은)

은호 (아직 애라는 듯, 문질러 지워주는) 뭐, 쌈이 썸도 되고 그런 거지.

씬50. 기차 안 (아침)

태섭, 곯아떨어졌다. 고개 정착하지 못하고 계속 이리저리 흔들린다.

의영 (태섭 보는) 잘 못 잤나…?

씬51. 성당 안 (밤)

의영과 태섭, 정수리 끝과 끝을 맞댄 채 누워 있다. 부감으로 둘 잡으면, 좁은 성당 의자에 누워 있다.

태섭 …옛날에 성당은요. 도망자들이나 정치범들을 숨겨주기도 했대요. (반응 없자) 의영 씨?

태섭, 일어나 곤히 잠든 의영 본다. 좀 추운가 싶어 옷 덮어준다. 그때 밖에서 개 짖는 소리 들리자, 의영 깰까봐 창가로 가서 서성인다. 그게 아침까지 이어진다….

씬52. (씬50과 이어지는) 기차 안 (아침)

태섭, 고개를 툭, 의영 어깨에 떨군다. 의영, 깜짝 놀랐다가, 태섭이 안정적으로 기댈 수 있게 어깨 높이 맞춰준다. 잠시 뒤 검표원 다가오자 의영, 어깨 높이 유지하며, 조심스레 카드 건넨다. 검표원, 작게 속삭인다. "성인 하나, 현장 발권하겠습니다…"

의영　　　(작게) 네에….

씬53. 의영의 집 – 의영의 방 (오후)

책상에 앉은 의영, 두꺼운 양말 신고 있다. "에취!" 재채기하고 코 푼다. 따듯한 물과 비타민 삼키고, 공간 브랜딩하는 업체 서치한다. 빨래 끝난 알림음 들리자, 일어난다.

씬54. 의영의 집 – 베란다 (오후)

의영, 태섭의 후드 건조대에 넌다. 정임, 문가에 서서 수상하다는 듯 본다.

정임	어딜 갔다 왔길래 현관이 흙밭이야.
의영	요것만 널고 치울게.
정임	그리고 외박하면 미리 말해주는 게 같이 사는 사람에 대한 예의기도 해. 흉흉한 세상에….
의영	미안. 갑자기 일이 생겨서 춘천에 갔는데, 핸드폰이 꺼졌어. 회사에서 급하게 간 거라 충전기도 없었고….
정임	(의심스럽다는 듯 고갯짓으로) 옷은?
의영	옷은 (둘러대는) 오버핏 몰라? 요즘 크게 입는 게 유행인데….

씬55. 더 힐스 호텔 – 회의실 (오전)

회의실에 구매팀 직원들 명운, 의영, 나리, 현민, 새벽 둘러앉아 회의 중이다.

의영	…만나서 이렇게 저렇게 설득을 해봤는데요. 잘 안됐습니다.
명운	정말 노력한 거 맞ㅇ…
현민	(O.L) 그게 춘천까지 가서 고생한 사람한테 할 말은 아니지 싶은데요.
의영	(고마운) 홈이랑 저희는 관계를 회복할 시간이 좀 필요해 보여요. 당분간 새 업체 찾는 일에 집중하겠습니다.
명운	(짜증 난다는 듯) 업체 확정할 때까지 전원 야근이야!

명운, 먼저 일어나 회의실 나간다.

　　　　　　　미혼남녀의 효율적 만남

씬56. 더 힐스 호텔 – 사무실 (오전)

구매팀, 사무실로 돌아와 각자의 자리에서 일하고 있다.

의영   어제 괜찮아 보이는 업체들 리스트업 해놨거든. 새벽인 도용 같
       은 이슈 없는지 체크해줘. (종이 건네는)

새벽   (받아 가는) 네…!

의영   현민이 넌 나랑 나눠서 컨택하자. 일정 맞출 수 있는지부터 확인
       하고.

현민   그럼 제가 위에서부터 전화 돌릴게요.

의영, 현민 책상에 놓인 〈슬램덩크〉 1권 발견한다.

의영   (반가운) 어? 그 만화, 나도 좋아하는데.

현민   주말에 보려고 중고로 샀어요. 명작이라던데요?

의영   한번 시작하면 끊기 힘들긴 하지. (이상한) 근데 아직 1권이네?

현민   더 재밌는 게 생겨서, 시작을 못 했거든요.

의영, 일하려고 하는데 핸드폰 알림 울린다. 태섭에게서 온 전화다.

의영   어?!?! (고개 돌리고, 큼흠 목 가다듬고 받는) 네….

태섭   (F) 의영 씨. 저 송태섭입니다.

의영   아 네. 이 시간에 어쩐 일로….

태섭   지금 좀 볼 수 있어요? 중요하게 드릴 말씀이 있어서…. 제가 회
       사 쪽으로 갈게요.

의영, 당황스럽다. 갑자기 무슨 일인지도 궁금하다.

씬57. 더 힐스 호텔 인근 카페 airy 앞 → 안 (낮)

카페 앞 전경. 엄청 크고 폼나는 오토바이가 주차되어 있다. 의영, 흘끗 보고 안
으로 들어간다.

→ 카페 안

이상하다. 사장과 직원 모두 안 보인다. 일단 자리부터 잡고 앉는다.

의영   중요한 일이라는 게 대체 뭐야…?

의영, 태섭에게 카페에 와 있다고 톡 보낸다. 화장도 슬쩍 고치는 사이 사장 들
어온다. 의영, 주문하려고 카운터로 간다.

의영   안녕하세요.

카페사장   아, 의영 씨 왔어요? 직원이 새로 와서 교육 좀 시키느라. 뭐 드
　　　　　릴까요?

의영   라떼 한 잔, 따듯하게요. (카드 건네는) 전에 일하던 알바생은 관
　　　　　둔 거예요?

카페사장   그 친구가 워낙 불성실해가지고…. 이번엔 다를 거예요. (문가 보
　　　　　며) 어! 왔네. 여긴 우리 카페 단골, 위에 호텔에서 일하셔.

의영, 인사하려고 돌아보면, 사장이 소개한 새 아르바이트생… 지수다. 니트에
앞치마 두르고 있는 모습, 또 어울린다.

　　　　　　　　　　　　　　　　미혼남녀의 효율적 만남

의영   (놀란) 신지수…?!

카페사장   (더 놀란) 둘이 아는 사이예요?

의영   조금요. 뭐야? 너…, 너 (당황해서 아무 말) 커피 내릴 줄은 알아?

지수, 의영 반응에 웃고는 주문서 본다. "라떼…" 확인하곤, 원두 받아 머신에서 라떼샷 추출한다. 능숙한 모습 넋 나간 듯 보던 의영에게 손으로 브이 날리기도 잊지 않는다.

카페사장   (만족한 듯) 마음에 쏙 들어.

CUT TO 의영, 자리에 앉아 있다. 지수, 의영에게 라떼 서빙해준다. 라떼 아트도 했다.

의영   너, 어떻게 여기서 일을 하게 된 거야?

지수   공연 시즌도 끝났고, 무단이탈로 레스토랑에서도 잘렸거든. 먹
            고 살려면 해야지.

의영   아…. 초대해준 연극은 급한 일이 생겨서 못 갔어. 미안.

지수   그래. 언제 오나, 늦게라도 오려나 기다렸는데…. 끝까지 안 보이
            더라?

의영   (미안한) 기다렸…어?

지수   (웃는) 장난이야. 무대에선 객석 잘 보이지도 않아. 명색이 직업
            이 배운데, 공연이야 계속하지. 다음에 와. 표 또 줄게.

의영   알겠어. 고마워.

지수   그럼 밥 사든가. 미안한 거 한 번, 고마운 거 한 번, 두 번 사면 되
            겠다.

의영   (말릴 뻔하다가) 아니, 애초에 니가 나한테 미안한 게 먼저 아니었
        어?

지수   그니까. 너 은근 속이기 쉬운 거 알지? 그래도 말은 못 주워 담는
        다?

의영   하…. (분한) 뜯어먹을 생각이나 하고….

지수   내일 저녁 어때? 오늘은 마감까지 알바라….

태섭   (E) (O.L) 의영 씨.

의영, 고개 들면 태섭 다가온다. 의영, 지수와 태섭 번갈아 본다. 당황스럽다.

의영   (난처한) 어, 태섭 씨. 빨리 오셨네요?

의영(V.O) (눈치 보는) 못 알아보겠지?

태섭   또 보네요? 사촌 동생.

의영(V.O) 으아아!!! 얜 못 알아볼 거야.

지수   지금 이 상황 너무 익숙한데. 이제 저 문으로 (장난치듯 의영에게)
        우리가 손잡고 나가면 되는 건가?

태섭   그럴 일은 없을 거예요.

태섭, 지수 신경 안 쓴다는 듯 냉랭하게 지나쳐 자리에 앉는다. 지수, 웃으며 돌
아선다. 상황 재밌게 돌아간다 싶은 표정이다.

태섭   어제요.

의영   네?

태섭   우리 키스했잖아요.

태섭의 말에 지수 멈칫한다. 웃음기 사라진 얼굴로 뒤돌아본다.

의영 　　(놀란) 네?!?!?!?!
태섭 　　전 의영 씨 다시 볼 생각에 떨려서 잠도 못 잤는데. 잘 잤어요?

의영, 지수 봤다가, 다시 마주 앉은 태섭 본다. 황당하다는 얼굴 클로즈업되며.

4화 끝.

미혼남녀의 효율적만남
5화

미혼남녀의 효율적만남

씬1. (4화 씬57과 이어지는) 더 힐스 호텔 인근 카페 airy 안 (낮)

의영, 태섭과 마주 앉아 있다. 지수, 상황 재미있게 돌아간다는 표정으로 둘에게서 등 돌린다. 카운터 향해 걸음 떼는데….

태섭 우리 키스했잖아요.

의영 (놀라서 보는) 네?!?!?!?!

태섭 전 의영 씨 다시 볼 생각에 떨려서 잠도 못 잤는데. 잘 잤어요?

대낮에 키스 얘기하는 태섭, 얼굴색 하나 안 변한다. 의영 리액션만 고장 난다. 돌아섰던 지수도 다시 성큼 돌아온다.

지수 진짜야?! 너 키스했어?!

의영(V.O)   했다. (황당한) 그치만 이렇게 공개적으로 인정해야 되는 일이냐
            고, 키스가…!

태섭   (지수에게 건조하게) 계속 계실 건가요? 저희끼리 중요하게 할 얘
            기 있는데.

태섭, 차분히 커피 마신다. 그런 태섭과 마주 앉은 의영은 머릿속 복잡하다.

의영(V.O)   중요하게 할 얘기가 뭐야? 설마… .

태섭   우리가 엇갈리기도 했지만, 결국 다시 만났고….

INS   - (4화 씬41에서) 태섭, 버스정류장 벤치에 앉은 의영에게 손 내민다.

           - (4화 씬44에서) 태섭, 의영에게 천천히 고개 기울여 입 맞춘다.

의영(V.O)   (퍼즐 맞춰지는, 떨리는) 키스도 했지. 총정리하는 플로우가 딱 고
            백인데….

태섭   (V.O랑 겹쳐 묻히는) 한번 아니라고 결정하면 번복은 안 하는데,
            일 같이 한번 해봐요.

의영(V.O)   …어떡해? 일단 사귀고, 차차 알아가보는 걸로 해?!

태섭   (듣고 있는 건가 싶은) 의영 씨? 같이 일 해보자고요.

의영   같이… (눈 커지는) 뭘 하자고요?!

태섭   이거…. (문서 내미는) 어제 은호가 짐 가져다주면서 준 거예요.

의영, 받아서 본다. 수아가 그린 그림이다. 네 사람이 뒷산에 올라 별 보던 순간

을 그렸다. 웃는 얼굴, 꺾인 고개, 하늘을 메운 별…. 행복해 보인다.

의영   수아 미술에 소질 있다. 근데, 이게 왜요?

태섭   그게, 그림을 아무 데나 그렸더라고요. (뒤집어보라 손짓하는)

의영, 종이 뒤집고 놀란다. 의영이 준비했던 기획안이다.

씬2. 태섭의 집 – 거실 (저녁)

늦은 저녁. 태섭, 소파에 앉아 기획안 읽는다. 은호가 가져다준 캠핑 짐은 거실
한 켠에 그대로 쌓여 있다.

태섭   (E) 호텔이 많이 밑지는 제안이던데요. 팝업도 최대한 저희가 준
           비한 시안, 예산대로 가게 해주겠다는 거였고, 가구를 포함한 패
           키지 객실을 만들자는 새 기획은… 더 좋았고요.

태섭, 페이지 넘긴다. 새로 추가된 내용 발견한다. 확 집중한다. '(신규 제안) 객
실 패키지 콜라보레이션 - 우드 앤드 스피릿 나이트 WOOD AND SPRITS
NIGHT'에 멈춘다. '팝업의 경험을 객실까지 이어갈 패키지 객실 콜라보레이
션. 디럭스 더블 객실+하프 바틀 위스키+HOME의 시그니처 가구 1점 구성'

태섭   (흥미 생기는) 이러면, 자연스럽게 가구를 써볼 수 있겠네….

태섭   (E) 가구가 얼마나 예쁜지가 아니라 얼마나 견고한지 알리는
           건… 가구 만드는 사람이면 늘 목마른 부분이거든요.

                                    미혼남녀의 효율적 만남

씬3. (씬1과 같은) 더 힐스 호텔 인근 카페 airy 안 → 앞 (낮)

의영, 태섭이 마침내 기획한 의도 알아준 것 기쁘다. 태섭은 조금 머쓱해 보인다.

태섭   그날, 얘기 들어보지도 않고, 화부터 냈던 거 미안해요.

의영   미안하긴요. 마음 바꿔준 게 얼마나 고마운데요. 앞으로 같이 잘
        해봐요.

태섭   (안도하는) 네…!

의영   그럼, 브랜드 측에 시안 컨펌 받고, 바로 킥오프 회의 하시죠. 일
        정은 어떻게 할까요? 저희는 빠를수록 좋은데….

둘, 스케줄 체크한다….

→ 카페 앞

의영과 태섭, 카페 앞에 서 있다.

의영   (미소 짓는) 그럼, 들어가세요.

태섭   근데 의영 씨. (머뭇대다) 크… 크림 묻었어요. (입가 근처 쿡 닿을락
        말락 가리키는, 아무것도 없는) 여기.

의영   아…? (민망한, 얼른 문질러 닦는) 라떼를 마셔서 그런가….

태섭   (차로 몇 걸음 가는가 싶더니 도로 돌아오는, 뚝딱대는) 근데 진짜,
        키… (바지 주머니에서 꺼내는) 키 여깄구나. (흔드는) 짜잔.

의영   네…? 아, 네. (이상한)

태섭   진짜… 가볼게요. (빠른 걸음으로, 도망치듯 차로 가는)

의영   (떠나는 태섭을 수상하게 보다가) 근데, 라떼를 마셨는데 왜 크림이
        묻었지? 그리고, 키스 얘기는 그렇게 끝난 거야?!

그때, 태섭 차 쪽에서 클락션 소리 빵! 들린다. 의영, 놀란다.

CUT TO 차에 탄 태섭, 부끄러워 핸들에 고개 쿵쿵 박는다.

태섭   (현타 온) 무슨 말을 한 거야악!!! 말을 꺼냈으면 제대로 마무리를
           짓든가!!!

씬4. HOME 사무실 – 회의실 (오후)

은호, 클라이언트와 미팅 중이다. 클라이언트, 회의실 문을 등지고 앉아 있다.

은호   나무라는 게 워낙 까다로워요. 온도나 습도에 따라 수축, 팽창
           을 하니까 간혹 가구에 뒤틀림이 생기기도 하는데, 걱정 마세요.
           1년 동안은 저희가 무상으로 보수를 해드리니까….

그때 '쿵!' 소리 난다. 은호, 놀라서 보면, 태섭이 유리창에 머리 박고 있다. 스윽,
고개 든 얼굴에 자괴감 가득하다. 불쌍한 눈망울로 은호 본다.

은호   (저도 모르게 툭) 뭐, 왜,

클라이언트   …네?

은호   아니, (다시 비즈니스 톤) 걱정은 일절 안 하셔도 된다고요.

태섭, 핸드폰에 '퇴근하고 너네집' 적어 띄운다. 은호가 고개 끄덕이자, 스윽…
조용히 사라진다.

                                         미혼남녀의 효율적 만남

태섭, 속 타는 듯 콜라를 술처럼 벌컥벌컥 마신다. 수아는 소파에 앉아 헤드폰 끼고 책 읽고 있다. 은호, 혼자만 신났다.

은호   (들뜬) 너 이눔시끼. 배짱도 좋아. 천국에 소문 다 났겠다. 어떻게 성당에서 키스를 해?

태섭   생각을 안 했어. 키스도, 했다고 떠벌린 것도 (후회) 생각을 안 했으니까 한 거야.

은호   잘했어. 입술 도장보다 더 찐한 도장이 어딨냐? 도장 꾹 찍었으니까, 내뺄 생각 말고 책임지라고 하ス…

수아   (O.L/E) 삼촌, 아빠.

은호   (휙 돌아보는) 뭐야?! 너 듣고 있었어?

수아   (헤드폰 벗으며) 이거 노캔 안 되는 모델이잖아. (다가와서 턱 하고 앉는)

은호   그게, 삼촌이 (전체 연령가로 바꾸는) 뽀뽀를 했대. 뽀뽀.

수아   뽀뽀까지 했음 이제 사귀는 거네…라는 생각은 완전 유행 지난 거 알지?

태섭   (정곡 찔려 당황한) 어?!

수아   뽀뽀로 책임질 게 뭐 있어? 어디 다쳤어? 아니면 뭐, 망가졌어?

태섭   그게, 삼촌이 좀 망가진 것 같은데.

수아   망가진 게 아니라, 말랑해진 거지. 원래 그렇잖아. 누굴 좋아한다는 게.

태섭   아…. (깨달은) 그렇지. 오랜만이라 잊고 있었다.

수아   축하해, 삼촌. 누굴 좋아하는 것도 축하할 일이잖아. 그래서, 어떻게 할 거야?

태섭	음…. 일도 열심히 하고, 데이트도 하자고 제대로 말해봐야겠어.

수아	(안심인) 그래. 파이팅해. 축하할 일 생기면 알려줘. 위로가 필요
	해도 알려주고. 우린 늘 삼촌 편이니까. (다시 헤드폰 끼는)

은호	이수아, 너 왜 잘 알아? 연애해봤니? 다 니 마음대로 해도 연애는
	아빠 허락 맡고 해야 돼. (헤드폰에 대고) 근데 허락 안 할 거거든?

씬6. 더 힐스 호텔 – 호텔 전경 → 회의실 (오전)

호텔 전경.

→ 회의실

현민, 새벽, 회의 준비로 분주하다. 현민이 노트북 스크린에 연결할 동안, 새벽
은 물과 자료집 자리마다 둔다. 표지에 'The Hills Seoul X HOME 글렌디어 팝
업 킥오프 미팅' 적혀 있다. 잠시 뒤, 의영이 태섭, 은호와 홈 직원들 회의실 안
으로 안내한다. 직원들 인사 나누고 자리에 앉는다. 호텔 본부장, 정석, 구매팀
명운, 나리, 현민, 세일즈 팀장 나은, 마케팅 팀장 가현, 시설팀 팀장 정훈, 도현
과 호텔리어 등 직원들 참석했다. 새벽은 회의 시작 전 조용히 회의실 나선다.
도현이 그 모습 본다.

본부장	입찰 진행하면서 불쾌한 상황이 있었다고 들었는데, 다시 이렇
	게 제안에 응해주신 점 감사합니다.

태섭	사과는 충분히 받았습니다. 이제부터는 두 회사가 프로젝트를
	위해 힘 모았으면 좋겠습니다.

본부장	(마음에 드는) 젊은 대표님이라 뒤끝이 없어 좋네요. 시작하시죠.

	미혼남녀의 효율적 만남

태섭, 스크린 옆에 선다. 'Meet Original'이라고 쓴 슬라이드 띄운다.

태섭　　(여유 있는) 팝업 컨셉입니다. 100년간 한결같은 한 모금을 선사
　　　　한 글렌디어의 헤리티지를 느낄 수 있는 공간을 준비했습니다.
　　　　내부 디자인은 현지 양조장과 바를 모티프로 하되, 더 간결하고
　　　　모던하게 표현할 계획입니다…. (뒤는 안 들리는)

발표하는 태섭, 프로페셔널하다. 태섭, 슬라이드 넘겨 포토존, 미니바, 전시 공
간 디자인된 세밀한 팝업 도안 띄우자 직원들 집중해서 본다. 의영, 흘끗 태섭
본다. 자연스럽고 여유 있는 태도, 새롭고 섹시해 보인다. 태섭, 시선 느끼고 의
영 본다. 눈 마주치자 슬쩍 웃는다. 의영도 조심스레 웃는다.

태섭　　(다시 발표 이어가는) 게이트로 입장한 고객들은 포토존과 미니
　　　　바를 지나, 글렌디어의 역사를 담은 전시를 만나게 됩니다. 모든
　　　　목재에는 피트향을 테일러링해 위스키를 감각으로 경험하게 할
　　　　예정입니다…. (더 들리지 않는)

CUT TO 발표 끝나고, 본부장 만족한 듯 일어난다. 태섭에게 악수 청한다.

본부장　　(만족한) 브랜드에서도 기대가 큽니다. 잘 부탁해요. (직원들에게)
　　　　　요청하는 거, 최대한 지원해주세요.

씬7. 더 힐스 호텔 – 레스토랑 안 → 로비 (오후)

의영과 구매팀 명운, 나리, 현민, 세일즈 팀장 나은, 태섭, 은호와 홈 직원들 함께 점심 먹는다. 분위기 한결 누그러져 있다.

나리 근데 대표님. 일 안 하겠다고 했다가 마음 바꾼 이유가 뭐예요?

태섭 아. 의영 씨 때문입니다.

태섭 말에, 다들 멈칫한다. 의영, 거의 포크 떨어뜨릴 뻔한다.

은호 (눈치 있게 나서는) 송 대표가 말이 짧아서 종종 오해를 사요. 의영 씨 열정이 저희 마음을 돌렸다는 뜻입니다. 제가 손수건으로 동물을 그렇게 잘 접는 사람은 처음 봤잖아요. 하하하….

나은 아…! (납득한) 의영 선임님이 일을 참 재치 있게 잘하시죠.

태섭 그래서 앞으로 커뮤니케이션도 계속 의영 씨랑 하고 싶은데요.

나은 그러세요. 브랜드랑은 제가 연락하니까, (의영 보며) 저랑만 진행 상황 잘 공유하면 될 것 같아요.

의영 네…! (태섭과 직원들에게) 뭐든 도울 일 있음 편하게 연락주세요.

→ 로비

둘, 'Under Construction'이라 적혀 있는 가림막 앞에 서 있다.

의영 (미안한) 팝업 부스랑 객실 가구를 동시에 작업해야 돼서, 일정이 빠듯한 게 마음에 걸리네요.

태섭 흠. 그렇네요. 당분간은 바쁠 것 같으니까… 우리는 일 끝나고 데이트할래요?

의영   뭐, 데이트요?! (리액션 크게 했다 당황) 아니, 그런 말을 회사에
         서….

태섭   (주변 보고) 아. (속닥이는) 다행히 의영 씨만 들은 것 같아요. (작
         게) 할래요?

의영   (설레는, 주변 보고 속삭이는) 좋아요….

씬8. 청과 시장 (오후)

의영과 서빈, 청과시장 둘러본다. 의영, 태섭 생각에 살짝 멍하다.

서빈   (E) 정신 차려. 또 설레냐. 상태가 완전 메롱이네….

의영   (움찔하고, 서빈 보는) …네?

서빈   아니, 저거. (손으로 가리키는) 되게 웃기다.

매대 보인다. 체리, 샐러리, 멜론에 각각 '정신 체리', '또 샐러리', '상태가 완전 메
론' 적혀 있다. 의영, 뜨끔해서 정신 차리려는 듯 고개 흔든다.

의영   저희, 커피 한잔하고 사무실 들어갈까요?

씬9.   더 힐스 호텔 인근 카페 airy 안 (오후)

의영과 서빈, 마주 앉아 커피 마신다.

서빈	그 닭발이요. 자꾸 생각나요. (손 닭발처럼 모으는) 처음엔 어떻게 먹나 했는데.
의영	해외에서는 잘 안 쓰는 재료니까요. 그 매운맛에 중독되면 답 없는데.
서빈	다음에 또 데려가주세요.
의영	네. (웃는) 전 애들 마실 커피 좀 사 올게요. (카운터로 가며 전화 거는)
현민	(F) 네, 선배.
의영	어 현민아. 이제 사무실 들어갈 건데, 너랑 새벽이 커피 뭐 마실래?
현민	(F) 어…. 그럼 아이스 아메리카노 두 잔이랑, 아! 샌드위치도요.
의영	응? 점심 안 먹었어?
현민	(F) 저 말고 새벽이가요. 그런다고 실수가 없는 일 되는 것도 아닌데….
의영	(걱정되는) 그래…? 일단 알겠어.

의영, 전화 끊는데, 마침 '부릉' 요란한 소리 난다. 고개 돌리면, 창밖으로 크고 번쩍이는 바이크 한 대 멈춰 선다. 운전자 헬멧 벗고 머리 터는데… 지수다. 간지난다. 의영, 지수 새로운 모습에 또 살짝 놀란다.

CUT TO 키스 애기 의식하는 듯, 의영과 지수, 어색하다. 지수, 등 돌린 채 커피만 내리는데 냉랭하기까지 하다. 원두 갈고, 테이블에 탁탁 세게 쳐서 찌꺼기 빼내고 탬핑하는 동안, 의영과 눈 한번 안 맞춘다.

의영	(왠지 신경 쓰이는) 넌… 지금 출근하는 거야?
지수	응. 월화수는 6시부터 마감까지, 목금은 1시부터 6시까지 일해. (은근슬쩍) 넌, 그 소개팅 했다는 남자랑 같이 일하게 된 거야?
의영	어. 알고 보니까, 우리 팀에서 낸 입찰에 참여했더라고. 신기하지.

   미혼남녀의 효율적 만남

지수   (최대한 태연하게) 신기하네. 그래서, 사귀기라도 해?

의영   아니. 키스를 하긴 했는데… 거기까지는….

지수   (아직 기회 있나 싶어 멈칫, 휙 도는) 그래! 뭐 스무 살도 아니고 키
        스 한 번에 마음을 다 줘? 나도 살면서 키스 엄청 해봤거든? 연
        기까지 합치면, 백 번, 아니 오백 번은 해봤겠다. 의미부여하기
        시작하면 서로 피곤해져.

의영   그런가? (태섭도 그렇게 생각하려나 싶은)

지수   (반응 없자 무리수) 난 당장 지금도 할 수 있는데? 우…! (입술 내미는)

의영   (치우라고, 뺨 미는) 왜 이래, 키스가 그렇게 대단한 건 아니지만!
        아무것도 아닌 건 아니지…. (절레절레) 대체 어떤 삶을 살아온
        거야?!

지수   (삐죽) 그냥 평범하게 살았는데….

의영   평범한 사람이 저런 오토바이를 타? (흘끗) 뭐, 좀 멋있긴 하네.
        (궁금해서 이리저리 보는) 저런 거 타고 달리면 어떤 기분이야?

지수   음…. 세상을 가위질하는 기분?

의영   (더 감 안 오는) 가위질?

지수   (싱글 웃는) 궁금하면 언제 태워줄까?

의영   (진심이라 생각 안 하는) 그래. 다음에. (케이크 쇼케이스로 주의 돌아
        가는, 입맛 다시고) 나, 초코케이크도 하나만.

지수   (그런 의영 귀여운 듯 웃는) ….

씬10. 더 힐스 호텔 – 휴게실 → 회의실 (오후)

새벽, 휴게실 벤치에 앉아 핸드폰 보고 있다. 은호에게 보낸 메시지 보인다.

새벽   [대표님. 내부 사정으로 회의를 최소해야 할 것 같습니다. 죄송합니다.]

은호   [갑자기 이러시면 곤란하죠. 아니, 내부 사정이라는 게 뭡니까?]

실수 돌이키며 후회된다. 그때, 도현 휴게실로 들어온다. 새벽, 어색하게 목례한다. 도현, 자판기 앞에서 우왕좌왕한다.

도현   저… 곧 인턴 끝나죠? 계약서 정리하다 우연히 봤는데.

새벽   네. 이번 달에 끝나요.

도현   솔직히 호텔은 겉만 번지르르하지 일에 비해 급여도 짜잖아요. 연봉은 첫 출발이 중요하거든요. 제 친한 후배가 은행원이라 부탁하면 조언해줄 수 있을 것 같은데. (반응 없지만 꿋꿋하게) 같이 한번 만나보는 건….

새벽   괜찮아요. 제가 알아서 할게요.

그때, 새벽 핸드폰에 톡 온다.

의영   [어디야? 인턴이 빠져가지고. 회의실로 와.]

새벽   의영 선임님이 찾으셔서, 먼저 가볼게요.

새벽, 꾸벅 인사하고 간다. 도현, 눈에서 미련 뚝뚝 떨어진다.

                                    미혼남녀의 효율적 만남

씬11. 더 힐스 호텔 – 회의실 (오후)

의영, 분위기 잡고 앉아 있다. 새벽은 긴장한 기색 역력하다.

의영   새벽이 너 요즘… 식단하니?

새벽   (예상 못 한 질문에 당황한) 네? (고개 젓는) 아니요. 아닌데….

의영   그럼 밥이 안 넘어갈 정도로 힘들구나? 그래. 일이 그렇게 힘들기도 해. 이번에 큰 거 배웠다.

새벽   (목소리 기어들어 가는) 선배님도 저한테 실망하셨죠…?

의영   실수 한 번으로 무슨 실망은. 자. (샌드위치랑 커피 건네는) 이번엔, 그럼에도 꾸역꾸역 삼킨 밥이 얼마나 힘이 되는지, 그거 배워야겠다. 먹고 힘내서, 나 좀 도와줘.

새벽   (일단 받기만 하는) …네?

의영   이번 팝업, 업무 백업을 새벽이 니가 좀 맡아줬으면 좋겠어.

새벽   제가요? (걱정) 제가 한다 그러면 홈에서 싫어하지 않을까요?

의영   음…. 나라면, 실수하고 그냥 도망치는 사람을 싫어할 것 같아. 책임지고 수습하려는 사람은 다시 볼 것 같은데?

새벽   (의영의 마음 느껴져 울컥하는) 선배님….

의영   (믿는다는 눈빛 보내는) 끝까지 해볼 거지?

새벽   네. (다시 용기 내보는) 저 해볼게요…!

씬12. HOME – 회의실 → 사무실 (오후)

태섭, 팀원들과 회의실에 앉아 있다. 며칠 밤샌 듯 꼬질한 진수, 보윤, 디자이너

셋이 러시안룰렛 하듯 서로 눈치만 본다. 앞엔 엎어둔 시안 있다.

태섭   누가 먼저 깔래?

셋, 휙, 페이퍼 뒤집는다. 그럼 서랍형 캐비넷, 원형 테이블, 리클라이너 체어 디자인 보인다. 태섭, 시안들 살펴보기 시작하는데…. 오래 안 걸린다. 이거다 싶은 건 없는 듯, 안경 슬쩍 들고 눈 비빈다.

태섭   짧게 할게. (진수에게) 호텔에 묵으면서 캐비넷에 짐 풀어 정리하는 사람이 몇이나 될까. 실용성 있는 걸로 다시 고민해봐. 그리고 (보윤 보고) 너네는 도면 확인부터 다시 해야겠다. 이렇게 큰 가구를 어디에 놓게?
보윤   (억울) 확인했어요 도면. 며칠 잠도 안 자고 눈을 (부릅) 이렇게 뜨고 봐도, 방은 작지, 가구는 꽉 찼지…. 대표님. 그 도면은요. 덧칠할 데가 없는 도화지예요. (눈 뻑뻑한 듯 인공눈물 꺼내 넣는)

태섭, 그제야 추레한 직원들 모습 눈에 들어온다. 쪼기만 한 거 미안하다.

태섭   (한숨) 쉬운 일 아닌 거 알아. 오늘은 이만하자. 일찍들 들어가서 쉬어.

→ 사무실
태섭, 혼자 사무실에 남아 일한다. 테이블 위에 커피잔 여러 개고, 며칠 집에도 안 간 듯, 책상 옆에는 캐리어도 펼쳐져 있다. 스케치북에 좁게 빠진 선반, 접이식 파티션 등 다양하게 스케치한 흔적 있는데, 딱히 마음에 든 건 없는 듯하다.

                                        미혼남녀의 효율적 만남

태섭   (이대로는 의미 없다는 듯, 펜 놓는) 돌파구가 필요한데….

씬13. 헬스장 안 (저녁)

의영과 승준, 양손 가득 장 본 것들 들고 들어온다. 큰 두루마리 휴지, 물을 비롯해 에너지바, 물티슈 등 생필품 가득 담겨 있다.

의영   무거워 죽겠네…. 요즘은 인터넷에서 사는 게 제일 싸다니까. 쇼핑창 들어가서 최저가 우선 정렬, 주문, 다음날, 문 앞까지 배송.

승준   눈으로 봐야지 마음이 놓인단 말야. 소비기한도 확인할 수 있고, 겸사겸사 친구 근황도 체크하고….

의영   짐도 들게 시키고?

승준   (얼른 의영 손에 짐 빼앗듯 해서 내려주는) 그래서, 소개팅한 사람이랑 일하는 건 어때?

의영   진짜 일만 해. 바쁜 거 뻔히 아니까 먼저 연락하기도 그렇고. 먼저 해주면 좋겠는데, 키스까지 해놓고 연락 한 번이 없어헙! (입 막는, 승준 보는)

승준   (놀란) 뭐야, 너 그 남자랑 키스했어? 언제?!

의영   아, 그게. 어쩌다 보니까 분위기가 촉촉해져서…. (눈치) 잔소리 할 거야?

승준   (급 눈에 힘 푸는) 아냐. 내 주제에 무슨. 나도 중고 거래한 사람이랑….

의영   엉?

승준   큼흠…. (말하려니까 쑥스러운) 그런 게 있어. 운동하고 갈래?

의영   됐어. 피곤해. (장바구니에서 바나나우유 꺼내는) 일당 챙겨간다.

→ 헬스장 앞

의영, 바나나우유 쪽 빨며 나오는데 태섭에게서 톡 온다.

[의영 씨. 혹시 내일 좀 볼 수 있어요?]

의영   어? (놀라는, 좋은) 뭐야. 왔네…?

씬14. 버스 안 (저녁)

현민, 차창에 머리 기대고 앉아 있다. 현민 앞좌석 커플이 뽀뽀하기 시작한다.

현민   (눈 도로로 굴리고, 아저씨처럼) 뽀뽀 좋쥐! 뽀뽀가 키스 되고, 키스가….

INS   (4화 씬34와 이어지는) 승준과 현민, 키스하며 방으로 들어간다. 발에 잡동
사니 치이자, 승준, 현민 안아 침대로 옮긴다. 누운 현민, 승준 팔 쓸어내리다 협
탁 열면, 승준, 안에서 콘돔 꺼낸다. 모든 게 물 흐르듯 자연스럽다.

현민   (E) 처음 맞춰보는 합이 그렇게 잘 맞기 힘든데…. 결정적으로,

INS   (이어지는) 다음 날 아침, 현민 홀로 일어난다.
[일 때문에 먼저 나갑니다]

정갈한 글씨체로 적힌 포스트잇 발견한다. 현민, 기지개 켜다 순간 밝은 빛에
멈칫한다. 바닥에서 광난다. 옷도 개어져 있고, 잡동사니 정리되어 있고, 만화
책은 책꽂이에 꽂혀 있다. 휙! 나가면 현관까지 티끌 하나 없어 눈부시다…!

                          미혼남녀의 효율적 만남

현민   (E) 그런 우렁각시 플레이는 난생처음이었어….

앞자리 커플, 현민 흘끗댄다. "우렁각시는 어떤 플레이야?", "변탠가 봐…" 커플, 자리 옮긴다. 현민, 핸드폰 열고, 순무마켓 앱 켠다. '중깎마'랑 나눈 채팅창 들어간다.

[뭐 해요?], [한 번쯤 내 생각 났을 텐데?]

보낸다.

씬15. 헬스장 (저녁)

중년 여성 회원, 러닝머신에서 내려온다. 승준, 잽싸게 다가가 비즈니스 미소 날린다. "회원님?"

CUT TO 승준, 회원과 상담 의자에 앉아 있다. '순무' 알람 울리는데, 무시하고 상담에 집중한다. 회원, 바구니에 있는 포도당 캔디 빠른 속도로 해치운다. 승준, 슬쩍 사탕 바구니 멀리 민다.

승준   오늘이 마지막 PT였네요. 같이 운동하고 몸 좋아진 거 느껴지시죠?

회원   아우…. 한 일이 킬로 빠졌나? 화장실 한번 갔다 오는 거랑 똑같애요.

승준   근육 늘리고 체지방은 빼고, 그렇게 일이 킬로면 엄청난 건데. 이번에 운동 습관 잘 들였으니까, 다음엔 감량을 목표로….

회원   (O.L) 근데 돈 빠져나간 건 엄청 티 나대요? 우리 아저씨가 잔소리를…. 귀 따가워서 못 살겠어.

승준   다음엔 남편분이랑 같이 오세요. 잔소리도 안 나오게 운동 짜드
       릴게요.

회원   아유. 초상 치를 일 있나…. (방어할 궁리하는, 때마침 '순무' 알림 울
       리는) 선생님. 뭐가 계속 온다.

승준   네? (순간 핸드폰 보는)

회원   그럼, (민첩하게 사탕 한 줌 챙겨 일어나는) 난 가요?

승준   회원님, 회원님!!!

승준, 핸드폰 본다. 보자마자 헉! 한다. '홍정망정'에게서 온 메시지 보인다.
[뭐 해요?], [한 번쯤 내 생각 났을 텐데?], [오늘 만날까요?]

승준   제기랄! 들켰나?

INS (4화 씬34와 이어지는) 새벽 5시. 방 어둡다. 먼저 일어난 승준, 포스트잇 붙
이고 슬그머니 나오는데 '부욱' 책 찢어지는 소리 난다. 놀라 뒷걸음질 치면 또
'지익' 소리 난다. 놀라 핸드폰 빛 비춰보면 만화책 두 권 찢어져 있다. 이걸 어쩌
나, 당황한 눈에 빈 책꽂이 보인다. 승준, 만화책들 책꽂이에 꽂는다.

승준   (E) 하…. 그냥 솔직하게 말할걸. 그럼 모양이라도 안 빠지지.

현재 승준, 고민하다 답장한다.
[오늘은 제가 바빠서요. 그날 일은 실수였어요. 너무 노여워 마세요.]
승준, 순무페이로 찢어진 만화책값 15,000원… 적었다 지우고, 10,000원 송금
한다. 그때, 다른 회원이 "여기 기구 좀 봐주세요!" 외치자 승준, 핸드폰 두고 회
원에게로 간다.

                    미혼남녀의 효율적 만남

현민, 어이없다는 듯 핸드폰 보고 있다. 그때, 돈봉투까지 도착하자 폭발한다.

현민   뭐야…? 씨x. 이런 미친 돈을 보내?! 머리에 뇌가 아니라 반죽을
넣고 다니나 개x. 호로 새x가… .어디가 심하게 고장난 새x가….
(삐----!)

현민의 욕에 사람들 놀란다. 기사도 놀라 급정거하고, 버스 뒷문 연다.

씬17. 승준의 집 (밤 ↔ 오전)

승준, 귀 간지러운지 후비며 방으로 들어온다. 무드등 켜고, 핸드폰 충전기에
꽂고, "씻자…" 말하고 그대로 침대로 쓰러진다. 그대로 잠든다.
→ 오전
그 상태 그대로 날 밝는다. 전화 오자, "으으" 앓는 소리 내며 부스스 눈뜬다. 모
르는 번호다. 눈도 못 뜨고 받는다.

승준   (목소리 가라앉은) 네…. 득근득근입니다.
순무마켓   (F) 네? (잘못 걸었나 싶은) 임승준 님 번호 아닌가요?
승준   아…. 것도 맞는데… 누구세요?
순무마켓   (F) 순무마켓 운영팀입니다. 최근에 만화책 판매하셨죠? 구매자
분께서 신고를 하셨어요. 부적절한 언행 및 직거래 사기, 인정하
세요?

승준   (놀라 몸 일으키는) 네?! 사기요?!

CUT TO 승준, 순무마켓 채팅방 들어갔다 벙찐다. 전부 욕설이다.

[다시는 중고 거래 판에 얼쩡대지 마라.], [미친, 호x새끼가. 나이를 x로 처먹은 새x가.]

스크롤 올려도 올려도 끝이 없다….

씬18. 더 힐스 호텔 – 사무실 (오후)

의영, 자리에 앉아 현민과 업무 관련 대화한다.

현민   (서류 건네며) 선배, 팝업 때 시음할 위스키 리스트랑 레시피예요.

의영   오케이. 새벽아. 일해줄 바텐더는 찾았어?

새벽   (김밥 우물대며) 네! 섭외했어요. 프로필 메일로 보내둘게요.

의영, 잘 먹는 새벽 보고 웃는다. 그때, 현민 핸드폰에 '순무!' 알람 온다. 현민,

확인한다.

[흥정망정님. 기분 상하게 할 의도는 정말 없었습니다. 사과드리고 싶은데. 오늘 뵐 수 있

을까요?]

현민   어쭈. 이거 현피 신청이지?

의영   응? 그 중고 거래?

현민   네. 알고 보니까, 완전 재활용도 안 되는 쓰레기더라고요.

의영   (의아한) 만화책이…?

현민   판매자가요. (답장하는) 이 성교육, 국어교육, 도덕교육이 쓰리 콤

보로 잘못된 새끼, 내가 오늘 참교육해준다….

그때, 의영 핸드폰에 전화 온다. 태섭이다. 의아해하면서 받는다.

의영   대표님. 퇴근하고 오시는 줄 알았는데…. 아…, 사무실로 오신다
고요?

씬19. 태섭의 차 안 (오후)

태섭, 회사 외제차 타고 있다. 호텔 향해 올라가다 airy 앞에 차 세운다.

태섭   주변에 카페가 여기 하난가…. (마음에 안 드는)

씬20. 더 힐스 호텔 근처 카페 airy (오후)

태섭, 카페 들어선다. 카운터 비었고, 지수는 멀리 여자 손님과 웃으며 수다 떨
고 있다. 불성실해 보인다. 지수, 태섭 뒷모습 보고 카운터로 돌아온다.

지수   어서… (해맑았다가, 태섭 얼굴 보고 바로 불손해지는) 오셨네요. 또.
태섭   (냉담하게) 네. 근데 여기는 직원이 손님을 가려서 반기나봐요.
지수   (피식 웃는) 직원도 사람인지라 덜 반가운 사람이 있네요.
태섭   아이스 아메리카노 네 잔 테이크아웃이요.

CUT TO 지수, 커피 내린다. 태섭, 픽업대에서 기다린다.

지수   지난번에는 본의 아니게 거짓말을 했네요. 저 사촌 동생 아닌 건
          알죠?

태섭   네. 뭐 상관없습니다. (케이크 쇼케이스 보는, 의영 사다줄까 싶은)

지수   (긁는) 초코로 해요. 의영인 초코 좋아하거든요.

태섭   (더 태연하게) 그럼 초코… 옆에 당근케이크 주세요.

지수, 자존심 부리는 태섭에 피식한다. 당근케이크 초코케이크 둘 다 꺼내 포장
하고, 포크 여러 개 챙겨준다. 태섭 미간 찌푸린다. 뭐 하자는 건가 싶다.

지수   (싱긋) 일하는 사람이 몇인데. 나눠 드세요. 초코는 제 마음입니다.

태섭   (포크 두 개 빼고 돌려주는) 케이크는 둘이 먹을 거라. 서비스는 사
          양 안 할게요. (쌩하고 나가는)

지수   (열받는) 하!

씬21. 더 힐스 호텔 – 사무실 (오후)

태섭, 음료, 케이크 들고 사무실로 들어온다. 일하고 있던 현민, 새벽, 나리 반가
워하며 다가온다. 의영도 자리에서 일어난다. 데이트 신청인 줄 알았는데 업무
연락이었단 걸 깨닫고 약간 실망한 눈치다.

의영   (미리 받아둔 호텔 키 들고) 그러면, 올라가실까요.

                                              미혼남녀의 효율적 만남

의영, 살짝 꽁해서 태섭 본다. 태섭, 오랜만에 봤는데도 곧장 업무 모드다. 소매 걷어붙이고, 객실 여기저기 꼼꼼히 살핀다. 측정기로 가구 길이, 나무 두께 재서 메모하기도 한다.

의영   (살짝 실망한, 떠보는) 그럼 오늘 만나자는 건 순전히 일 때문이었네요?

태섭   네. 고민이 있는데, 의영 씨랑 말하다보면 정리가 될까 싶어서요.

의영   음? (또 궁금한) 뭐 때문인데요?

태섭, 도면 꺼낸다. 테이블에 두고, 펜으로 못 쓰는 공간에 빗금 친다. 화장실, 책상, 마지막으로 침대까지 넓게 치면, 가용 공간 별로 안 남는다.

의영   (보고 놀라는) 아…. 활용할 수 있는 공간이 별로 없네요?

태섭   네. 여러 가지로 디자인은 뽑아보고 있는데, 객실이랑 딱 맞진 않아요.

의영   흠…. (고민하는) 뭐가 있을까. (문가로 가는) 저 시뮬레이션을 해볼게요.

태섭   (흥미로운 듯 지켜보는) ….

의영   전 체크인하고 들어오면 보통 둘러보고 사진을 찍어요. 그런 다음에는…. (침대에 앉았다가, 대자로 눕는) 누워요.

태섭   네?! (예상 못 한)

의영   씻고 또 눕고…. 옆으로도 눕고 (태섭과 눈 마주치고 반대로 구르는) 반대편으로도….

태섭   (귀여워서 웃는) 아. 그런 타입이구나.

의영   그러다가 마지못해 일어날 때가 언제냐면 배고플 때거든요. 아!
       (몸 휙 일으키는) 태섭 씨. 침대에서 뭘 해보면 어때요?

태섭, 의영 얘기가 더 듣고 싶은 듯, 성큼 다가와 의영 옆에 앉는다.

태섭   (의영 빤히 보는) 침대에서요? (왠지 야릇한)

의영   (떨려서 살짝 물러나는) 그니까 왜 트레이 같은 건, 침대 위에 놓고
       쓰잖아요.

태섭   (생각 못 했다는 듯) 아…!

태섭, 핸드폰으로 뭔가 검색한다. 의영에게 보여주면, 다양한 소반 이미지들 보
인다.

태섭   소반이요. 어릴 때, 이불 위에 펼쳐놓고 여기서 밥도 먹고, 그림
       도 그리고 그랬거든요.

의영   (상상해보고, 딱이다 싶은) 침대에 놓고 쓰니까 공간 차지도 안 할
       거고, 위스키랑도 의외로 어울릴 것 같아요. 침구는 검은색으로
       하면 어때요? 뭘 좀 흘려도 부담 없게요.

태섭   (좋다는 듯 끄덕) 아이템, 소반으로 잡고, 디자인해볼게요.

태섭, 하이파이브 하자고 손 든다. 의영, 들뜬 나머지 힘껏 친다. 태섭, 예상 못
한 힘에 휘청인다. 의영 팔 잡고 같이 쓰러진다. 침대 위에 포개진 둘, 서로를 본
다. 마주친 눈빛 흔들리고, 공기 한 순간에 묘해진다.

                                              미혼남녀의 효율적 만남

의영(V.O)   힘 조절 실패다….

그때 카드키 찍는 소리 들린다. 놀란 의영, 얼른 일어나 태섭 손 잡아끈다. 나리,
간발의 차로 방 안으로 들어오는데… 둘, 흔적도 없다.

나리   엉? (이상한) 여기 있을 거라고 했는데?

CUT TO 의영과 태섭, 옷장 안에 숨었다. 태섭, 얼결에 잡힌 손 내려다본다. 악
수하듯 끝만 살짝 잡혀 있다. 좀 더 깊숙이 잡아보려는데 의영, 문 연다. 나리 나
갔다. 아쉬운 듯 나오는데, 또다시 인기척 들리자 의영, 반사적으로 태섭 손부
터 잡는다. 태섭이 웃자, 의영도 손 놓고 쑥스러운 듯 웃는다.

태섭   곧 퇴근이죠? 집에 데려다줄게요.

씬23. 합정역 앞 (저녁)

승준, 초조하게 현민 기다린다. 현민, 싸늘하게 다가간다.

승준   (기세에서 밀린) 퇴, 퇴근하고 오셨어요? 업무가 많이 고되셨나보
           다….
현민   (건조한) 됐고. 마지막 기회니까, 말 잘해요.
승준   아. (손 모으고, 공손하게) 마음 헤아리지 못해 죄송했습니다. 제가
           이쪽으로는 경험이 부족해서. (지갑에서 오천 원 꺼내는) 이거면
           될까요?

현민   하! (눈 돌아가는) 이 x끼가! 마지막 기회라고 했지? 넌 죽었어.

현민, 지갑 뺏어 승준 때리기 시작한다. 승준, 몸 최대한 둥글게 하고, 팔로 급소 피해가며 맞는다.

승준   (억울한 듯) 저기, 진정하시고 말로하세요. 그거 그렇게 비싼 거
          아니에요.
현민   뭐? xx새끼가. 니가 뭔데 나한테 비싸다 싸다 값을 매겨?

그 말에 승준, 뭔가 이상하다는 듯 몸 바로 세운다. 명치부터 낭심까지 훤히 노출되자, 현민, 이때다 싶어 낭심을 노리고 달려와 발차기 날리는데… 승준, 현민 다리 휙 낚아챈다.

승준   잠깐만요. (인상 쓰는) 내가, 뭐에 값을 매겨요?

씬24. 호프집 (저녁)

승준, 머리 헝클어졌고 티셔츠 여기저기 늘어났다. 팔에 든 멍에 날달걀 문지르는 승준 잔에, 현민이 소주 따라준다. 둘 앞엔 프라이드치킨 놓여 있다.

현민   (미안한데, 재미도 있는) 그게 찢어진 만화책값이었다니. 상상도
          못 했네.
승준   (기가 차다는 듯 꿍시렁) 사람을 어떻게 보고….
현민   (제일 실한 닭다리 골라 앞접시에 놔주는) 자요.

미혼남녀의 효율적 만남

승준   (까탈, 새침한) 트레이너라, 튀긴 거 안 먹어요. (습관적으로 삼두 짜
내 근육 체크하는) 힘들게 만들었어요.

현민   (제 그릇으로 치우는) 오케이. 그런 근육은 지켜야지. 난 정현민이
고, 서른이고, 회사 다녀요. 근데 궁금해서 그러는데, 집은 왜 치
우고 간 거예요?

INS   (4화 씬34와 이어지는) 승준, 만화책 꽂고 돌아서는데⋯. 너저분한 방 보인
다. "책만 꽂혀 있으면 더 수상하잖아. 하⋯" 울며 겨자 먹기로 청소 시작한다.
현재 현민, 가게 떠나가라 웃는다. 눈물까지 글썽인다. 승준, 뭐가 웃기냐는 듯
입술 삐죽대는데, 현민, 툭, 튀김옷 싹 벗긴 닭가슴살을 승준 앞접시에 놔준다.
촉촉해 보인다. 승준 고개 들면, 손가락 쪽 빨고 있는 현민⋯. 왜 예뻐 보인다.

현민   이럼 먹을 수 있죠? 제가 벗기는 걸 잘해서. (윙크)

승준   ⋯. (어이도 없고 황당하지만, 먹기 시작하는)

현민   근데 혹시, 한번 자면 상대한테 흥미가 떨어져요?

승준   (그 말에 또 켁켁대는) 아뇨?!?! 아 진짜!

현민   다행이다. 난 승준 씨가 엄청 마음에 들거든요. 승준 씨는 나 어
때요?

승준   (황당한) 지금 이런 상황에서 그런 말이 나와요?

현민   (당당한) 네. 오해 풀렸고, 멍도 풀릴 거고, 우리가 치킨 한 마리를
다툼없이 먹을 수 있고⋯. 더없이 좋은 상황인데? 나 한번 알아
가봐요. 네?

승준, 현민 같은 여자 처음이다. 기가 차다는 듯 웃지만, 싫지는 않은 눈치다.

씬25. 태섭의 차 안 (저녁)

의영, 흘끗 태섭 본다. 바른 자세로, 능숙하고 섬세하게 운전하는 태섭 설렌다.
창밖으로 고개 돌린 의영, 손정아 얼굴 대문짝만 하게 프린팅된, 영화 〈사계〉의
버스 쉘터 광고 발견한다.

의영	어?! 태섭 씨. 〈사계〉 재개봉 하나봐요.
태섭	아…. (흘끗 보고) 재미있어요?
의영	헐. 천만 관객이 본 영화를 안 봤어요? 전 배우님 팬이라 세 번이나 봤는데.
태섭	그렇구나…. 저도 봐야겠네요.
의영	(좋은 생각 난) 태섭 씨. 오늘 아이디어도 나왔고, 팝업 설치만 마치면 사실상 중요한 일은 거의 끝나는 거잖아요.
태섭	그렇죠…? (의영 보는)
의영	(용기 내는) 그럼 그날, 일 끝내고 심야 영화 보러 갈래요? 영화 진짜 재밌거든요. 이번에도 놓치면 안 되잖아요….
태섭	아…! (옅게 웃는) 좋아요. 맛있는 것도 먹어요. 뭐 좋아해요?

씬26. 더 힐스 호텔 – 사무실 (오후)

의영, 슬쩍 거울 본다. 평소보다 화장 신경 썼고, 귀걸이도 했다. 캘린더에 '팝업
설치일' 적혀 있다. 의영, 태섭에게 톡 보낸다.

[대표님. 오늘 팝업 설치 오시죠?]

곧 답장 온다.

[네. 곧 봐요.]

의영, 슬며시 웃는다.

씬27. HOME – 목공실 (오후)

태섭, 흰셔츠 입었다. 가구 포장하느라 분주한 직원들에게 다가가 빠진 건 없는지 체크한다. 두리번대던 은호, 태섭 발견하고 다가간다.

은호   (이상한) 설치날 웬 흰셔츠를…. 아니지. (태섭 셔츠깃 정리해주는) 잘됐다.

태섭   왜?

은호   우리 한남동, 아이 책상 의뢰한 교수님 있잖아. 오늘 저녁으로 미팅 옮길 수 있냐고 전화 왔거든. 난 수아 병원 데려가야 돼서. 니가 좀 해야겠다.

태섭   어?! (당황한) 나 안 되는데. 호텔 가야 되는데.

은호   단골인데 맞춰드리자. 애 학원 스케줄 때문이래. 넌 미팅 끝나고 넘어가도 되잖아.

태섭   (망설이다) 그럼…. 최대한 빨리 오시라고 해. (멀리 진수에게) 진수야. 나 미팅하고 넘어갈 테니까 말 좀 전해주고, 설치하면서 사진 찍어 보내줘.

진수   (시끄러운 음악 들으며 작업하다, 뒤늦게 헤드폰 내리는) 넵! 사진이요!

씬28. 더 힐스 호텔 – 바 (저녁)

도현과 도현의 대학 동기, 고급스런 위스키에 앉아 바를 하나 나눠 마신다. 도현, 이미 제법 취했다. 동기, 그런 도현을 안타깝다는 듯 본다.

친구 그 인턴이 의영 선배랑 좀 비슷하네. 곰인 척하는 여우. 착해 보이는데, 실은 진짜 까다로운 타입. 넌 연봉에 차에 (잔에 위스키 따라주는) 이 술 취향까지 바꿔놓고 왜 여자 취향은 그대로냐?

도현 (착잡한) 그런가.

친구 엄한 나무 찍어대면서 그만 힘 빼. 너 소개 시켜주면 좋다고 할 애들 널렸어. 그리고… 너 로펌 다시 갈 생각은 정말 없어?

도현 (위스키 벌컥 마시는) ….

씬29. 더 힐스 호텔 – 물류 상하차장 → 로비 (저녁)

인부들과 홈 직원들, 탑차 화물칸에서 바삐 가구 내린다. 의영, 두리번대며 태섭 찾는데 안 보인다. 마침 지나가는 진수 발견하고 다가간다.

의영 (이상한) 저, 대표님은 혹시 따로 오세요?

진수 아. 클라이언트 미팅 때문에 못 오게 되셨는데. 연락 못 받으셨어요?

의영 네?! 아마 연락이… (확인하고, 실망하는) 없네….

진수 바빠서서 깜빡하셨나보다. 원래 자주 그러세요.

의영 아…. (힘 빠지는)

                                    미혼남녀의 효율적 만남

| 인부 | (힘겹게 가구 실은 카트 미는) 저기, 이거 몇 층으로 가요? |
| 의영 | 네? (정신 차리는) 전부 L 층으로 갑니다! |

의영, 서운하지만 그래도 일에 집중해보려는 듯 엘리베이터로 뛰어간다.

→ 로비

도현, 로비 지나다 멈춘다. 새벽, 낑낑대며 큰 가구 나르고 있다. 무리하는 것처럼 보이는데, 마침 손에서 가구 미끄러진다. 도현 멈칫하고 마는데, "어어!" 어느 틈에 진수가 몸 날려 모서리 잡아준다. 도현, 인상 쓴다.

진수	같이 들어요. 가벼운 것도 많은데….
새벽	동네 택배 기사님이 허벅지랑 아랫배에 힘 딱 주면 들 수 있다고 했는데…. 택도 없네요.
도현	(함께 가구 나르는 둘 보고 질투하는) 다른 사람 도움은 잘만 받네….

씬30. 더 힐스 호텔 인근 카페 airy 안 → 앞 (저녁)

지수, 퇴근하는 듯 인사하고 나가려는데, 마침 들어오는 도현과 스친다. 술 냄새 맡고 멈칫한다. 도현, 카운터로 직진한다.

| 도현 | 저 (메뉴도 질 인 보이는) 아이스 아메리카노 열 잔, 띠뜻한 기 열 잔이랑, 핫초코 하나 (쇼케이스 보며) 남은 디저트도 싹 다 포장해 주세요. |
| 카페사장 | 아…. (순간 애원하듯 문가 보는) 저기 지수 씨? |

지수   (웃으며 돌아오는) 이것까지만 하고 가야겠네. 컵 준비할게요. 샷
          뽑아주세요.

→카페 앞

지수, 오토바이에 앉아 있는데, 도현, 커피 들고나온다. 아슬아슬해 보인다.

지수   (신경 쓰이는) 저기, 가는 데가 근처예요?
도현   호텔이요. 제가 좋아하는 사람이 지금 야근을 하고 있거든요….
지수   아, 호텔이에요? (의영 볼 수 있으려나) 타세요. 제 오토바이로 가요.

씬31. 더 힐스 호텔 – 로비 (밤)

지수, 도현 따라 로비 지나고, 팝업 현장 도착한다. 커피 내려놓고 둘러보다, 가구 배치 돕고 있는 의영 발견한다. 의영도 지수 보고 다가온다.

의영   어? 뭐야? 카페 배달 시작했어?
지수   오늘만. 넌 야근?
의영   응. 저번에 말한 행사 준비 때문에….
도현   (E) 커피 드시고 하세요!

도현 주변으로 홈 직원들 모여든다. 도현, 커피 가져가는 직원들에게 연인이라도 된 양 "새벽 씨 무거운 건 안 들게 해주세요" 말한다. 잠시 뒤, 새벽 들어오고, 직원들이 대뜸 "잘 마실게요" 인사하자 당황한다.

                                    미혼남녀의 효율적 만남

| 보윤 | 새벽 씨! 남자 친구 엄청 스윗하다. 회사 다닐 맛 나겠어요. |
| 새벽 | 네…? (당황한) |

새벽, 주변 둘러본다. 도현 발견하고 다가간다. 훅 끼쳐오는 술 냄새에 당황한다.

| 새벽 | 강 변호사님…. 뭐 하세요? |
| 도현 | 늦게까지 고생하는 것 같아서, 커피 좀 사 왔는데. 저녁이라 새벽 씨 건 핫초코로 샀거든요. 어디 있지? 잠깐만요. 찾아줄게요. |

도현, 핫초코 찾는다. 음료 꺼내 뚜껑 열어보고, 잘 닫지도 않고 늘어놓는다. 술에 취해 움직임 거칠다. 새벽, 흘끗 주변 보면 홈 직원들, 이상한 눈으로 둘을 보고 있다.

| 새벽 | (더는 못 참겠는) 제가… 언제 변호사님한테 이런 거 부탁한 적 있어요? |

CUT TO 대화하던 의영, 대치 중인 도현과 새벽 본다. 심상찮은 분위기에 "잠깐만" 하고 간다. 홈 직원들, 함부로 못 나서는데, 의영이 둘 사이 중재한다.

의영	(무안하지 않게 작게) 강도현. 내일 얘기해. 여기 다른 회사 직원들도 있어.
도현	(빈정 상한, 의영 너머 새벽에게) 커피 정도는 좀 살 수도 있는 거 아녜요?
의영	(말리는) 받는 사람 입장에서 불편하다면 그 마음도 헤아려야지.
도현	선배도 이 상황에 책임 있어요. (한숨) 나한테 미안하지도 않아요?

의영   뭐…?

도현   애초에 선배만 아니면, 새벽 씨도 날 제대로 봐줬을 거예요. 왜
         이제 와서 좋아하는 티는 내서 방해를 해요? 짜치게.

의영   …. (할 말 잃고 도현 보는, 화도 나고, 좀 슬프기도 한)

도현, 시선 피한다. 주변 보면 사람들 시선 의영과 마찬가지로 싸늘하다.

도현   (허무한) 알겠어. 가요. 싹 다 들고 퇴장하겠다고요.

도현, 남은 커피 챙긴다. 뚜껑 제대로 안 닫힌 커피 들고 휘청이자, 의영, 불안한
듯 도우려고 손 뻗는다. 도현, 필요 없다는 듯 커피 든 손으로 의영 밀치는데 결
국 가구에 커피 흩뿌려진다. 놀란 의영, 대충 눈에 보이는 헝겊 들고 얼른 닦아
본다.

새벽   선배님, 팔…!

의영   어? (그제야 빨갛게 커피에 데인 제 팔 보이는)

지수   (어느 틈에 의영 팔 잡는) 일단, 병원으로 가자.

지수, 의영 데리고 나간다. 새벽은 멍하게 선 도현에게 다가간다.

새벽   (냉담하게) 뭔가 크게 오해하시는 것 같은데요. 선배님 때문 아니
         에요. 전 그냥 자기 마음만 갸륵하고 대단한 변호사님 같은 사람
         이 불편해요.

도현   ….

새벽   친구로도, 회사 동료로도 싫어요. 제발 부탁인데, 저 좋아하지 마

                                        미혼남녀의 효율적 만남

세요.

도현　　　　　(충격받은) ….

새벽, 도현에게서 돌아선다. 속상한 얼굴로 가구 앞으로 간다. 헝겊으로 얼룩 문질러보는데 이미 착색돼서 안 지워진다. 자존심 상한 도현 조용히 자리 뜨고, 얼타고 있던 직원들, 뒤늦게 정신 차리고 수습에 나선다.

보윤　　　　　(심각한) 진수야. 대표님한테 연락해.

씬32. HOME 사무실 앞 → 안 (밤)

태섭, 클라이언트 승용차 배웅한다.

→ 사무실 안

자리로 돌아온 태섭, 의영에게 [늦었죠. 일이 생겨서 이제 출발해요.] 톡 보낸다. 외투, 차키 챙겨 나가려는데 톡 알람 온다. 의영이구나 싶어 확인하면 진수다. [대표님. 여기 일 났어요!] 얼룩진 가구 사진도 함께다.

태섭　　　　　(심각해지는) 이게 왜….

씬33. 병원 - 응급실 → 수납 창구 (밤)

간호사1, 거즈로 상처 부위 감아준다. "다행히 심각하진 않아요…" 응급실 침대 에 앉아 드레싱 받는 의영, 멍하다. 기분 축 가라앉는다.

→ 수납창구

지수, 수납창구 앞에 서 있다. 간호사, 진료비 세부내역서랑 영수증 건넨다. 금액 보면 15만 원 적혀 있다.

지수	15만 원이 나온 거예요?
간호사2	원래 응급실에서 치료하면 일반 병원보다는 더 나와요.
지수	아…. (카드 여러 장 중에, 잔고 남은 카드 골라서 건네는) 여기요.

씬34. 더 힐스 호텔 – 로비 (밤)

태섭, 현장 도착한다. 엉망이다. 의영은 안 보이고, 직원들은 의욕 잃고 앉아 있다 천천히 일어난다. 태섭, 쌓인 휴지, 커피컵 보고 상황 파악한다.

태섭	(한숨 쉬고 싸늘하게) 작업할 때, 물 한 방울도 조심해야 하는 거 몰라?
새벽	(나서는, 꾸벅) 죄송합니다. 제 실수예요. 직원분들은 내내 열심히 일해주셨어요.
진수	새벽 씨 잘못도 아니죠. 그게… 해프닝이 좀 있었어요.

태섭, 둘이 뭐 하나 싶다. 화내는 게 의미 없겠다는 듯 가구 앞으로 간다. 얼룩도 세심히 살펴보고, 시간도 확인한다.

태섭	(단호하게) 어두운색 오일로 마감 한 번 더 하자.
보윤	가구 전부 다요?

    미혼남녀의 효율적 만남

태섭   색 맞춰야 되니까 그래야지. 서둘러. 오늘 안에 끝내자.

태섭이 먼저 셔츠 소매 걷자, 직원들 군말 없이 움직인다. 비닐 깔아 마스킹테이프로 고정하고, 오일, 헝겊, 붓 챙겨 가구에 붙어 오일칠 시작한다. 새벽, 진수와 보윤에게로 간다. 오일 바르고 문지르는 것 보고 따라 한다.

씬35. 병원 앞 (밤)

의영과 지수, 병원에서 나온다.

의영   (머뭇대는) 나는 호텔로 가야될 것 같은데….
지수   그 꼴을 하고 또 가겠다고?
의영   급히 오느라 핸드폰도 안 가져왔고…. 가구 수습하느라 지금 난
          리일걸. 확인은 해야지.
지수   (핸드폰 건네는) 일단 전화해서 물어봐.
의영   …. (받는)

씬36. 로비 (밤)

새벽, 로비에서 의영과 통화 중이다. 죄송한 표정이다.

새벽   지금 홈 대표님이 오셔서 수습해주고 계세요. 작업 끝나가니까,
          호텔로 돌아오지 마시고, 집에 가서 푹 쉬세요.

씬37. (씬35와 같은) 병원 앞 (밤)

의영, 새벽과 통화 중이다.

새벽	(F) 아프셨죠? 제가 정말 죄송해요⋯.
의영	(기분 무거운) 대표님 오셨구나. 니가 뭘 죄송해. (머뭇대다 단념하는) 알겠어. 난 집으로 갈 테니까 내일 보자. 핸드폰은 그냥 놔둬. 출근하면서 찾을게.

통화 마친 의영, 지수에게 핸드폰 돌려준다. 전화 마치고도 가벼워 보이지 않는다.

의영	가자. 집으로.
지수	(의영 표정 살피고) 가는 길에, 딱 한 군데만 들리자. (헬멧 건네는)
의영	응? 어⋯. (쓰는) 근데, 아깐 경황이 없어서 못 물어봤는데. 헬멧이 두 개야?
지수	(벨트 맞게 조정해주는) 내 거랑, 니 거. 오토바이 타보고 싶다며.

의영 당황하는데, 지수 태연하게 입고 있던 자켓 벗어 의영에게 걸처준다. 어설프게 팔 끼우면, 바람 들어갈라 지퍼까지 직접 채워준다. 의영, 오토바이 뒷좌석에 탄다.

씬38. 도로 (밤)

지수, 도로 쌩 달린다. 속도에 놀란 의영이 지수 등에 고개 묻자, 지수, 아차 하

                         미혼남녀의 효율적 만남

며 속도 낮춘다. 의영 다시 천천히 고개 들면, 오토바이가 인파 북적이는 시내 지나고 있다. 익숙한 길인데, 시야가 위와 옆으로 트여 달라 보인다.

의영   (저도 모르게 중얼) 시원해….
지수   뭐라고?
의영   (크게) 시원하다고. 속이 뻥 뚫리는 것 같애!

지수, 금세 적응했나 싶어 웃는다. 둘, 오토바이로 번화가, 한강 다리 등 지난다.

씬39. 더 힐스 호텔 – 주차장 (밤)

진수와 태섭, 회사 SUV 트렁크에 오일 넣고, 쿨링팬 꺼낸다. 태섭의 흰 셔츠, 오일로 너저분해져 있다. 태섭, 진수에게서 사건의 전말 듣고 있다. 표정 착잡하다.

진수   …의영 선임님이 말리니까, 그놈이 사람들 다 보는 앞에서 너만
          없었음 됐다, 막 원망을 하는 거예요. 그게 뭐겠어요. 삼각관계죠.
태섭   (삼각관계라는 말에 갸웃) 그럴 리가 없는데….
진수   아잇. 강 변호사님이 새벽 씨를 좋아하는데 선임님이 방해되는
          거면, 둘이 사귀었거나 썸이라도 탄 거죠. 대표님은 연애도 안
          하면서 뭘 안다고.
태섭   안 해도. 둘이 안 어울리잖아.
진수   어?! (도현 발견하고 툭툭) 저기 있다. 그 변호사요.

진수와 태섭, 대리기사 부르는 도현 발견한다. 태섭, 손에 들었던 짐 진수에게

건네고 도현에게 간다. 말릴 틈도 없다. 도현도 다가오는 태섭 발견한다.

도현   (놀란) 송태섭 대표님?
태섭   강 변호사님. 저랑 잠깐 얘기 좀 하시죠?

CUT TO 태섭과 도현, 태섭 차에 타 있다.

도현   (불편한) 무슨 얘기인데 여기서 하자는 거예요?

그때, 밖에 유니폼 차림의 호텔 직원들 몇 지나간다. 태섭, 혹시 얘기 새어나갈까 싶어 음악 튼다. 도현, 또라인가 싶어 인상 찌푸린다.

도현   (슬슬 짜증) 혹시 가구 때문이면, 제가 피치 못할 사정이….
태섭   것도 화나는 일인데 수습 중이고. 여차하면 계약 위반으로 책임
         물어도 되거든요. 과실 당사자가 너무 명백하니까. 직접 쓴 계약
         서니까. 내용은 알죠?
도현   (안 쫀 척) 지금 나 협박해요? 협박이야말로! 형법 제283조….
태섭   이게, 협박이 될지 모르겠는데…. 제가 의영 씨를 좋아해요.
도현   뭐라고요?
태섭   저한테 중요한 사람이니까 앞으로 조심해주세요.
도현   하! 씨, (어이없어 피식) 그럼 지금 이의영 때문에….
태섭   그 말, 행동, 생각 다 조심하라고.

태섭, 싸늘하게 도현 본다. 도현, 얼어붙는다.

                        미혼남녀의 효율적 만남

씬40. 더 힐스 호텔 - 로비 (밤)

직원들, 팬으로 가구 말린다. 일단락되는 분위기다. 태섭, 핸드폰 본다. 의영,
여전히 톡 읽지도 않았다. 걱정되는 듯 결국 전화 거는데, 통화 연결음과 진동
소리 동시에 난다. 태섭, 바닥에 떨어진 의영 핸드폰 줍는다.

씬41. 한강 - 편의점 앞 → 한강길 (밤)

의영, 편의점 앞 플라스틱 테이블에 앉아 한강 보고 있다. 지수, 낮은 상자 내려
놓으면 안에 라면 보인다. 잠시 뒤, 호로로로로록 소리와 함께, 둘, 1인 1라면
하고 있다. 의영, 한입 먹고 젓가락 내려놨다, 금방 다시 먹는다.

지수   그럴 거면 젓가락을 놓지 말지?

의영   (믿기지 않는) 뭐지?! 그냥 평범한 라면이잖아. 왜 이렇게 맛있지?

지수   배경이 평범하지가 않잖아. 영혼까지 달래주는 맛이지?

→ 한강길

의영과 지수, 강 따라 산책한다. 의영 기분, 한결 가벼워 보인다.

지수   근데 그 변호사라는 놈도 좋아했냐? (놀리듯) 너 금사빠야?

의영   (민망함에) 아이…. 그냥 스치듯이…. 근데 나 왜 쪽팔리지? 이거
           좋아한 거 쪽팔리게 하는 놈이 나쁜 거 아냐?

지수   (피식 웃는) 너 남자 보는 눈이 영…. 키스했다는 그 사람도 너무
           믿지 마. 오늘도 이 난리가 났는데 코빼기도 안 보이잖아.

의영   대표니까… 바쁘겠지. (쓸쓸함에 얼른 화제 돌리는) 너도 피곤하겠
        다. 일하고 왔다며. 근데 카페에서 일하는 건 안 힘들어? 영화나
        드라마 같은 거 하면, 돈 많이 벌 수 있을 것 같은데. (요리조리 보
        고) 얼굴은 나름 주인공 같애. 배다른 형제랑 경영권 다툼하는 재
        벌 3세?

지수   (어이없는) 뭐야 그게. 난 연기로 돈 벌 생각 없어. 그냥 좋아서 하
        는 거야.

의영   왜? 좋아하는 연기로 돈도 벌고 유명해지면 좋지.

지수   그럼 대가도 있겠지. 이런 시간을 반납해야 한다든지.

걷던 지수, 멈추고 강가 본다. 의영은 그런 지수 본다.

지수   나한테는 이 풍경이 돈이나 유명세보다 더 위로가 되거든?

의영   (강으로 고개 돌리는, 조금은 공감되는) 흠…. 조금은, 뭔지 알겠다.

둘, 잔잔하게 흐르는 강물, 아득한 도심의 야경 눈에 담는다. 위로가 된다.

씬42. 더 힐스 호텔 – 로비 (밤)

직원들, 하나둘 짐 챙겨 퇴근한다. 태섭, 의영 핸드폰 들고 새벽에게 다가간다.

태섭   오늘 늦게까지 고생 많았어요. (핸드폰 만지작대는, 망설이는)

새벽   아니에요. 도와주셔서 정말 (꾸벅) 감사합니다. 근데, 뭐 하실 말
        씀이라도….

    미혼남녀의 효율적 만남

태섭   (핸드폰 도로 집어넣는) 아뇨. 팔이랑 어깨가 뻐근할 수도 있으니
       까 파스 잘 붙이고 자요. 그럼…. (꾸벅)

씬43. 의영의 아파트 단지 앞 → 단지 내 벤치 (밤)

태섭, 막막한 듯 아파트 올려다본다. 똑같은 창, 불빛, 의영의 집이 어딘지 도통
알 수가 없다.

태섭   와도 연락을 못 하잖아. (한심한) 마음만 앞서가지고….

태섭, 포기하려는 듯 차로 가는데, '부릉' 소리 들린다. 가까운 곳에 오토바이 멈
춰 선다. 태섭, 놀란다. 오토바이 뒷자리에서 내리는 사람, 의영이다. 의영, 헬
멧과 자켓 벗어 지수에게 건넨다. 둘, 전보다 더 친밀해 보인다.

의영   우울은 수용성이라더니 화는 휘발성인가. 바람에 다 날아갔어.
지수   다음에 또 드라이브하고 싶음 말해. 그리고, 나 밤에는 카페에서
       술도 만들어. 놀러 와. 서비스 잘 챙겨줄게. (번호 달라는 듯 핸드폰
       내미는) 번호.
의영   (번호 찍어주는, 전화 거는) 오예. 방앗간 생겼다.

태섭, 손에 쥔 의영 핸드폰 지잉지잉… 울린다. 지수의 번호 떠 있다. 원망스럽
게 보던 태섭, 결심한 듯 둘에게 걸어간다. 다가오는 태섭 본 의영 놀란다. 지수
도 얼굴 굳는다.

| 의영 | (놀란) 태섭 씨. 여긴 어떻게….

| 태섭 | 핸드폰을… 놓고 갔더라고요. (핸드폰 건네는)

| 의영 | (받는) 아…! 그냥 두고 가시면, 내일 찾았을 텐데….

| 태섭 | 저, 얘기 좀 할 수 있어요? 잠깐이면 되는데.

| 지수 | (빈정대는) 다 늦어서 얘기는 무슨… 필요할 땐 없더니.

| 태섭 | 뭐라고요? (기분 상하는)

| 의영 | (지수에게) 왜 그래. 나 얘기하고 들어갈게, 가봐. 오늘 고마웠어….

→ 벤치

의영과 태섭, 어색하게 벤치에 앉아 있다. 의영은 엉망이 된 태섭의 셔츠 보고, 태섭은 드레싱한 의영 팔 본다. 태섭, 의영이 다친 건 몰랐는지 더 심란해 보인다.

| 태섭 | 팔은 어떻게 된 거예요? 방금 병원 가서 치료받고 온 거예요?

| 의영 | (살짝 서운함 남은) 커피에 좀 데였는데, 심각한 건 아니래요. 현장 잘 수습해줬단 얘기는 새벽이한테 들었어요. 고마워요.

| 태섭 | (속상한) 미안해요. 제가 빨리 왔으면 일이 이렇게 안 됐을 텐데….

| 의영 | 일이 있었다면서요. (망설이다) 근데… 그래도, 늦는다고 한 마디만 해줬으면, 기다리고, 그러다 서럽고 하지 않았을 것 같아요.

| 태섭 | (자괴감에 얼굴 감싸 쥐는) 제가 부족한 게 많네요.

| 의영 | (흘끗 보고) 엉?! 뭐야. 울어요?

| 태섭 | (고개 젓고 들면, 눈가 빨개진) 속상해서요. 다음엔 제가 꼭 옆에 있을게요. 늦지도 않을 거고, 다치게도 안 할게요.

| 의영 | (놀란) 뭘, 또 그렇게 책임지지 못할 말은 하지 말고요….

　　　　　　　　　　미혼남녀의 효율적 만남

태섭   (단호하게 고개 젓는) 아뇨. 책임져요.

의영   (서운함 풀리는) 치. 그러지 말고, 다음부터는 그냥 연락을 잘하라

           고요.

태섭   (머쓱한) 넵….

의영   (더 풀린) 근데, 방금 작업하면서 찍은 사진은 없어요?

태섭, 그 말에 얼른 핸드폰 꺼낸다. 의영에게 사진 보여준다. 의영, 뒤끝 없이,
금세 "와아…" 감탄한다.

씬44. 의영의 집 (밤)

의영, 병원에서 받은 약 삼킨다. "아고고" 팔 조심하며 눕는다. 핸드폰 보면, 태
섭에게서 톡 와 있다.
[전 잘 들어왔어요. 오늘 푹 자요.]
의영, 옅게 웃는다. 팔 다쳤는데, 지수와 태섭에게서 위로받고 와서 그렇게 서
럽지 않다.

씬45. 더 힐스 호텔 – 전경 → 로비 (오전)

더 힐스 호텔 전경. 날 쾌청하다.
→ 로비
[자막] '행사 당일'
로비 직원들로 붐빈다. 의영, 시설팀과 함께 가림막 철거하는 것 지켜본다. 그

때, 새벽이 심각한 얼굴로 달려온다.

새벽	선배님. 섭외한 바텐더한테서 연락이 왔는데요. 못 오신대요. 가족이 많이 아프다고….
의영	뭐?! 행사 곧 시작인데 어디서 바텐더를…. 아. (지수 생각난)
새벽	왜요?!
의영	잠깐만,

의영, 다급하게 핸드폰 연락처에 '술' 검색하자, '신지수' 이름 뜨고, 캡션에 '술 땡길 때'라고 저장해둔 거 보인다. 통화 버튼 바로 누른다. (E) "이의영?" 지수 목소리 들리자 의영, 안도한다.

씬46. 더 힐스 호텔 – 객실 (오후)

정석, 태섭과 은호를 새롭게 단장한 객실로 안내한다. 은호, 연신 감탄하며 여기저기 사진 찍어댄다. 태섭은 침대 위 검은 침구와 소반 살핀다. 소반 위에는 위스키 하프 바틀, 유리잔 두 개, 작은 사이즈의 카드 놓여 있다. 태섭, 카드 들고 읽는다. '글렌디어 위스키를 즐기는 최고의 방법. The Hills Seoul X HOME 호텔의 특별한 소반으로, 하루보다 긴 여운을 약속합니다' 만족스럽다.

정석	소반이랑 침구 아이디어는 송 대표님이랑 의영 씨가 함께 정했다고 들었는데, (웃는) 두 분 케미가 좋으시네요.
태섭	감사합니다.
정석	객실은 브랜드 관계자와 VIP분들이 시범적으로 이용한 이후에

   미혼남녀의 효율적 만남

재정비해서 일반 고객분들께 오픈할 예정입니다. (은호에게) 팝업 기간에 들어온 주문은 일괄 취합해 의영 씨 통해서 전달하겠습니다.

은호   넵. (꾸벅) 잘 부탁드립니다.

정석   (꾸벅) 이건 애써주신 직원분들께 드리는 선물입니다. (봉투 꺼내 건네는)

은호   (열어보면 호텔 키 여러 개 보이는) 와! (태섭 팔꿈치로 툭 치며) 애들이 엄청 좋아하겠다.

정석   대표님은 이 방 사용하시면 됩니다. 팝업 시간 맞춰 전화드릴 테니 쉬다 내려오세요.

씬47. 더 힐스 호텔 – 직원용 탈의실 앞 (오후)

의영과 새벽, 초조해 보인다. 남자 탈의실 앞에서 지수 기다린다.

새벽   옷은 급한 대로 저희 유니폼에 타이만 빌렸어요.

의영   (태 안 날까봐 걱정인) 하…. 그래? 어쩔 수 없지. 최선은 다했ㄷ….

지수   (E) (어색한) 어때? 좀 짧은가?

지수, 걸어 나온다. 셔츠 팔이 좀 짧은 듯하지만, 어울린다. 의영과 새벽, 됐다는 듯 시선 주고받는다.

지수, 짧은 소매는 아예 걷어붙이고, 바에서 하이볼 만든다. 사람들 틈에서 의영 발견한 지수, 가까이 오라 손짓한다.

지수 (눈만 웃는) 나 손목 나가겠어. 내가 너 술 말아준다고 했지, 언제 이 사람들 술을 다….

의영 보은 할게. 그니까 (속닥) 18년으로, 나도 한 잔만.

지수 근데, (안 믿기는) 여기를 정말 송태섭이라는 놈이 만들었다는 거야?

의영 응. 대단하지.

의영, 팝업 공간 둘러본다. 위스키 시음하는 고객들, 전시 구경하는 브랜드 관계자들과 고객들 표정 만족스럽다. 마침 태섭과 홈 직원들도 안으로 입장한다.

의영 어? 태섭 씨다.

태섭, 깔끔하게 차려입었다. 몸에 잘 맞는 슈트 근사하다. 지수, 저도 모르게 옷 내려다본다. 태섭, 의영 발견하고 곧장 다가온다. 지수에게도 살짝 목례한다.

지수 (떨떠름하게) 뭐, 드려요?

태섭 (냉담한) 아뇨. 괜찮습니다. (의영에겐 다정하게) 좀 둘러봤어요?

의영 네. 너무 근사해요. 브랜드에서도 엄청 만족하는 눈치예요.

지수 …. (일 얘기하는 둘 보는)

태섭 다행이다…. 그럼 잠깐 시간 괜찮으면,

| 나은 | (끼어드는) 대표님! (의영에게 눈짓하고) 저기도 인사 좀….

세일즈 팀장 나은, 태섭 데리고 브랜드 관계자에게 간다. 의영, 그 모습 지켜본다. 태섭 보는 사람들 눈 반짝인다. 그때, 포토존 쪽에서 요란한 셔터 소리가 난다. 고개 돌리면, 손정아, 그 누구보다 화려한 드레스 입고 서 있다.

| 의영 | (놀란) 헐…! 손정아다.
| 지수 | (표정 굳어지는) 저 여자는 왜….
| 의영 | (들뜬) 브랜드가 쭉 금상예술대상 메인 스폰서였다고 했거든. 미쳤다. 너무 고저스하다. 진짜 좋아하는 배운데.
| 지수 | 요즘은 연기도 안 하더만 무슨 배우. 그냥 유명인이지….

정아, 쭉 둘러보다 의영과 지수 쪽 본다. 잠깐 놀랐다가, 금세 윙크 날린다. 의영, 정아가 윙크 저한테 한 줄 알고 수줍어하며 좋아한다.

씬49. 더 힐스 호텔 – 뒤뜰 (저녁)

시간 흘러 해 질 녘 된다. 행사 무르익고, 호텔 뒤뜰에서 연주자들 재즈 연주한다. 의영은 무대와 멀리 떨어진 뒤편에 자리 잡고 서서, 즐거워하는 사람들 표정 둘러본다. 행사를 잘 마쳤다는 안도감 든다. 한결 가벼운 마음으로 음악에 집중하려는데, 의영 옆으로 슬그머니 태섭 다가와 선다.

| 태섭 | 여기 있었네요.
| 의영 | 태섭 씨 여기저기 불려 다니느라 바빠 보이던데….

태섭   그러니까요. (후련한) 그래도 이제 일단락됐네요.

의영   (태섭 보고, 끄덕) 응. 잘 끝났죠.

둘, 나란히 서서 연주 본다. 바쁘게 달려온 시간들 뒤로하고 같은 음악을 들으며 같은 안도감을 공유한다. 얼굴에 부드러운 미소 번진다. 태섭, 의영을 흘끗 본다.

태섭   (나지막이) 의영 씨.

의영   네?

태섭   저번에 못 한 거요. 괜찮으면 오늘….

명운   (E) 이 선임!

의영   (고개 돌리는) 네!

명운   (다급하게 오는) 오늘 뒤풀이하는 거 못 들은 사람도 있던데. 공지 제대로 했어? 송 대표님은….

의영   (깜빡해서 뜨끔하는) 맞다.

태섭   저는 술을 못 해서 뒤풀이는….

의영   요 앞에 카페에서 하는데. 대표님이랑 직원분들도 오실 거죠?

태섭   (급하게 말 바꾸는) 넵. 저도 뒤풀이는… 꼭 가는 편이거든요. 그래야 프로젝트가 진짜 끝나는 거니까.

씬50. 더 힐스 호텔 인근 카페 airy (밤)

홈 직원들 카페로 들어온다. 태섭, 마침 음식 서빙하던 지수와 딱 마주친다. 지

            미혼남녀의 효율적 만남

수, 아르바이트 중인 듯 앞치마 두르고 있다. 둘, 서로를 견제한다.

태섭   (마음에 안 드는) 어떻게 가는 데마다 있네요.
지수   저는 있어야 할 데 있는 거고. 끼어든 게 그쪽이란 생각은 안 하
            나봐요.

지수, 먼저 휙 지나간다. 태섭, 의영 옆자리 빈 것 발견한다.

명운   (E) 송 대표님! 여기요!

태섭, 명운의 부름 무시하고 의영 옆으로 가려는데… 명운이 잽싸게 태섭 팔 당
겨 앉힌다. 그 광경 목격한 지수, 쌤통이라는 듯 피식 웃는다.

명운   젊은데 귀가 어두우시네. 작업할 때 (시늉) 헤드폰 잘 써야겠다.
            (소주병 올리는) 자…. 술도 한 잔 받으셔야지.
태섭   (손으로 잔 입구 막는) 전 술 안 합니….
명운   (손 병목으로 탁 치우고, 가득 따르는) 건배는 해야 되니까 받아만
            놔요.

명운, 건배 제의하려고 일어난다. 그러자 새벽, 서빙하던 지수를 데리고 와서
의영 옆자리에 앉힌다. 태섭, 싫은 듯 인상 쓴다.

명운   수고 많았습니다. 다른 프로젝트로 또 봅시다. 건배!

CUT TO 뒤풀이 한창이다. 의영과 지수가 있는 테이블 화기애애한데, 명운과 태

섭 테이블은 차분하다 못해 고요하다. 분위기 극과 극이다.

명운   근데, (두리번) 강 변호사가 종일 안 보이네?
태섭   안 올 겁니다.
명운   그걸 송 대표가 어떻게 알아요?

태섭, 대답 대신 명운에게 술 따라준다. 흘끗 의영 테이블 보면, 지수가 관심 독
차지하고 있다.

현민   (순전히 궁금한) 근데, 대체 정체가 뭐예요? 왜 다 잘해요?
의영   얘, 원래 직업은 배우야.
지수   연극하면서, 아르바이트를 하도 많이 하다보니까, 그렇게 됐어요.
보윤   배우셨구나. 어쩐지. 아우라가 남다르더라. 팬클럽 있어요? 없음
         (손 들면서) 제가 오늘부터 회장 할게요.
지수   회장 말고 관객 하세요. 여기 있는 분들 다 초대할 테니까 꼭 다
         음에 제 연극 보러 오세요. (술잔 들고, 사람들하고 건배하며) 약속!

태섭, 직원들 주접, 지수 넉살도 마음에 안 든다. 의영이 궁금한데, 가려서 잘 보
이지도 않는다. 답답하고 속도 타는 태섭, 앞에 놓인 술 원샷한다. 의영은 마침
그런 태섭 보고, 잘 즐기고 있구나 생각한다.
CUT TO 어느덧, 사람들 좀 빠졌다. 지수 찾던 보윤, 깜짝 놀란다. 태섭, 자리 한
번 안 옮기고 꼿꼿하게 앉아 혼자 술 마시고 있다. 앞에 놓인 소주병 두 개다. 보
윤, 다가가서는 얼른 핸드폰 들고 사진 찍는다.

보윤   주량이 소주 두 잔인 사람이⋯ 대표님 (손가락 흔드는) 이거 몇

                                    미혼남녀의 효율적 만남

개?

태섭　　보윤이 너! 어쩌다 손가락이 여섯 개가 된 거야…? (어지러운) 잠
　　　　　　깐… 그만. 나…. (속 안 좋은지 일어나는) 바람 좀 쐬고 올게….

술 마시던 의영, 밖으로 나가는 태섭 본다. 상태 걱정된다.

씬51. 더 힐스 호텔 인근 카페 airy 근처 (밤)

의영, 태섭 찾는다. 여기저기 기웃대다, 골목 끝에 가로등 불빛 받은, 공처럼 웅
크린 형체 발견한다. 설마 싶어 다가가서 어깨 짚자, 태섭 고개 든다.

의영　　태섭 씨. 괜찮아요?!

태섭　　(괴로운 듯) 아뇨. 안 괜찮아요. 속이… 막 뒤집어지는 것 같아요.

의영　　(걱정하는) 어떡해. 가서 숙취해소제 좀 사 올게요. (떠나려는)

태섭　　(떠날까 손 뻗는) 필요업써어!!! 가지마요오!

의영　　(놀라서 저도 모르게 잡는) 깜짝이야….

태섭　　의영 씨가 가까이 있는데, 잡히지는 않으니까 속이 뒤집어져요.
　　　　　　(슬쩍 잡았던 손 바꿔 깍지 끼는) 못 가요.

의영, 슬그머니 옆자리에 앉는다. 풀어진 모습은 처음이라 취한 태섭 구경한다.
얼굴 살짝 빨갛고, 고개 가누기 힘들어 보인다. 그런 중에도 손은 놓지 않겠다
는 듯 힘 잔뜩 줘서 손가락이 하얗게 질리도록 잡고 있다.

의영　　은근 주사가 있네…. 나 아무 데도 안 가요. 이렇게 안 잡아도 돼요.

태섭   (의영 보고, 순순히 손에 힘 빼는, 깍지는 그대로 끼고 있는) 네….

의영, 푹 숙인 태섭 고개에 슬그머니 어깨 끄트머리 내어준다. 둘, 잠시 그렇게
머리와 어깨 맞대고, 손은 깍지 껴 맞잡은 채 가로등 아래 앉아 있는다.

태섭   근데 의영 씨…. (고개 드는 눈빛 촉촉한) 아직도 나랑 데이트하고
           싶어요?
의영   (눈 맞추는, 차분하게) 네. 하고 싶어요.
태섭   그러면… 지금부터 둘이 따로 한잔하러 갈래요?
의영   지금…요? (뜸 들이다) 좋죠. (실은 만만찮게 술 취한) 한번 가봅시
           다아! (휙 일어나는) 가방 가지고 올 테니까 딱 기다려요. 어디 갈
           지 생각해 놔요!

CUT TO 의영, 가방 가지고 온다. 태섭, 완전히 잠들었다.

의영   (흔들어보는) 태섭 씨!!! 자요? 데이트 가자더니 잠들면 어쩌자는
           거예요오!

의영, 어떻게 해야 하나 싶은데… 태섭 바지 주머니에서 툭, 호텔 카드키 떨어
진다. 의영, 호텔 본다. 'The Hills' 호텔 사인, 반짝 빛난다.

씬52. 더 힐스 호텔 – 객실 (오전)

날 밝았다. 객실 내부 곳곳 보인다. 테이블 위 와인잔 두 개, 벗겨진 구두와 나동

                                    미혼남녀의 효율적 만남

그라진 여자 미들힐, 가방, 바닥에 떨어진 가운, 의자에 걸쳐진 남자 셔츠, 격한 밤을 보낸 남녀의 다음 날 풍경이다. 침대 비추면 의영, 기분 좋게 자고 있다. 그러다 천천히 눈 뜨는데…. 보이는 천장, 집 아니다.

의영(V.O)   잠깐잠깐!

놀라서 얼른 내려다보면, 침구도 검은색이다.

의영(V.O)   잠깐잠깐잠깐 이게 왜 검은색이야?

때마침 알람 소리 들린다. 의영, 놀라 휙! 고개 돌리면, 침대 밑바닥에 누워 있는 남자 등 보인다. 가운 다 흘러내렸다. 뒤척이며 몸 뒤집는 남자 태섭이다…!

의영   와씨! (깰까봐 얼른 입 막는)
의영(V.O)   설마 나 잔 거야?! 나 한 거야?!

의영, 당황하며 천천히 이불 들추는데…. 웬걸, 옷 다 입고 있다. 엥?! 이상하다.

지수   (E) (기가 찬) 뭐 하나? 옷이라도 벗고 있을까봐 확인하나?

의영, 놀라 소리 지른다. 소파에 앉아 있는 지수 표정 까칠하다. 소란에 태섭도 천천히 깬다. 숙취에 "ㅇ읔" 앓는 소리 내다… 이상한 예감에 휙 일어난다. 의영과 지수, 당황한 얼굴로 태섭 보고 있다.

태섭   (얼른 이불 끌어 가슴팍부터 감추는) 지금… 이게 무슨 상황이에

　　　　　　　요?

의영(V.O)　　저도… 모르지만 아무래도 x된 그런 상황 같네요.

당황한 의영 얼굴에서….

　　　　　　　　　　　　　　　　　　　　　　　　5화 끝

미혼남녀의 효율적만남
6화

씬1. 더 힐스 호텔 – 객실 (오전)

(5화 씬52와 이어지는) 의영은 침대에, 태섭은 바닥에 앉아 서로를 본다.

태섭　　　　(당황한, 얼른 이불 끌어 가슴팍부터 감추는) 지금… 이게 무슨 상황

　　　　　　　이에요?

의영　　　　어… 그게….

사태 파악에 나선 의영, 재빨리 방 둘러보며 단서 수집한다. 1인칭, 게임 화면 시점으로 태섭이 걸친 샤워 가운, 테이블 위 빈 와인잔 두 개, 벗겨진 남자 구두, 나동그라진 여자의 미들힐, 의자에 걸쳐진 남자 셔츠가 의영의 레이더에 걸린다.

의영(V.O)　　(확신하는) 여기까지는 딱 썸 타는 남녀가 하룻밤 동침한 건데….

의영, 휙 고개 돌려 퉁명스런 표정의 지수 본다.

의영(V.O) (눈 흘겨 뜨는, 아리송한) 저기가 설명이 안 된단 말이지.

태섭 (뭔가 생각난) 아! 제가 바람을 쐬러 나갔었어요.

의영 (듣고 생각난) 맞아, 골목! 골목에서 둘이 2차를 가자고 했고, 그다음에는….

지수 지금 뭐 추리 게임해? (한심한) 뚝뚝 끊긴 필름들 이어 붙인다고 답이 나와?

의영과 태섭, 불안한 표정으로 지수 본다.

씬2. 더 힐스 호텔 인근 카페 airy 근처 길가 (밤)

[자막] '지난밤'

취한 듯 얼굴 붉은 의영, 휘영청 밝게 빛나는 호텔 본다. 기합 넣는다. 넓게 잡으면, 태섭을 어깨에 두른 채 오르막길 오르고 있다.

의영 (끄응) 작지만 분명히 잘 붙어 있는 소중한 근육들아 잘 들어. 너희가 존재를 뽐낼 기회야. (억지로 힘 끌어올리는) 좋아, 어? 가까워지고 있잖아!

하지만 실상은 말과 달리 보폭 작고, 한 걸음이 힘겹다. 순간 다리 힘 풀린 의영, 그대로 픽 주저앉는다. 태섭도 나동그라진다.

의영	하씨…. 미치겠네. (원망스런) 그냥 확 두고 가?!
태섭	(취한 와중에도 반응하는) 안 돼요! (애원) 나만 두고 가지 마요!
의영	(얼굴 보니 마음 약해진) 아우 진짜. 분리불안 있는 강아지도 아니고. (먼지 털고 일어나 손 뻗는) 자…. 하나, 둘, 셋에 엉덩이 떼는 거예요.
태섭	(손잡고 마냥 좋은) 헤헤…. 네에.
의영	하나, 둘… ㅅ

태섭, 반 박자 빨리 일어난다. 그 힘에 의영 뒤로 넘어간다. 취한 태섭, 천천히 의영에게 기어간다. 눈빛 나른하다. 의영, 조금씩 밀려나다 눈 질끈 감는데…. 풀썩, 태섭이 무릎 위로 쓰러진다. 의영, 번쩍 눈뜬다.

CUT TO 한편 호텔 방향에서 걸어 내려오던 지수, 길 한복판에 남자 팔 잡고, 어깨에 들쳐업으려는 여자 발견한다. 머리카락에 가려 얼굴은 잘 안 보인다.

지수	(미간 찡그리는) 업어치기…?

태섭 들쳐업은 여자, 시야 가린 머리카락 "푸!" 넘기면 얼굴 보인다. 의영이다.

지수	뭐야?! 이의영? (다가가는)
의영	신지수? (방향 헷갈리는지 뒤돌아보는) 잠깐, 방향이… (오르막 가리키는) 저쪽이 카페… (내리막 가리키는) 이쪽이 호텔? 아닌데…?
지수	이 사람 취한 거야? (시비조로, 툭툭 치며) 저기요. 왜 사람 어깨에서 잠을 자요? 안 그래도 쪼끄만데. 아저씨!
의영	소용없어. 완전히 뻗었어. 내가 데려다줄 거야. (호텔키 꺼내는) 자.
지수	둘이 이러고, 호텔에 간다고?

 미혼남녀의 효율적 만남

지수, 호텔과 의영, 태섭을 번갈아 본다. 짜증 나는 듯 한숨 쉬고, 의영 어깨에서
얼른 태섭 끌어내리고 제 어깨에 진다.

지수   가.

의영   (상황 파악 안 된) 엉?

지수   길바닥에 체크인할 거 아니면 가자고. (인상 쓰는) 더럽게 크네….

씬3. 더 힐스 호텔 – 객실 안 (밤)

지수, 객실로 들어온다. 체력 동났는지 바닥에 태섭 내팽개치고 숨 고르는데,
의영은 둘을 폴짝 건너서 방 안으로 쏙 들어간다.

태섭   (간절한) 저, 물 좀….

지수   아우 씨. (짜증 난, 냉장고에서 물 꺼내 휙 던지는)

태섭   (마시려다, 그대로 옷에 쏟아버리는) 으아. 차거…. (젖은 셔츠 털어내는)

지수   가지가지 하네…. (두리번대는, 벽에 걸린 샤워가운 발견하는)

CUT TO 지수, 샤워가운 입은 태섭 침대에 눕힌다. 태섭, 바로 곯아떨어진다.

지수   가자. 이의영.

의영   (E) 푸우우… 휘오휘오휘오…. (숨소리)

지수   (대답 없자 보는) 자냐?!?!

의영, 꼼짝도 안 한다. 지수, 침대에 누운 둘 본다. 뒷골 얼얼해진다.

지수   (싫은) 와…. 이 투샷은… 내 눈에 흙이 들어가기 전에는 아니지.

지수, 보이는 베개, 쿠션 끌어다 둘 사이에 벽 쌓다가 아예 태섭 바닥으로 끌어
내린다. 그때, 의영 "추워…" 잠투정하자 또 이불 덮어주려고 가는데, 의영이
지수 팔을 잡고 훅 품으로 당긴다. 지수, 코앞까지 당겨지고, 얼굴 빨개진다.

지수   (잠깐 얼었다가, 휙 빠져나오는) 허, 이게 취하니까 미쳤네!
의영   우웅…. (몸 반대로 돌리는)

지수, 화끈대는 얼굴 쓸며, 방 온도 조절 버튼 위로, 위로 올린다. 그런 다음 소
반 위에 있는 위스키를 가져다 소파에 턱하고 자리 잡고 앉는다. 와인잔에 한가
득 따른다.

지수   둘만 이렇게 두고는…. (절대 안 자겠다는 듯 눈 부릅뜨는) 못 가지.

CUT TO 지수, 꿈뻑 졸다, 다시 감시하다를 반복한다. 태섭은 바닥이 펄펄 끓어
괴로운 듯 "으으…" 앓으며 샤워가운 벗는다. 의영은… 꿀잠 잔다. 얼굴에 미소
까지 띄운 채다. 시간 흐르고, 창밖으로 동터온다.

씬4. 더 힐스 호텔 – 객실 안 → 앞 (오전)

지수, 피곤한 듯 하품하고, 태섭은 멍한 얼굴로 가운 동여메고 있다. 매듭 안 풀

                          미혼남녀의 효율적 만남

리게 꽉 묶는다. 의영, 미치겠다는 듯 눈 질끈 감는다.

태섭   미안해요, 의영 씨. 저 챙기느라 집도 못 가고.

의영   아니에요. 괜찮….

지수   괜찮긴. 무슨 일이 있을 줄 알고 남자랑 호텔을. 나 없었으면 어쩔 뻔했어.

태섭   (기분 상한) 저기, 제가 신세 진 건 맞는데, 술이 약해도 누구한테 못 할 짓하고 그러진 않거든요.

지수   주량도 모르는 사람이 술버릇은 알아요? 난 무슨 수학여행 온 줄 알았는데?

태섭   수학여행….

의영   그만해. 사람 무안하게. 별일 없었으면 됐잖아.

지수   (태섭 편드는 의영 얄미운) ….

의영   그럼 난 (일어나는, 빨리 자리 피하고 싶은) 누구 출근하기 전에 가봐야겠다.

지수   그냥 그렇게 가? 잠도 같이 잔 사이에, 그냥 씻고 가지?

의영   야! (윽박질렀다, 급 목소리 낮추는) 사무실에 직원용 샤워실 있어….

태섭   그래요. 곤란해지기 전에 얼른 가봐요.

태섭, 침대에 흩어진 의영 핸드폰, 바닥에 널브러진 핸드백 챙겨 배웅한다. 지수, 이제 와서 의영 챙기는 태섭 꼴사납다는 듯 본다.

지수   (작게) 하. 고생한 건 난데, 생색은 엄한 놈이 내네?

태섭   의영 씨. 제가 정말 면목이 없어요. 주말에 시간 되면, 같이 밥이라도 먹어요. 제가 뭐든 사드릴게요.

의영   아…. 그러면, (지수 살짝 신경 쓰이지만) 토요일에 볼까요?

지수   (핑계 좋다는 듯) 밥 좋네. (의영에게) 너도 나한테 고마우면, 말로
          때울 생각 말고 밥 사. 벌써 엄청 적립됐어.

의영   (지수에게) 알겠어. 사, 사! (태섭에게) 그럼, 자세한 시간은 톡으로
          얘기해요.

태섭   네. (문 열어주는, 다정하게) 출근 잘해요.

→ 객실 앞

문 닫고 나온 의영, 곧바로 이마 짚는다. "미쳤어, 미쳤어! 누가 봤음 어쩌려고."
자책하는데 멀리서 카트 밀며 하우스키핑 호텔리어 다가온다. 의영, 얼른 벽에
찰싹 붙고, 얼굴 안 보이게 머리카락으로 가린다. 호텔리어, 의영 이상하다는
듯 보고 지나간다. 의영, 호다닥 엘리베이터로 달려간다. 버튼 연타하다 안 되
겠는지 비상계단으로 향한다. 무려… 19층에 있다.

의영   하…. (언제 내려가나 싶은, 살짝 욕하듯) 19….

씬5. 의영의 집 – 거실 → 의영의 방 (오전)

정임, 커피, 사과에 땅콩버터 발라서 먹으며 신문 읽고 있다. '영올드'에 관한 기
사 유심히 보고, 노트에 따로 메모하기도 한다.

정임   (멈칫하는) 가만, 너무 평화로운데…?

                          미혼남녀의 효율적 만남

→ 의영의 방

정임, 문 열면 침대 비어 있다.

정임   아침잠 많은 게 벌써 출근했을 리는 없고. 20대 때도 속 한번 안
               썩이던 게….

정임, 톡 보낸다.

[이의영 어디야? 안 들어오면 미리 말해주는 게 동거인으로서 매너라고 했지.]

그리고는 책상 위에 놓인 스케줄러 본다. 어제 날짜에 '글렌디어 팝업 오픈식'

적혀 있다. 위로는 줄줄이 소개팅 스케줄이다. 정임, 놀란다. 이렇게까지 할 일

인가 싶다.

씬6. 더 힐스 호텔 – 사무실 (오전)

유니폼 갈아입은 의영, 자리에 앉는다. 종아리 주무르며 핸드폰 확인한다. 정임

에게서 온 톡 본다.

[이의영. 어디야? 안 들어오면 미리 말해주는 게 동거인으로서 매너라고 했지.], [9시까

지 연락 없으면 경찰에 신고한다]

의영   (화들짝 놀라 시계 보면 8시 52분인) 씁….

의영, 쫄아서 답장한다.

[프로젝트 오픈해서 뒤풀이했는데, 길어져서 수면실에서 잤어. 죄송합니다…]

태섭, 자책하며 거울 본다. 수도꼭지 냉수 쪽으로 휙 틀고, 얼굴에 찬물 끼얹는다. 지수는 입이 찢어져라 하품하며 호텔방 둘러본다. 남은 위스키 아까운지 챙길까 고민하는데…. 태섭이 나오자 도로 내려놓고 헛기침한다. 태섭, 냉담하게 지수 봤다가 얼굴, 머리 물기 수건으로 닦는다.

지수   그거… 내 수건인데. (중얼)

태섭   (반사적으로, 팍 내던지는) 아.

방에 정적 흐른다. 태섭과 지수, 서로 어색하고 불편하다.

태섭   근데 신지수 씨는 밤새 우릴 감시한 겁니까? (거슬리는) 호의라
             기엔… 지나치다고 생각하지 않아요?

지수   (기가 찬) 술 쪼금 마시고 취해서 여자한테 어깨 빌리는 그쪽이
             지나치죠. 남자가 그렇게 약해서야….

태섭   (짜증) 말 돌리지 말고요. 그쪽이 의영 씨 주변에서 알짱대는 거,
             좋게 안 보입니다. 걱정하는 척 기회 엿보는 것 같아요.

지수   알짱? 번번이 기회 뻥뻥 차대는 쑥맥 같은 그쪽이 기회가 뭔지
             알기나 해요?

태섭   (버튼 눌리는, 인상 쓰는) 지금 쑥맥이라고 했습니까?

→ 객실 앞

지수랑 태섭, 유치하게 서로 앞다퉈 객실 나오려고 한다. 그때 가까운 객실에서 보윤 나온다. 동료 직원과 통화 중이다.

보윤   하. (아쉬운) 섹시한 알바생 번호를 땄어야 되는데… 대표님?! 뻗
        어 있겠지. 노크해볼까?

그 말에 놀란 둘, 얼른 도로 객실 안으로 들어간다.

보윤   (객실 보고, 그냥 지나가는) 아! 나 어제 대박 사진 찍었잖아. 대표
        님한테 원본 팔까? 씁…. 아니다. 이런 건 공익을 위해 단톡방에
        올려야지.

보윤 떠나자, 문 다시 열린다. 둘, 빼꼼 고개 내민다. 앞다투어 나오려다 거의 문
에 끼듯 한다. 태섭이 먼저 거의 넘어지듯 밖으로 나오는데, 마침 정석, 호텔리
어들과 지나가다 둘 발견한다.

정석   (저도 모르게 둘 손가락으로 가리키는, 당황한) 어…?
태섭   어? 아, 그게요. 어떻게 된 거냐면….
정석   (실수했다는 듯, 얼른 걸음 재촉하는) 전 아무것도 못 봤습니다. 프
        라이버시는 설명하지 마세요.
태섭   왜요! (억울한) 설명할게요…. 총지배인님!!!

씬8. 더 힐스 호텔 – 휴게실 (오후)

의영, 서류 들고 휴게실 지난다. 자판기 앞에서 대화하는 현민과 새벽 발견한
다. 둘, 비밀 얘기하듯 속닥인다. 의영, 왜인지 몰래 엿듣게 된다.

현민   하여간 호텔엔 비밀이 없어. 목격한 직원 말로는 남자가 하나가
         아니라 둘이었대.

의영(V.O) (다가가려다 멈칫, 숨는) 뭐야? 지금 내 얘기 하는 거야?

새벽   전 좀 실망했어요. 동시에 여러 사람 거느리고 즐기는 게 무슨
         사랑이에요.

현민   왜…. 즐기면서 사랑할 수 있지. 우리 사회가 너무 편협하고 몰인
         정해. 사랑 아니면 불량, 이분법적이고. 이러니까 몰래 숨어서 하
         다가 걸리고, 모양 빠지고, 커리어 박살 나고….

의영, 그 말에 못 참고 "헉!" 한다. 인기척에 현민과 새벽 돌아본다.

현민   어? 선배, 언제부터 있었어요?

의영   방금… 근데, 말이 좀 심한 거 아냐? 일부러 그런 게 아닐 수도
         있잖아.

새벽   아… (머쓱한) 선배님은 찌라시 안 믿으세요?

의영   뭐? 무슨 찌라시?

CUT TO 의영, 현민 핸드폰으로 찌라시 읽는다.

[50대 나이에도 굳건히 멜로의 여왕 타이틀을 거머쥔 S씨. 연기와 사랑에 빠졌다던 그녀
는 요즘 사실 찐사랑 삼매경이라는데! 불륜 관계였던 외과의사A와 사실혼 관계에 있으
며, 감독B와 특급 호텔에서 밀애를 즐기고, 모델C에게도 스폰을 하는 등 화려한 남성 편
력으로 파장은 더 커질 예정이다.]

의영   멜로의 여왕이면… 손정아 배우?!

현민   (끄덕) 이건 뭐, 사실 적시나 다름없죠. 얼마 전에 저희 호텔 체크

                              미혼남녀의 효율적 만남

인했대요. 호텔이 밀회 장소라는 거죠.

의영   (눈 커지는) …!

씬9. 고급 일식집 (오후)

고급스런 일식집 룸. 정아, 혼자 책 읽고 있다. 맞은편 자리 비어 있다. 그때, 매
니저 곤란하다는 듯 들어온다.

매니저   누나. 진 감독 오늘 미팅 못 나온대요. 신혼이라, 오해 생기는 거
               싫다고….

정아   (기가 찬 듯 웃는) 오늘만 안 보겠대, 아님 나 영화에서 영영 빠지
               래?

매니저   (머뭇대는) ….

정아   쫄보…. 됐다 그래. 우린 밥이나 먹고 들어가자.

씬10. 일식집 앞 주차장 (오후)

매니저, 가게 앞에서 통화하고 있다. 정아, 먼저 차로 가려는데, 그때 기자 2인
조 튀어나온다. 정아, 얼른 살짝 고개 숙이고 계속 걸어간다.

기자   배우님! 스타A 김민성 기자입니다. 찌라시에 대해서 입장 안 밝
               히는 이유가 뭐죠? 사실이기 때문인가요?

정아   (끝까지 우아함 지키는) 성급하게 말했다가 무슨 불을 지피려고.

곧 낼 거예요. 근데, 기자님은 공식적인 스케줄도 아닌 데 쫓아
오시면 곤란하죠. (매니저 보고) 동훈아! 차 문은 열어줘야지.

매니저　거기 뭐예요?! (달려오는) 찍지 마세요! 한 장이라도 찍으면 내가
가만 안 두….

삿대질하며 달려오던 매니저, 그만 주차장 블록에 발 걸려 넘어진다. 꽝음소리
난다. 매니저 "아악" 소리 지르자, 정아와 기자들 모두 놀란다.

정아　(기자에게) 기자님. 빨리 119.

기자, 얼른 119에 전화 건다. 정아, 산 넘어 산이라는 듯 한숨 쉰다.

씬11. 태섭의 집 – 거실 → 태섭의 방 → 거실 (오후)

은호 집으로 들어온다. 가방, 셔츠, 바지가 허물처럼 거실에 널브러져 있다. 그
흔적, 방으로 이어진다.

은호　(웃음 참으며) 송삼섭 씨…. 어젯밤 과음하신 송삼섭씨 계세요?

→ 태섭의 방
은호, 침대 위 이불째 둥글게 웅크린 형체 발견한다. 이불 걷으면, 옆으로 누운
태섭이 앓는 소리 낸다.

은호　(푸흡) 제 친구 송태섭은 알콜 분해 능력이 없어요. 두 병을 마셨

으면 운명했을 거거든요. 그니까 여기 계신 분은 송삼섭 씨죠?

태섭　　장난하지 말고. (느리게 몸 일으키는) 이거 괜찮아지는 건가? (침대
　　　　출렁이는 듯한) 자율 신경계에 문제 생긴 것 같은데….

은호　　나와 짜식아. 니가 숙취만 처음이겠냐? 해장도 처음이지.

→ 거실

태섭, 단톡방 본다.

[에이, 합성이죠?], [누가 술은 정신력이라고 했나요ㅠㅠ]

보윤이 올린 사진 누른다. 꼿꼿하게 앉은 태섭이 소주병 노려보고 있는데, 한
귀퉁이 확대하면, 그런 태섭을 걱정스럽게, 세모눈 뜨고 보는 의영도 보인다.
태섭, 입술 꽉 깨문다. 은호, 잘 끓인 황태국 불 끄고 그릇에 담는다.

태섭　　이제 나 싫다고 해도 할 말 없어…. (시간 되돌리고 싶은) 미친 거
　　　　야. 좋은 모습만 보여도 모자랄 판에 왜 이기지도 못할 술을 마
　　　　셔서….

은호　　이미 엎질러진 술이다! 그리고 의영 씨도 같이 취했다며. 술꾼들
　　　　은 그런 거 일일이 신경 안 쓸걸?

은호, 냉장고 연다. 가지런히 쌓인 반찬들, 손도 안 댄 듯 그대로다.

은호　　아까워. 어머니가 해주신 귀한 걸…. (뚜껑 열어 냄새 맡아보는, 괜
　　　　찮은) 토요일에 데이트도 한다며. 사랑은 사람으로 잊고, (국이랑
　　　　장조림 놔주는) 숙취는 국물로 내리고, 기억은 새 추억으로 덮으
　　　　면 되지.

태섭　　(조금 떠서 먹는) 어? (진짜 좀 시원한 듯 더 떠서 먹는) 시원한데?

은호   (웃는) 거봐. 뭐 계획은 있고?

태섭   같이 맛있는 거 먹고, 전에 못 본 영화도 보려고.

은호   (P인) 됐네!

태섭   (J인) 되긴. 이제부터 시작이지. 취했던 건 기억도 안 나게 확실히
          덮어야겠어.

씬12. 더 힐스 호텔 – 로비 (오후)

로비 붐빈다. 노트북으로 기사 쓰는 기자들, 셀카봉 들고 두리번대는 너튜버들
도 보인다. 평소와는 다른 풍경에, 정석과 컨시어지 직원들 한껏 긴장해 있다.

정석   (걱정스러운) 큰일이네….

씬13. 더 힐스 호텔 – 스위트룸 (저녁)

일반 객실보다 넓은 스위트룸. 정석 서 있고, 매니저와 정아는 소파에 앉아 있다.
매니저, 다리에 깁스했다. 소파 테이블에 올려둔 노트북에 기사 띄워져 있다.
[멜로의 여왕 손정아의 남자들. A, B, C는 누구?]
모자이크된 집 사진 ('한남더힐' 같은) 보인다.

정아   집은 다 갔네. 저기는 집값이 얼만데 저렇게 보안 유지가 안 돼?

매니저   연예인들이 너무 살아서 그래요. 나 다리가 이래서, 누나 차 태
          워 다닐 수도 없고, 당분간만 여기서 좀 지내요. 요즘은 확실하

                                    미혼남녀의 효율적 만남

게 컨셉 잡고, 자료 모아서 한 방에 기획 기사로 입장 정리하는
게 트렌드래요.

정아   그래. 질 낮은 기사에 일일이 대응하면서 끌려다닐 바에야 그게
나아. 내가 20대야 30대야, 잃을 것도 없어. 내 얘기 잘 써줄 기
자 찾아봐. 사랑의 오점을 덮는 건 늘 더 큰 사랑이라는 거 기억
하고.

매니저   알겠어요. 러브스토리 싫어하는 사람 없지. (정석에게) 저, 여기는
기자들 출입 못 하는 거 확실하죠?

정석   고객분들만 출입할 수 있게 되어 있습니다. (둘 지켜보다) 저 아니
면, 배우님. 혹시 GRO* 서비스를 이용해보신 적 있으십니까?

정아   아뇨. 그게 뭐예요?

정석   간단하게 호텔 생활을 도와줄 매니저라고 생각하시면 됩니다.
머무시는 동안, 동선 관리나, 물품 구입을 도와줄 직원을 배정해
드리면 어떨까 싶은데요.

매니저   그거 좋다! 센스있는 (강조) 여자분이면 좋겠는데….

정석   (알겠다는 듯) 네. 찾아보겠습니다.

씬14. 대학 병원 – 복도 → 사무실 (저녁)

지훈, 복도 걸어간다. 자세 꼿꼿하고 인상 차갑다. 지나는 복도 게시판에 공고
들 붙어 있다. '병원장 모집 및 심사 일정', 옆에는 '병원장 최종 후보. 소화기내
과 염상우 진료부원장, 외과 신지훈 교수'. 그때, 맞은 편에서 부원장, 의사들 우

* Guest Relations Officer, VIP를 전담하는 매니저.

르르 몰고 걸어온다. 둘, 가운데에서 멈춰 선다. 부원장, 교묘하게 승리감 내비
친다.

지훈   (정중하게) 부원장님.

부원장   (비릿하게 웃는) 오늘 가는 데마다 신 박사 얘기로 시끄럽던데. 본
             인이 이렇게 등판하셨네. 어떻게 학술지가 아니라 연예지에 나
             셨더라고요?

지훈   (모르는 척, 표정 안 바뀌는) 그렇습니까.

부원장   (뒤에 의사들 손짓해 보내는) 난 사실 부원장까지만 해도 참 과분
             하다 싶었거든. 근데 병원 이미지 생각해서라도 원장직 입후보
             를 하셔라 하도 성화더라니…. 이런 이유가 있었네요?

지훈   글쎄요. 근데 가십이 재미있기는 한가봅니다. 부원장님이 병원
             복도에서 어린 애들마냥 신나서 얘기하시는 거 보면.

부원장   (한 방 먹은) 하….

지훈   그럼, 전 수술이 있어서. (꾸벅)

지훈, 끝까지 평정 잃지 않고 지나간다.

→ 사무실

지훈, 사무실 들어오자마자 가운 휙 벗어 소파에 던져둔다. 짜증 올라오는 듯
잠깐 숨 고른 다음 핸드폰 든다. '손정아'에게 전화 건다.

지훈   (말투 부드럽지만, 눈은 매서운) 체크인 잘했어요? 기사 봤어요. 뭐.
             정아 씨 같은 탑스타랑 조용히 사랑할 수 있을 거라곤 생각 안
             했으니까. 주말에 호텔로 갈까요?

                                          미혼남녀의 효율적 만남

씬15. 의영의 집 – 부엌 (저녁)

의영, 막 분리수거하고 돌아온 듯 빈 분리수거함 베란다에 정리해놓는다. 부엌이랑 거실, 물걸레질한 다음 떼어내 쓰레기통에 버리고, "아차!" 하고 부엌으로 간다. 끓이던 콩나물국, 국물 다 졸아붙어 있다. "아쒸…" 하고 수돗물 퍼다가 왕창 붓고, 뚜껑 닫고, 센불로 불 키운다. 그때, 정임 들어온다. 의영, 재빨리 현관으로 가서 머쓱하게 웃는다.

의영   저녁 안 먹었지?

CUT TO 의영과 정임, 마주 앉아 밥 먹는다. 정임, 콩나물국 보면 까맣다. 숟가락으로 국 말고 밥 떠서 먹는다.

정임   아무리 성인이래도 잠은 들어와서 자. 다음엔 얄짤 없어. 비밀번호 바꿀 거야.

의영   (갸웃) 그건 말의 앞뒤가 다른데? 걱정했음 했다고 다정하게 좀….

정임   (기대할 걸 기대하라는 듯) 분리수거 쌓여서 베란다에서 냄새나, 세탁기 안 돌려서 수건 모자라, 계란도 다 떨어졌어.

의영   순 집안일 때문이구만?!

정임   술도 좀 줄여. 너 예전에는 취해도 따박따박 집은 잘 찾아 들어왔어.

의영   (이상한) 그건 그렇네. 나 귀소본능 있는데 왜….

INS (5화 씬51에서) 골목. 태섭, 의영과 잡은 손, 슬그머니 깍지로 바꿔 낀다. 손

하얗게 질리도록 꽉 잡는다. "못 가요" 눈빛 나른하고 섹시하다.

의영   (손에 힘 풀린 듯 숟가락 떨어뜨리는) 으하!

정임   왜 그래, 갑자기. (팔 훅 잡아당겨다가, 떨어뜨린 숟가락 쥐여주는)

INS (씬3에서) 객실 안. 의영, 가까이 다가온 지수 팔 훅 당겨 안 듯 한다. 가늘게
뜬 눈 사이로, 당혹스런 지수 표정 보인다.

의영   으하악!!!

정임   (한심하다는 듯) 쯧쯧…. 필름 복원중이구만….

씬16. 더 힐스 호텔 – 휴게실 (오전)

호텔 전경.

→ 휴게실

정석, 의영과 테이블에 마주 앉아 있다. 정석, 의영 설득 중이다.

정석   난 의영 씨가 손정아 배우 GRO를 맡아줬으면 좋겠는데.

의영   (놀란) GRO는 보통 컨시어지에서 하는 거 아니에요?

정석   우리 호텔엔 GRO를 위한 매뉴얼이 없어요. 의영 씨 나름대로
         고객과 관계를 맺고, 최선의 서비스를 제공하면 돼요.

의영   (망설여지는) 제가 잘할 수 있을까요?

정석   내가 맨날 하는 말 있죠? 진짜 좋은 서비스는 능숙함이 아니
         라….

                              미혼남녀의 효율적 만남

의영	진심에서 나온다는 거요.
정석	(마음 놓이는 듯) 잘할 거예요. 물품 구입이 메인이기도 한데, 지금 배우님을 향한 시선이 너무 냉담하거든요. 의영 씨는 팬이잖아요. 그런 사람이 옆에 있어주면 좋을 것 같아서. 이 기회에 성덕 한번 해봐요.
의영	알겠습니다.
정석	기본적인 세팅은 할 건데, 배우님한테 더 필요한 게 없을지 파악해서 준비해줘요. (매니저 명함 건네며) 더 궁금한 건 이쪽으로 연락해보시고.

정석, 일어난다. 그리고 갑자기 생각났다는 듯 "아" 한다.

| 정석 | 근데 팬이라고 정말 팬심으로만 할 건 아니잖아요. 일은 일입니다? |
| 의영 | 아, (훅 긴장되는) 네…! |

씬17. 더 힐스 호텔 – 사무실 (오후)

의영, 고민스러운 얼굴로 사무실에 앉아 있다.

| 의영(V.O) | 서비스는 결코 스킬이 아니다. 상대를 생각하는 마음이다. 그렇다면…. |
| 의영 | (마음 다잡는) 더 끈질기게 알아봐야지. |

CUT TO 의영, 책상에 손정아와 관련된 영화 잡지, 패션 잡지 등 쌓아둔다. 읽기

시작한다. 정아 나오는 페이지에 포스트잇 붙여놓고, 빠르게 읽으며 필요한 부분에 하이라이트 한다. 의미 있는 키워드를 뽑아 노트에 정리도 한다.

[다독가. 좋아하는 작가. 마르그리트 뒤라스. 와인, 커피 매니아…]

의영, 계속 자료들 넘겨보며 너튜브에도 '손정아' 검색한다. 300만 조회수에 달하는 영상이 상단에 뜬다.

[48회 연기대상] 사랑 빼면 시체? 논란의 손정아 수상소감

클릭한다. 의영, 영상 보다가 듣다가 한다. 무대에 선 정아, 수상소감 말한다.

"감사합니다…. 최근에 이런 댓글을 봤어요. 반백살에도 사랑놀음이나 좋아하는 '여자' 배우…. 근데 사실 맞아요. 자랑스럽고요. 연기할 때랑 사랑할 때 가장 살아 있다고 느끼고, 그 감정에 한 점 부끄러움이 없어요. 사랑 빼면 시체인 저는, 앞으로도 많은 사랑들 연기로 보여드리고 싶습니다."

의영   (솔직함에 감탄) 와…. 이렇게 솔직하게 인정하기 쉽지 않은데….

영상 이어진다. 시상자들, 손정아에게 트로피와 꽃 건넨다. 정아, 남자 배우가 건넨 상은 웃으며 받는데, 여자 배우가 건넨 꽃은 슬쩍 밀고 그냥 내려간다. 당황한 여배우 얼굴 그대로 노출되고, 가지고 온 꽃 그대로 들고 무대 뒤로 가며 영상 끝난다.

의영   (놀라는) 이래서 논란이 됐구나….

의영, 영상 몇 번 다시 돌려본다. 현민, 어느 틈에 바짝 다가와 있다.

현민   후배 사랑은 사랑 아닌가…. 팬으로 시작했다 안티되는 거 아녜
             요. 선배?

                                          미혼남녀의 효율적 만남

| 새벽 | (조심스럽게 끼어드는) 소문에 의하면, 남자하고만 말을 한대요. |

의영, 그건 말도 안 된다는 듯 인상 쓴다. 현민과 새벽, 점점 집중하며 의영 옆으로 고개를 딱 붙이는데…. 의영, 스페이스바 탁! 누른다. 둘, 깜짝 놀란다.

의영	너네 일 안 해? 연예인 얘기 재밌지?
현민	아. (머쓱하게 가면서) 하루 중에 제일 재밌었다….
새벽	(머쓱) 저는 전달 사항이 있었는데. 저희 팝업 진열대 하나가 덜 컹거린다는데. 홈에 보수 가능한지 연락해볼까요?
의영	그래. 부탁해.

씬18. HOME – 사무실 (오후)

태섭, 진지한 얼굴로 사무실 자리에 앉아 통화 중이다. 모니터 하나에는 노르웨이 기상청 사이트를 띄워뒀고, 다른 모니터에는 레스토랑 메뉴를 띄워뒀다.

| 태섭 | 네. (스크롤 내리며) 스프는 제철 재료를 활용한 스프라고 하던데. 아…. 완두콩이요. (적는) 알겠습니다. 15일 17시 반, 두 사람, 대화하기 좋은 조용한 자리로 부탁합니다. 감사합니다. (전화 끊고, 다른 모니터 보는) 오후에는 강수 확률이 46%…. 혹시 모르니까 우산도 챙기자. |

태섭, 테이블엔 지도를 프린트해서 보드에 펼쳐뒀다. 갈 곳에 핀을 찍어뒀다. 의영의 집, 음식점, 카페, 영화관 순으로 실을 연결하면 의도했는지 아닌지,

♡ 동선 나온다. 태섭, 저 혼자 쿡, 웃는다.

보윤	(흘끗 보고 진수에게) 대표님 뭐 하는 거야?
진수	(모른다는 듯 어깨 으쓱) 몰라. 새 프로젝트 들어가셨나?
은호	(대화 끼어드는) 일생일대의 프로젝트에 착수했다고 볼 수 있지. 그나저나 둘은 공구함 챙겨서 호텔 좀 다녀와야겠다.
태섭	(반사적으로 반응하는) …호텔?!
진수	호텔은 왜요?
은호	진열대 하나가, 문제가 있나봐. 간 김에 전체적으로 상태 체크하고 와.
태섭	(일어나는) 내가! 내가 갈게.
보윤	대표님이요? 이런 일까지… 다 하시면 진짜 감사합니다.

태섭, 옷이랑 공구 챙긴다. 은호, 못 말린다는 듯 본다.

씬19. 더 힐스 호텔 – 로비 → 팝업 현장 (오후)

의영, 손에 아이패드 들고, 컨시어지 직원과 대화 중이다. 태섭, 공구함 들고 로비로 들어온다. 의영, 태섭 보고 다가간다.

의영	(반가운) 태섭 씨! 태섭 씨가 직접 온 거예요?
태섭	(미소) 네. 의영 씨는…. (손에 든 아이패드 본) 새 프로젝트 시작했나봐요.
의영	네. (가까이 다가가서) 손정아 배우님 기억나죠? 제가 그분 호텔

      미혼남녀의 효율적 만남

매니저 비슷한 걸 맡게 됐거든요.

태섭　　정말요? 좋아하잖아요.

의영　　(끄덕) 그래서 더 떨려요. 종일 배우님 인터뷰 찾아보고, SNS를 공부하듯이 보고 있어요.

태섭　　아, SNS⋯. (그런 방법은 생각 못 해본) 의영 씨도 해요?

의영　　네? 뭘⋯?

→ 팝업 현장

태섭, 인별에 푹 빠져 있다.

[22young 님이 팔로우했습니다]

알람 뜨자, 좋은 듯 웃는다. 의영 인별 피드에는 얼굴 사진 별로 없고, 풍경 사진, 디저트, 음식, 호텔, 손정아 영화 포스터 등으로 채워져 있다. 사진들 밝고 소란스럽다. 정석, 태섭 대신 공구함 열고 어색하게 드라이버 꺼내 든다.

태섭　　꼭, 의영 씨 서랍을 열어보는 기분이에요. (귀여운) 먹는 걸 좋아하는구나⋯.

정석　　남의 서랍을 재밌게도 보네. 의영 씨가 호텔 식자재 구매일을 주로 하니까. 서울 시내에 웬만한 맛집은 다 가봤을 거예요.

태섭　　(금세 고민) 그럼 웬만한 곳으론 어림도 없겠네요. 예약을 바꿔야 되나⋯.

정석　　이제, 그 서랍 닫고, 얘도 좀 봐주죠?

태섭, 그제야 원래 호텔에 온 목적 생각난 듯 진열대 확인한다. 드라이버로 얼른 헐거워진 나사 조이고, 수평 체크한다. 옆에 다른 진열대들도 같이 체크한다. 기분 좋아 보인다.

정석   (좋을 때다 생각하는) 데이트하는 게 그렇게 기대돼요?

태섭   (쑥스럽지만) 두 번은 없을 첫 데이트잖아요. 준비하다보니까 또
        재밌네요.

씬20. 더 힐스 호텔 – 복도 → 스위트룸 안 (오후)

의영, 카트에 한가득 짐 싣고 간다. 긴장되는 듯 "후…!" 심호흡한다.

→ 스위트룸 안

의영, 침대 협탁에 여러 권의 소설들, 디퓨저, 그리고 안경 놓는다. 턴테이블과
LP도 놓고, 샴페인과 잔, 초콜릿은 소파 테이블에 올려둔다. 잠시 뒤, 방 안으로
하우스키핑 호텔리어 카트 밀고 들어온다. 수건 여러 장 놔주고, 푹신한 베개를
하드타입의 베개로 교체해준다. 의영, 직원이 밀고 온 카트 보면 우아하게 원톤
으로 맞춘 흰 장미꽃다발 놓여 있다. 위에 '손정아 배우님 환영합니다. 편안하
고 즐거운 시간 되시길 바랍니다. The Hills Seoul' 적혀 있다.

의영   (들어 올리고 보는) 예쁘다….

호텔리어   이만하면 다 된 것 같은데요?

의영   (호텔리어 보며) 딱 하나만 빼고요.

CUT TO 의영 안내에 따라, 정아 객실 안으로 들어온다.

의영   (떨리는) 호텔에 머무시는 동안 고객님을 도울 이의영이라고 합
          니다.

정아   (말투는 다정한데 눈은 살짝 날카로운) 반가워요. 손정아예요.

        미혼남녀의 효율적 만남

의영   (살짝 긴장한) 둘러보시고, 필요한 거 있으시면 더 말씀해주세요.

정아, 침대 협탁 위 소설들 보고 놀란다.

정아   어?! (가방에서 똑같은 책 꺼내는) 지금 읽고 있는데.
의영   (조금씩 긴장 풀리는) 좋아하는 작가분이죠? 신간 나왔길래 준비
             해봤는데. 한발 늦었네요.
정아   난 나오자마자 샀거든요. (안경도 써보는) 도수도 잘 맞네.

마지막으로 소파로 간 정아, 테이블 위 꽃다발 사진 액자를 재밌다는 듯 본다.

정아   (어라) 보통 호텔에서는 생화를 준비하던데…. 일부러 액자를 둔
             거예요?
의영   네. 배우님 알러지가 있으시잖아요.

INS   (씬17과 이어지는) 의영, 영상 또 돌려본다. 속도 조절하자 꽃 받는 순간, 슬
쩍 고개 돌리는 정아 모습 보인다. 의영, 짚이는 게 있는 듯 "설마…" 한다. 잠시
뒤 의영, 정아 매니저와 통화한다. "역시 꽃가루 알러지가 있으신 거죠?"
INS   (씬20 정아 도착 전과 이어지는) 의영, 손에 든 꽃다발 툭, 카트로 치운다. 호
텔리어 놀란다. 의영, 대신 꽃다발 사진이 있는 액자를 소파 테이블에 두고, 웰
컴 카드에 제 명함을 클립으로 끼워, 액자에 올린다. 그러고는 진짜 다 됐다는
듯 만족스럽게 웃는다.

정아   까다롭단 소리 들을까봐, 말한 적 없는데. 먼저 알아봐주기도 하

네요? (웃으며 소파에 앉는, 믿을 만한 사람인지 보고 싶은) 그럼…

찌라시에 대해서는 어떻게 생각해요? 진짜 같아요?

의영   (살짝 난감한) 그건….

정아   (장난기, 한 명은 고르게 유도하는) ABC 중에서, 누가 제일 찐사랑

같아요?

의영   사실, 그 부분에 대해서는 생각 안 하려고 하고 있어서요. 사생

활이고, 제가 재밌어 할 건 아니라…. 앞으로도 저는 배우님 연

기에 관해서만 관심 가질 수 있게 노력하겠습니다.

정아   (마음에 든) 총지배인님이 똑똑한 친구를 붙여줬네. 잘 부탁해요.

의영   (안도하는) …네. 알겠습니다.

정아   참, 그리고 난 하루에 커피 두 잔은 꼭 마셔요. 근데 호텔 커피는

내 입맛엔 좀 써서, 산미 있는 원두로 구해줄 수 있어요?

의영   (아이패드 꺼내 적는) 그럼요. 중약배전 원두로 준비해드릴게요.

정아   그리고 파자마도 몇 벌은 더 필요할 것 같고… 가습기도 한 대

더 부탁할게요.

의영   (열심히 적는) 네….

씬21. 더 힐스 호텔 – 사무실 (밤)

의영, 혼자 사무실에 남아 일하고 있다. 정아한테 요청받은 리스트 길다. 한 개 항목 빼고는 전부 체크 표시되어 있다. '드립백(산미 원두)'만 남았다. 체크박스만 나오게 사진 찍은 의영, 인별 스토리에 올리고 자리에서 일어난다. 시계 보면 11시 넘었다.

                미혼남녀의 효율적 만남

의영   문 닫기 전에 가야지.

씬22. 더 힐스 호텔 인근 카페 airy (밤)

지수, 막 나간 손님 테이블 치우고 있다. 그때, 누군가 카페로 들어온다.

지수   저희 곧 마감…. (극단 연출 보고 놀라는) 어? 형.
연출   (손 드는) 어이….

CUT TO 연출, 위스키 온더락으로 마시고 있다.

지수   근데 극단 연출 나부랭이가 무슨 위스키야. 용건 있어서 온 거
          야?
연출   귀신. (표정 알 수 없는) 이번 주말 공연 있잖아.
지수   응. 극단 후원하는 승보그룹 임직원 공연 올린다며.
연출   니가 무대 좀 서. 세현이 어머니 아프셔서 고향 내려갔어.
지수   (걱정) 그래…? 어디가 아프시대?
연출   많이 아프시대. (모호한, 잔 비우고 일어나는) 그럼 내일 연습 때 보자.
지수   벌써 가?
연출   응. 술이 느끼하다.

그때, 의영이 안으로 들어온다. 나가려던 연출, 꾸벅, 의영에게 인사하고 나간
다. 의영도 지수 지인인가 싶어 목례한다.

의영   나… 드립백 좀 살 수 있어?

지수   어. 들어와.

CUT TO 지수, 의영 흘끗 보며 드립백 쇼핑백에 담아준다. 의영, 당 떨어지는지 가방에서 사탕 꺼내 먹는다.

지수   여태 회사에 있었던 거야?

의영   (피곤한) 응. 일이 좀 많아서.

지수   (그냥 보내기 아쉬운, 좋은 생각 난) 야. 좀 출출하지 않아?

CUT TO 카페 문에 'Closed'라 적힌 사인 붙어있다. 문 앞에 도착한 피자 배달부, 여기가 맞나 두리번대는데, 의영이 빼꼼 문밖으로 고개 내민다.

의영   (받는) 여기 맞아요. 저 주세요.

CUT TO 불 적당히 어둡게 켜둔 카페, 피자 펼쳐뒀다. 의영, 정임에게 메시지로
[야근하고, 야식 먹고 간다]
보낸다. 지수, 맥주캔 들고 온다.

의영   난! 당분간 술 안 마셔.

지수   왜?

의영   (둘러대는) 내일 출근도 해야 되고. 엄마 눈치도 보여….

의영, 대신 콜라 집어 든다. 페트병 열려고 하는데 잘 안된다. 지수, 휙 가져가서 뚜껑 열고, 도로 건네준다.

의영   (괜히 쑥스러운) 크흠…. 근데, 정말 여기서 먹고 그래도 돼?

지수   응. 사장님이 불만 잘 끄고 가래. 음악 들을래? (일어나는)

의영   어? 그래. 카페 알바하는 친구 좋네.

지수, 스피커로 음악 켜고 돌아온다. 좋은 재즈 흐르자, 분위기 로맨틱해진다.

의영   (민망함에, 평가하는) 음…. 음악 괜찮네.

지수   (그제야 어색해하는 거 빤히 알겠는, 웃으며 피자먹는) ….

의영   아! 너 이것도 밥 사기로 한 거에서 깎는 거야. 두 번 남았어 이제.

지수   치사하게 그걸 또 세고 있다. 내가 해준 거에 비하면 아무것도
        아닌데.

의영   그렇다기엔 되게 맛있게 먹는데? (입가 가리키며) 소스. 그리고
        니가 먼저 나선 것도 있잖아. 그래 놓고 밥으로 갚으라는 너도
        한 치사해. (한입 베어 무는, 소스 묻는)

지수   그거는…. (할 말 없는) 인정. 너도… 입에 묻었다.

의영   뭐? 어디…? (엄한 데 닦는)

지수   (손 뻗어 직접 닦아주는) 남 일에 오지랖 안 부리는 게 내 스타일인
        데. 니 일에는 자꾸 나서게 돼. (손가락으로 닦은 소스 보여주는) 봐.

의영   (쑥스러운) 너는! 그런 말 하면 사람 오해해…. 하여간 거리감이
        이상해….

지수   너는 (부끄러워하는) 오해해도… 그게 다… 오해는 아닐걸?

의영   엉?

지수   (옅게 웃는) 계속 날 아무것도 아니라고 생각하려는 것 같은데….

의영   (정곡 찔린) …

지수   대신 나간 소개팅이었어도, 우리도 소개팅했잖아. 가까워지고 있

고. (의영 빤히 보는) 난 처음부터 지금까지 쭉 재밌는데. 넌 아냐?

의영   어? (훅 들어오자 당황한)

지수   (슬쩍 톤 조절하는) 심각할 건 아니고, 너 때문에 요즘 덜 심심하다
          고. 그니까 놀아줘. (피클 하나 입에 넣어주는) 근데 일단, 먹어. 먹
          고 천천히 소화시켜보든가.

의영, 당황했다. 지수, 괜히 피자 더 열심히 먹는다.

씬23. 더 힐스 호텔 인근 카페 airy 앞 (밤)

의영과 지수, 가게 앞에 서 있다. 의영, 어색한지 계속 핸드폰 본다.

지수   집에는 어떻게….
의영   (핸드폰 들고) 나 택시 잡았어. 어! 저기 오는 것 같은데…. (아직 안 온)
지수   나도 연습하러 가야 돼. 그럼 들어가. 또 밥 먹자.
의영   끝까지 밥은….

그때, 의영이 부른 택시 도착한다. 택시 탄다. 지수도 오토바이 타고, 헬멧 쓴
다. 입가에 미소 번진다. 의영 반응 귀엽기도 하고, 장난스럽게라도 마음 알려
놓고, 후련한 듯도 보인다.

                              미혼남녀의 효율적 만남

씬24. 택시 안 (밤)

의영, 한숨 쉰다. 마냥 좋기보다 얼떨떨하고, 난감하기도 하다.

의영   뭐야, 갑자기…. 재밌다는 게 좋다는 거랑은 어떻게 다른 거야.

그 순간 의영 핸드폰 울린다. 태섭에게서 온 인별 스토리 답장 보인다.
[오늘 수고했어요. 얼른 주말이 왔으면 좋겠다. 잘 자요]

의영   어…? (슬며시 웃는)

씬25. 태섭의 집 – 태섭의 방 (밤)

태섭, 소파에 앉아 있다. 한 시간 전에 올라온 의영의 인별 스토리 보고 있다. 의
영에게서 인별 답장 온다.
[고마워요. 태섭 씨도 잘 자요. 금방 만나요]

태섭   이래서도 하는 거구만….

씬26. 더 힐스 호텔 – 스위트룸 → 앞 (오전)

호텔 전경

→ 스위트룸

정아, 문 열어준다. 의영에게 들어오라 손짓하고 승보그룹 사모와 마저 통화한다.

정아   저, 친구랑 통화 좀 할게요.

의영   네! 편하게….

정아   (바로 친구한테 편하게) 캐스팅은 왜…? 넌 시키지도 않은 짓을 왜 해?

사모   (E) 그럼 친구 힘들어하는 걸 그냥 봐? 너도 공연 보러 와. 어차
         피 곧 다 밝힐 거라며.

정아   시끄러. 나 못 가. 내일 신 박사 오기로 했어. 거기랑도 풀어야 될
         게 지금 한가득이야. 아우, 머리 아파. 거기 주소나 불러봐.

의영, 정아 통화하는 동안 소파에 흩어져 있는 수건들 치우고, 테이블 위 와인
잔도 한 켠에 모은다. 테이블 위 [멜로의 여왕 손정아가 사랑하는 법. 숱한 논란에도
속 시원히 해명할 수 없었던 이유 전격 공개. 스타패치 기획 (초안)] 표지 보인다. 저도
모르게 눈길이 가는데, 순간 정아 다가온다.

정아   다름이 아니라, 내가 좀 부탁하고 싶은 게 있어서요.

의영   네. 말씀하세요.

정아   일단, 내일 (주소 적힌 쪽지 건네는) 여기로 꽃바구니 하나만 갖다
         줄 수 있어요? 중요한 공연이 있는데 갈 수가 없어서. (작은 봉투
         에 담긴 카드도 건네는) 이건 카드.

의영   (살짝 곤란한 듯) 아, 공연이요? 내일은 제가….

정아   (눈치 빠른) 공연은 안 봐도 되고, 들러서 꽃만 전달해주면 되는데.

의영   (그건 괜찮겠다 싶은) 알겠습니다.

정아   그리고 저녁에는 이리로 지인을 초대해서 식사를 하고 싶은데요.

의영   네. 몇 분이실까요? (얼른 메모하는)

                                         미혼남녀의 효율적 만남

정아	한 사람이에요. 7시쯤 호텔 도착할 거고, 메뉴는 와인이랑 페어링하기 좋은 양식으로 알아서 부탁할게요.
의영	네. 지인분 도착하시면, 식사 올려달라고 식음료 파트에 전달하겠습니다.
정아	그리고, 자고 갈 거거든요. 보안 각별히 신경 써주세요.
의영	(놀라지만, 최대한 내색 않는) 아…. 넵.

→ 객실 앞

의영, 객실 나온다. 난이도 있는 요청에 슬쩍 긴장한 얼굴로 엘리베이터로 간다.

씬27. 엘리베이터 안 → 태섭의 집 앞 (저녁)

은호와 수아, 엘리베이터에 타 있다. 수아, 손에 피자 들고 있다.

수아	두 판 살 걸 그랬나…. 안 모자랄까?
은호	삼촌이 그렇게 식욕, 물욕이 강한 스타일은 아니니까 괜찮을….

→ 태섭의 집 앞

엘리베이터 문 열린다. 수아와 은호, 놀라서 멈칫한다. 태섭의 집 앞에 택배들 한 아름 쌓여 있다. 둘, "헉!" 놀란다.

수아	삼촌 욕심 없는 거 맞아?

수아가 송장 뜯어 은호에게 건네면 은호, 칼로 박스 뜯어 물건 꺼낸다. 분업 확실하다. 물티슈, 초콜릿, 민트, 과산화수소, 대일밴드, 담요… 품목 다양하다. 태섭, 앞접시 들고 온다.

수아　　　삼촌, 데이트 가는 거 맞아? 멀리 여행 가는 거는 아니지?

태섭　　　(머쓱한) 데이트 갔다 무슨 일이 생길지 모르고. 사두면 다 쓸 것들이라…. 수아 일 그만하고, 손 씻고 피자 먹어.

CUT TO　태섭, 수아, 은호 소파에 앉아 피자 먹는다.

은호　　　(피자 뜯으며) 데이트 준비를 이렇게 하는 놈은 처음 봤다. 불안한 거야, 아님 미친 거야.

태섭　　　기대되는 거다.

수아, 테이블에 있는 데이트 타임테이블 본다. 3열 5종 표로, 내용, 시간, 장소 순으로 일정 정리되어 있다.

17:00 의영 씨 픽업.

17:30-19:00 저녁 식사. at 피렌체

19:00-19:30 at 카페 수피

19:30-21:30 영화 관람 at 씨네박스 (<사계> 19:45 시작. 러닝타임 90min)

22:00-23:00 강변북로 드라이브 및 귀가

상세하게 적혀 있다. 수아, 믿기지 않는다는 듯 은호 볼 꼬집는다.

은호	악!
수아	꿈 아니구나…. 이런 사람은 꿈에나 있는 줄 알았는데….
태섭	(민망하지만) 수아야. 피자 다 먹고, 삼촌 옷도 골라줄래?
수아	응…!

씬29. 헬스장 (오전 → 저녁)

승준, 헬스장 카운터에 앉아 있다. 타임랩스로 찍은 듯 헬스장 내부 환했다가, 어두워졌다가, 실내조명으로 밝아진다. 그동안 승준은 회원들한테 인사하고, 수건, 헬스장 옷 건네고, 닭가슴살도 먹고, 피티하느라 자리 비웠다가, 다시 돌아와 결제도 하고, 모니터 지문을 닦기도 하는 등 어마어마하게 많은 일을 혼자 반복한다. (일 많고 정신없는 가운데 시간은 흐르는) 승준, 점점 얼 나가고, 땀 주루룩 흘리고, 호흡 가빠지는데…. 그때 알바생 다가온다.

알바생	(이마에 땀범벅인) 대표님. 너무 덥지 않아요? 저 땀 좀 봐요.
승준	(너무 바빠서, 더웠던 것도 모르는) 그건 우리가 오늘 하루를 잘 살았다는 증거…. (땀 삐질 흐르는) 어?

CUT TO 승준, 에어컨으로 간다. 온도조절 버튼 꾹꾹 계속 누르는데, 찬 바람 안 나온다.

승준	하씨…! (통통 쳐보는) 이 고물. 중고 사서 수리비를 더 쓰네.

헬스장 둘러보면 회원들 더워하고 있고, 거울엔 습기 쫙 올라와 있다. 승준, 머

리 아픈 듯 에어컨 옆에 서비스센터 번호 찾아 전화하려는데, 핸드폰에 전화 걸려온다. '정현민(순무 이모티콘)'이다. 승준, 시계 보고 (7시 반) 전화 받는다.

현민	(F) 승준 씨. 저 회사에서 나왔는데. (목소리 들뜬) 우리 지하철역 바깥에서 만나요, 아니면 역 안쪽에서 만나요?
승준	아…. (한숨) 현민 씨. 어쩌죠? 지금 헬스장 에어컨이 고장 나고 난리라…. 제가 자리를 못 비울 것 같은데.
현민	(F) 어머, 어떡해요? 에어컨 안 나오면 막 찜통 된 거 아녜요?
승준	사우나 같고…. (저도 모르게 진심) 진짜 숨 막혀요. 일단, 수습 좀 하고 다시 연락할게요. 진짜 미안해요.

씬30. 더 힐스 호텔 – 직원 출입구 (저녁)

현민, 걱정스러운 얼굴로 전화 끊는다.

현민	다 살자고 하는 일인데 숨까지 막히면 안 되지. (방법 궁리하는, 안으로 들어가는) 빌릴 수 있으려나….

씬31. 헬스장 앞 길가 (저녁)

현민, 택시에서 내린다. 편의점 앞이다. 트렁크에서 구루마 먼저 내리고, 발로 휙 밟아 손잡이 빼낸다. (실은 물건은 아직 안 보이는) 현민, 구루마에 물건 싣고 끈다. 지나가는 사람들, 현민 신기하다는 듯 본다.

미혼남녀의 효율적 만남

(씬29와 이어지는) 승준, 송구한 듯 땀범벅인 회원에게 수건 건넨다.

회원   (수건 받는) 무슨 극기 훈련 같아요. 속옷까지 다 젖었어요.

승준   죄송합니다. 위험할 수 있으니까 무리하지 마시고, 기간은 연장
해드릴게요….

그때, 문 열리는 소리 들린다. 고개 든 승준, 구루마에 큰 업소용 아이스박스를
싣고 온 현민 본다. 뭐지 싶은데, 현민, 아이스박스 보이게 휙 돌린다. 씨익 웃고
뚜껑 열면, 안에 얼음 가득 채워져 있고, 물, 아이스크림, 단백질 음료, 제로 음
료가 꽉꽉 채워져 있다.

현민   열 좀 식히자고요.

CUT TO 승준, 현민, 알바생, 회원들에게 아이스크림, 물, 단백질 음료 나눠준
다. 회원들 표정 밝아진다. 땀 멎고, 거울에 습기 줄어든다. 현민, 헬스남에게도
단백질 음료 건넨다.

헬스남   (과시하듯 근육에 힘주고 받으며) 근데… 얼굴이 낯익다. 나 어디서
보지 않았어요?

현민   흐응…? 잘 모르겠는데요? 너무 흘리고 다니신다.

헬스남   하하하…!

현민   (수건 건네며) 진짜로, 땀을 너무 흘리신다구요. 특별히 수건 한
장 더 드릴게요.

CUT TO 알바생, 나가면서 문에

[에어컨 고장 수리 중. 주말간 쉽니다]

붙이고 나간다. 헬스장에 승준, 현민 둘만 남았다. 승준, 소독약 들고 다니며 끈적해진 기구들 닦는다. 현민은 매트에 철푸덕 앉아 아이스크림 먹으며 승준 구경한다.

현민　　　　좀 쉬었다가 해요.

승준　　　　네.

승준, 아이스크림 들고 현민 옆에 털썩 앉는다. 둘, 땀 송글송글 맺혀서 매트에 나란히 앉아 아이스크림 먹는다.

승준　　　　오늘 고마워요. 근데, 여긴 어떻게 알고 왔어요?

현민　　　　옷에 대문짝만하게 써놨잖아요. 득근득근. 내가 벗긴 옷인데, 기
　　　　　　억해야죠.

승준　　　　(흘겨보는) 변태….

현민　　　　변태 좋아하면서.

승준　　　　(어이없다는 듯 웃는)

현민　　　　아으! 시원하다. 그건 귤 맛인가? 나 한입만요.

승준, 아이스크림 내민다. 현민, 다가오는데, 승준, 아이스크림 대신 고개 들이밀고 입 맞춘다. 현민, 깜짝 놀란다. 둘, 그대로 키스한다.

　　　　　　　　　　　　　　　　　미혼남녀의 효율적 만남

씬33. 의영의 집 – 의영의 방 (저녁)

의영, 방에 돌아온다. 피곤한 듯 침대에 대자로 눕는데, 그때 톡 온다. 태섭이다.
[의영 씨. 내일 데리러 갈게요. 5시에 만나요]

의영   아. (얼굴 매만지며) 거칠어! 옷도 안 골랐는데? (벌떡 일어나는)

의영, 옷장으로 간다. 옷걸이 넘기며, 대충 괜찮아 보이는 옷들은 다 꺼내 침대
로 던진다.

씬34. 의영의 집 – 의영의 방 (오후)

침대에 늘어놓은 옷들, 이불처럼 침대 빼곡하게 덮고 있다. 이른 오후, 의영 데
이트 준비 중이다. 얼굴에 팩 떼어낸 의영, 잔여물 촵촵 얼굴에 두드려 흡수시
키고는 침대 앞에 선다. 전혀 다른 스타일의 옷 사이에서 고민한다. 누가 봐도
신경 쓴듯한 화사한 원피스와 깔끔한 니트와 청바지가 최종 후보다.

의영   (생각 많은) 그래도 데이튼데…. (원피스로 손 가져가는) 아냐, 너무
            꾸민 거 티 나면 초짜 같지. 씁.

CUT TO 의영, 잎머리 깔 매만지고, 향수 뿌린다. 거울에 비춰보면 깔끔하고 성
숙한 느낌의 니트에 청바지 입었다.

의영   좋네. 자연스럽고.

씬35. 더 힐스 호텔 – 호텔 앞 (오후)

의영, 화려한 꽃바구니 들고 호텔에서 나온다. 택시 탄다.

의영　　　기사님. 혜화동으로 가주세요.

옆 좌석에 꽃바구니 두고, 지갑에서 정아가 건넸던 작은 카드 꺼내 꽂는다.

씬36. 소극장 앞 → 안 → 앞 (오후)

소극장 입구 붐빈다. 포스터에 '승보그룹 임직원 공연' 적혀 있다. 의영, 지하 티켓 부스로 간다. 마침 올라오던 연출과 마주친다. 어디서 본 얼굴 같은데, 기억 안 난다. 고개 갸웃하고 들어간다.
→ 소극장 안
의영, 티켓 부스에 앉은 직원에게 간다.

의영　　　안녕하세요. 저… 꽃 좀 전해주실 수 있을까요?
직원　　　아…. 그럼요! 옆 테이블에 두시면 나오실 때 전달해드릴게요.
　　　　　　어떤 분께 드릴까요?
의영　　　아! 잠시만요.

의영, 정아가 건넨 카드 그제야 열어본다. 적혀 있는 이름 보고 놀란다.
'To. 지수. 공연 축하해. 중요하게 할 얘기가 있어. 더 힐스에 있으니까 와줘.
From. 손정아'

의영   (당황한) 지수…?

직원   (알겠다는 듯) 아…! 신지수 배우님이요?

→ 소극장 앞

의영, 얼떨떨한 얼굴로 극장 밖으로 나온다. 발길 안 떨어지는데, 문득 지수가
건넸던 티켓 생각난다. 지갑 꺼내고, 연극 티켓 찾아낸다. 티켓에 적힌 극단명
'극단 2막' 소극장 이름과 같은 걸 발견한다.

의영(V.O)   (충격인) 손정아 배우랑 신지수가 아는 사이인 거야? 설마….

씬37. 혜화동 인근 공원 (오후)

의영, 심각한 얼굴로 공원 벤치에 앉아 찌라시 다시 읽는다.
[감독B와 특급 호텔에서 밀애를 즐기고, 모델C에게도 스폰을 하는 등 화려한 남성 편력
으로 파장은 더 커질 예정이다]
그 대목에서 못 떠난다.

의영(V.O)   모르는 사람이면 모델로 오해할 만 해. 아르바이트로 생계유지
            하면서도 안 쫄려 보였던 건… 비빌 언덕이 있어서였나?

의영, 생각에 잠겨 있다. 표정 씁쓸하다.

의영(V.O)   유명해지기 싫은 건 관계가 탄로 날까봐…? 근데 정말? 진짜?

의영, 슬그머니 다가오는 태섭 못 알아챈다. 태섭, 장난치려는 듯 톡 어깨 두들기면 의영 소스라치게 놀란다. 반응에 태섭 더 놀란다.

태섭   미안해요. 놀랐죠.

의영   아, 뭘 좀 생각하느라. 근데 잠깐만…. 뭐예요? 뭔가 좀….

의영, 태섭 발끝부터 훑는다. 구두 반짝이고, 짙은 갈색 바지, 연한 하늘색 셔츠 색감 어울린다. 고개 들어 얼굴 보면, 피부 맑고 안경도 안 썼다. 태섭, 쑥스러운 듯 부드럽게 웃는다.

의영(V.O)   멋있는데?

의영   (살짝 당황) 안경은 어디 갔어요? (킁킁) 냄새도 너무 좋은데?!

태섭   (쑥스럽지만 할 말은 하는) 렌즈 한번 껴봤어요. 첫 데이트니까….

의영(V.O)   (자기 옷 내려다보는) 이러면 일부러 적당한 거, 적당하게 집어 입고 나온 내가 너무 별론데?

태섭   (기분 좋은) 의영 씨도 평소처럼 예쁜데요.

의영   (칭찬처럼 안 들리는) 평소… 처럼.

태섭   (시계 보고) 갈까요? 밥 먹으러. (여유롭게 웃고, 유창하게) 제가 알아본 레스토랑이 근처거든요. 미슐랭 원스타 셰프님이 새로 오픈한 면요리 전문 식당인데….

씬38. 고급 레스토랑 앞 (오후)

태섭, 당황스러워 보인다.

　　　　　　　　　　　　　미혼남녀의 효율적 만남

의영   (어쩌지 싶은) 닫았네요….

유리문에

[喪中. 매장 임시 휴무합니다. 이용에 불편을 드려 죄송합니다]

붙여뒀다. 태섭, 핸드폰 보면 문자 와 있다.

[예약하신 모든 고객님들께 죄송한 말씀을 드립니다. 금일부터 사흘간 조모상으로 인해

가게를 휴업합니다. 다시 한번 죄송합니다]

태섭   (괜찮다는 듯) 제가! 혹시 몰라서 대안도 준비했거든요. 여기서 도
           보 5분 거리에 있는데. 예약은 안 했지만, 아직 이른 시간이니까
           사람도….

씬39. 또 다른 레스토랑 (오후)

레스토랑 앞에 줄 엄청 길게 늘어서 있다. 태섭, 얼굴 하얗게 질렸다.

의영   (눈치 보며) 어제 나왔다나봐요. 너튜브에. 이 줄 다 기다리면 영
           화 늦겠는데요?
태섭   아…. 그러면, 음…. (당황하는데)
의영   (조심스레) 저 태섭 씨. 분위기가 이렇게 좋은 덴 아니지만, 되게
           맛있는 식당을 아는데…. 거기로 갈래요?

노포 식당 내부, 소란스럽고 북적인다. 테이블 간격 가까워, 사람들 나가고 들어올 때마다 문가 근처에 앉은 태섭을 치고 간다. 식당 아주머니, 태섭에게 약간 당겨 앉으라는 듯 등 밀어주고 반찬들 놓고 간다. 태섭, 예상과는 틀어졌지만, 정신 차리고, 얼른 의영 앞에 물, 수저 놔준다. 제 앞에도 놓으려다 테이블 수평이 안 맞아 덜컹거리는 것 발견한다. 신경 쓰이는 듯 고개 숙이면, 약간 짧은 다리 눈에 띈다. 그때, 식당 아주머니 다가와 펄펄 끓는 뚝배기 두 개 내려놓는다.

직원   이게 좀 그래. 먹는 덴 이상 없는데…. 신경 쓰이면 저쪽으로 앉든가요.

태섭   아닙니다.

의영   (들뜬) 태섭 씨랑 여기 있으니까 저 좀 신기해요. 거래처가 근처라, 점심 먹으러 회사 사람들이랑만 왔거든요.

의영, 컵에 따라둔 찬물을 국에 조금 붓고 섞는다.

태섭   음?

의영   이렇게 하면… 입천장도 지키고, 빨리 먹을 수도 있어요.

태섭, 따라 한다. 다음엔 뭘 하나 지켜보는데, 의영 머리칼이 국물로 떨어지려고 하자, 얼른 손 내밀어 잡아준다.

의영   (설레는) 아…. 고마워요. 태섭 씨도 얼른 먹어봐요.

태섭   네. (먹는, 놀라는) 음…. 진짜 맛있는데요?

의영   그쵸?! (다행인)

CUT TO 둘, 밥 다 먹었다. 태섭, 의영에게 "잠깐만 앉아 있어요" 말하고는 계산대 직원에게 카드 건네고 계산 부탁한 다음 밖으로 나간다.

→ 백반집 밖

태섭, 차 트렁크 연다. 찾는 게 있는 듯 트렁크 뒤지기 시작한다. 공구함, 담요, 우산, 생수, 과산화수소, 대일밴드 등 잡동사니들 제치고 몽쉘 상자 찾아낸다. 꺼내 상자 열면, 과자 대신 빼곡하게 작은 사이즈의 나무 칩들, 조각들 들어 있다.

→ 백반집 안

허리 숙인 태섭, 눈대중으로 맞을 것 같은 조각을 꺼내 끼우고, 테이블 움직이기를 반복한다. 마침내 얇은 조각 덧대면, 수평 맞아 덜컹거리지 않는다. 태섭, 만족한 듯 일어나면, 의영, 감탄하는데…. 식당 아주머니, 남자 잘 골랐다는 듯 의영 옆구리를 쿡 찌르고 웃으면서 간다.

씬41. 돌담길 (초저녁)

의영과 태섭, 테이크아웃한 커피 들고 나란히 산책한다. 초저녁 돌담길 분위기, 한적하고 낭만적이다.

의영   (흘끗) 솜씨 좋던데요?

태섭   (멋쩍은) 별것 아닌데요.

의영   (멋있다는 듯) 완전 별거던데. 태섭 씨는 어쩌다 가구를 만들게 됐어요?

태섭   원래도 그림 그리는 걸 좋아했었고…. 결정적으로는, 집에 식탁
       이 없었던 적이 있었거든요. 갑자기 형편이 어려워져서요.

의영   (듣는) ….

태섭   그러고 나니까, 많은 게 같이 없어지더라고요. 식사 시간이 없어
       지고, 대화가 사라지고, 가족을 어려워하게 되고. 가구라는 게,
       그냥 물건이 아니구나. 그렇게 생각하니까 너무 중요하더라고
       요. 중요한 일을 하고 싶었죠. 20대 때니까.

의영   그랬구나.

태섭   회사 차리고 나서는 죽어라 일만 했어요. 의영 씨 20대는 어땠
       어요? 성격이 좋으니까, 친구도 많았죠?

의영   (고개 젓는) 저 친구 손에 꼽아요. 저도 어릴 때는 여유가 없다보
       니까 진짜 저밖에 몰랐어요. 나 힘들단 핑계로 다른 사람들도 좀
       힘들어도 되는 줄 알고….

태섭   (놀라운) 그럴 때도 있었구나.

의영   추억도 별로 없어요. 여행도 한번 못 가봤고, 연애도 할 때 아니
       라면서 철벽치고.

태섭   (위로하려는 듯) 괜찮아요. 그때 못 한 거 지금 다 하면 돼요.

의영   (끄덕이고, 웃는) 맞아. 그래서 지금이 좋아요.

태섭   (웃으며) 다행이다. 지금 만나서.

의영, 훅 들어온 태섭에게 설레서 잠깐 멈칫한다. 태섭, 왜 그러냐는 듯 의영 본
다. 의영이 아니라는 듯 다시 걷는다. 분위기 편안하고 몽글몽글하다.

                              미혼남녀의 효율적 만남

씬42. 영화관 안 → 앞 (저녁)

스크린 속 정아, 남자 배우와 가을의 거리를 산책하고 있다. (씬41 마지막 장면과 구도, 거리 비슷한) 정아, 남자에게 말한다. "연인에게 배신을 당하고도, 또 인연이라면 쉽게 믿어버리는 게 사람이잖아요. 미련한데 예뻐. 연약하지만 강하고요. 사람은 이상해요."

CUT TO 의영, 영화 본다. 정아를 알고 보니 기분 미묘하다. 그때, 옆에서 코훌쩍이는 소리 들린다. 슬픈 장면 아니라 이상하다. 소리 계속되자 태섭 올려다본 의영, 깜짝 놀란다. 태섭이 주룩주룩 눈물 흘리고 있다.

의영	왜 울어요?!
태섭	눈이….
의영	(다급하게) 눈이 왜요?!

의영 옆좌석 사람, 대화하지 말라는 듯 째려본다. 의영, 태섭을 툭툭 치고 나가자며 사인 보낸다.

→ 영화관 앞

의영, 걱정스러운 얼굴로 태섭 본다. 눈, 충혈되어 있다.

태섭	(차분하게) 렌즈를 많이 안 껴봐서… 뭐가 들어갔는지 좀 따갑네요.
의영	(걱정) 조금이 아닌 것 같은데? 엄청 빨간데? 나 봐요.

민망한 태섭, 괜찮다는 듯 고개 돌리는데, 의영, 가만있으라는 듯 뺨 덥석 잡는다. 뺨 말랑하게 쥐어진 태섭, 쑥스럽다.

| 의영 | 일단, 렌즈를 빼고 와요. |

CUT TO 의영, 걱정스러운 얼굴로 태섭 기다린다. 화장실에서 나온 태섭, 흐린 눈 하고 있다. 잘 안 보이는 거 티 난다.

태섭	(태연한 척) 다시 들어갈까요?
의영	(황당한) 어딜요. 보이지도 않으면서. 영화는 다음에 보고, 일단 집으로 가요.
태섭	(반사적으로) 안 돼! 안 돼요.
의영	네?
태섭	그럼, 어! (좋은 생각 난) 영화 우리 집에서 보는 거 어때요?!
의영	(당황한) 태섭 씨 집에서요?
태섭	(말하고 나니 좀 그런가) 다른 속셈 있는 거 아니고…. 다음으로 미루는 거 이제 안 하고 싶어서요.
의영	아…. (그 마음도 이해되는) 저 그러면은… 팝콘도 사 갈까요?
태섭	(안도하는, 끄덕) 네.
의영	(팔목 슥 내미는, 웃는) 잡고, 저 잘 따라와요.

CUT TO 태섭, 한 손으로는 팝콘 들고, 다른 손으로는 의영의 팔 잡고 쇼핑몰 빠져나간다.

씬43. 옥상 주차장 (저녁)

의영, 옥상 주차장에서 야경 내려다보고 있다. 시내 뷰, 제법 활기차고 예쁘다.

     미혼남녀의 효율적 만남

펀치 기계 치는 남녀도, 버스킹하는 남자도 보인다. 대리 기사와 통화 마친 태섭, 의영에게 다가간다.

태섭   곧 대리 기사님 오실 거예요.

의영   미안해요. 면허는 있는데, 이런 차 운전은 솔직히 너무 떨려서….

태섭   (웃는) 아녜요. 뭐 재미있는 거 있어요?

의영   아, 태섭 씨는 안 보이겠구나. 설명해줄게요. (손가락으로 가리키며) 저기 펀치 기계가 있는데…. 주먹이 이만한 남자분이 막 도움닫기를 해서 팍 쳤거든요? 근데 빗나간 거예요. 여자분 점수가 훨씬 높게 나왔어요….

태섭 시야의 야경은 흐릿하게 반짝이고, 의영만 또렷하게 잘 보인다. 조잘조잘 말하는 의영과 야경 불빛 어우러져 예쁘다. 태섭, 의영과 풍경을 같이 눈에 잘 담는다.

씬44. 소극장 안 (저녁)

흰 조명 번쩍인다. 스포트라이트 받은 지수, 빛난다. 객석 향해 환하게 웃는다. 막 내려오자, 지수, 털썩 앉는다. 땀 닦으며 숨 몰아쉰다. 물도 마신다. 배우들, 서로 "한잔해야지!" 들뜬 대화 나누고 있다.

직원   지수 씨! 이거 지수 씨한테 온 꽃인데 잊지 말고, 챙겨가요.

지수   응? 꽃이요? 누가 꽃을….

웃던 지수, 직원이 내려놓은 꽃바구니 보고 얼굴 굳는다. 일반적으로 선물하는 꽃다발 비주얼이 아니다. 지수, 꽃 사이에 꽂힌 카드 확인하고, 예상했다는 듯 다시 닫는다.

씬45. 소극장 밖 (저녁)

옷 갈아입은 지수, 어두운 얼굴로 극장 밖으로 나온다. 꽃바구니 본다. 그때, 극장 앞에서 기다리고 있던 기자, 지수에게 다가간다.

기자   신지수 씨?

지수   누구….

기자   데일리N 김지원 기자입니다. 손정아 찌라시에 언급된 C가 신지수 씨 맞습니까? 손정아 씨와는 어떤 관계죠?

지수   (기분 상한) 아무 관계 아니고요. 다신 찾아오지 마세요. (가려는)

기자   극단의 가장 큰 후원사가 승보그룹인 걸로 확인했는데요. 그룹 사모와 손정아 씨가 절친한 친구 사이인 거 알고 계십니까? 특히 문화 사업 쪽으로는 어드바이저 이상의 관여를 하고 있다는 데….

지수   (멈춰 서는) 네…?

기자   (걸렸다 싶은) 두 분이 극단 후원금을 놓고 대가성 거래를 한 건 아닙니까?

지수, 표정 어두워진다.

                                          미혼남녀의 효율적 만남

씬46. 고깃집 안 → 앞 (저녁)

극단 사람들, 화기애애하게 테이블에 둘러앉아 고기 먹는다. 지수, 가게로 들어온다. 반겨주는 배우들 지나쳐 그대로 연출에게 간다. 먹살 잡는다. 배우들 놀라서 말린다.

지수   형. 오늘 일부러 나한테 무대 서라고 한 거지?

연출   (덤덤하게) 그럼 일부러 서라고 하지, 우연히 서라고 해?

지수   (성질나는) 그런 말이 아니잖아. 손정아한테서 나온 돈으로 나 출연료 주고, 나 먹이고, 형이 어떻게 이렇게 날 모욕해?

연출   승보그룹 사모는 우리 극이 좋아서 후원한 거야.

지수   나이브한 소리 하지 마! 돈도 안 되는 극단에 투자를 왜 하고, 좋다면서 보러 한 번을 안 와?

찬물을 끼얹은 듯 극단 배우들 조용해진다.

연출   (노려보는) 너야말로 자의식 비대한 애새끼 같은 소리 그만해. 니 출연료 아니고 우리 극장 임대비. 애들 인건비. 식비, 의상비, 소품비. 우린 여기 인생을 걸었고, 극만 올릴 수 있으면 뭐든 다 해.

지수   …. (침울한 동료 배우들 얼굴 보이는, 급 수치스러운)

연출   너한테는 피난처인 지하 땅굴이, 우리한테는 가장 서고 싶은 무대라고. 계속 그따위 애매한 마음일 거면 관둬라, 그냥.

지수   관둘게. 관둔다고.

남배우1   야! 너 왜 그래. 그렇다고 관둔다는 소리를 해?

지수, 나간다. 몇몇이 붙잡거나 따라 나가보지만, 소용없다.

→ 술집 앞

지수, 꽃 내던진다. 행인들, 지수를 흘끔거리며 지나간다. 지수, 핸드폰 든다. 정아 찾는다. 톡 쓴다.

[나 지금 호텔로 가요]

씬47. 태섭의 집 (저녁)

의영, 살짝 긴장했다. 태섭, 집 안으로 안내한다. 넓고 깔끔한 집에, 의영 놀란다.

의영   와….

의영(V.O)   왜 이렇게 깔끔해? 미리 치워둔 거 아냐?

태섭   마실 것 좀 가지고 올게요. 구경해도 되고, 앉아서 기다려도 돼요.

의영, 소파 쪽으로 간다. 소파에 태섭이 짠 데이트 동선표 있다. 태섭, 아차 싶어 얼른 소파로 뛰어오는데, 의영이 더 빠르다. 의영, 보고 놀란다.

의영   (귀여운) 이렇게 다 짜둔 거였어요? 하나도 계획대로 된 게….

태섭   (민망한) 없었죠.

의영   그래도 좋았어요.

CUT TO 태섭, 의영에게 등 돌리고 간단한 다과 준비한다. 뒷모습 듬직하다. 의영, 방으로도 가본다. 열린 방문을 슬쩍 조심스럽게 밀어본다. 안에서는 잠만 자는 듯 큰 침대가 덩그러니 놓여 있고, 어두운색 침구는 평평하게 잘 정리되어

                                    미혼남녀의 효율적 만남

있다. 무드등 켜져 있어 분위기 따뜻해 보인다.

의영(V.O)   잠깐….

의영, 불현듯 옷 슬쩍 들어 안에 어떤 속옷 입고 있는지 내려다본다.

태섭   (E) (불쑥) 마실 건 물이랑 콜라, 녹차 중에 뭐가 좋아요?
의영   (화들짝 놀라서 나오는) 물이요, 시원하게, (중얼) 정신 차리게….

CUT TO 의영과 태섭, 나란히 앉아 있다. 태섭, 리모컨 쥐고 버튼 누른다.

태섭   영화는 뭐 좋아해요?
의영   무서운 거 빼고 다 괜찮은데.
태섭   (귀엽다는 듯) 무서운 건 잘 못 봐요?
의영   그런 거 많이 보면 심장에 무리와요. 태섭 씨는 좋아해요?
태섭   그냥 봐요. 어렸을 때 아버지가 귀신 무서워할 것 없다고, 더 무
          서운 건 사람이라고 한 다음부터는 데미지가 안 와요.
의영   명언이다…. (아는 영화 발견한) 어! 위로.
태섭   (시키는 대로 리모컨 조작하는) 이거요? 그럼… (의영 보며) 불 끌까
          요?
의영   (왠지 쑥스러운) 넵.

CUT TO 둘, 불 끄고 영화 본다. TV에서 나온 불, 둘 얼굴에 일렁인다. 영화 소리
말고는, 팝콘 씹는 소리만 들린다. 앞으로 몸 숙이고 앉아 있던 태섭, 소파에 기
대려는 듯 자세 고쳐 앉자, 멀었던 두 사람 손끝이 닿는다. 손 닿은 것 느끼지만,

눈빛만 잠깐 흔들릴 뿐 그대로 떼지 않고 둔다. 태섭, 천천히 의영의 손 위로 아예 손 포갠다. 의영, 놀라지만 피하지 않는다. 온 신경, 영화가 아니라 손으로 가 있다. 팝콘 씹던 입도 천천히 멈춘다. 분위기 야릇하다.

태섭   (여전히 TV에 시선 고정한) 저… 의영 씨.
의영   (태섭 보는) 네?
태섭   (의영 보는, 고백 각인) 하고 싶은 말이 있는데요.

그때, 태섭의 집 현관 암호키 누르는 소리 들린다. 버튼 소리 공포스럽다.

의영(V.O)   어??????

둘, 몸만 현관을 향한 채 굳어 있다. 마침내 문 열리는 소리 들리자 태섭, 현관으로 가는데, 순주가 발 빠르게 먼저 안으로 들어온다.

태섭   (당황) 어머니!
의영(V.O)   진짜다. 사람이 제일 무섭다는 거….

순주, 의영 보고 놀란다. 입 떡! 벌어지고, 그만 손에 힘이 툭! 풀린다. 보따리 바닥에 쿵…! 묵직한 소리 내며 떨어진다.

순주   아이고 세상에! (고개 슬쩍 돌리고, 눈부터 가리는)
의영   허! (당황한, 얼른 뛰어가는) 괜찮으세요? 발 안 다치셨죠?
순주   어떡해! 미안해라…! (차마 얼굴 똑바로 못 보는)

                    미혼남녀의 효율적 만남

의영, 순주 발치에 떨어진 보따리 줍는다. 휙, 허리 세우고 손에 보따리 건네주
려는데….
6화

의영   (V.O) 어…?
순주   (의영 알아본) 단골 아가씨?
의영   사장님?!?!?!?!?!?!

태섭, 둘이 어떻게 아는 사이냐는 듯 놀라고, 의영, 당황하는 표정에서….

6화 끝.

《미혼남녀의 효율적 만남》대본집 1권에서는, 3화 씬41, 4화 씬41을 꼽겠습니다.

다 큰 어른들이 용기를 내고 한꺼풀 솔직해지는 순간이라 좋아해요.
3화 41씬에서 지수는 의영에게 진짜 이름을 알려주고, 출연하는 연극 표를 건넵니다. 진실을 알게 된 의영이 실망할지도 모른다는 두려움을 무릅쓰고, 어둡고 불안정한 자신의 진짜 일상으로 의영을 초대해요. 이때 이미 지수의 서툰 사랑이 시작된 거라고 생각합니다.

4화 41씬에서 의영과 태섭은 다시 마주합니다. 애프터 타이밍은 엇갈렸고, 협업도 어그러졌고, 험난한 앞날을 예고하듯 비도 많이 내립니다. 이 정도면 '망한 사랑'이니 관두라고 온 우주가 사인을 보내는 것 같아요. 그런데도 둘은 체면과 자존심을 내려놓고 서로를 붙잡습니다. 결국 오해와 엇갈림을 바로잡는 건 진심 밖에 없는 것 같아요.

의영	(멀어서 좀 소리 지르듯 크게) 너 언제까지 따라올 거야.
지수	(멀어서 크게) 너 화 풀릴 때까지.
의영	왜 저래…. (크게) 이제 가! 그럼.

지수, 그 말에 한걸음에 뛰어온다. 주머니에서 지갑 꺼내고, 안에서 연극 티켓 꺼내 건넨다. (극단 '2막' 정기 공연 〈갈매기〉)

의영	(보는) 뭐야…?
지수	내 이름 이정우 아니고 신지수야. 직업은 배우고 나이는 스물아홉. 소개팅은 사정이 있어서 대신 나갔는데, 이유는… 말 못 해.
의영	(돌려주는) 나, 니 사연 안 궁금해. 안다고 달라지는 것도 없고.
지수	(다시 쥐여주는) 받아줘. 이거 내 신분증 같은 거야. 나 너한테 완전히 다 가짜는 아니고 싶어.

태섭	내가 의영 씨를 어떻게 기억하면 좋겠어요?
의영	…네?
태섭	다가가면 도망가고, 멀어지면 찾아내고, 가버리라고 했는데… 또 내가 찾을 수 있는 곳에 이렇게 있잖아요.
의영	….
태섭	의영 씬 어떤 사람이에요?
의영(V.O)	우리의 타이밍은 이상하리만치 번번이 엇갈렸다.

의영과 태섭, 한참 서로를 본다. 서운함도 안타까움도 미련도 느껴진다.

의영	태섭 씨가 본 모습들…. 저 아니라고 못 해요.
의영(V.O)	이럴 때 내가 힐 수 있는 건… 다시 바닥까지 솔직해지는 것뿐이다.
의영	하지만 그게 제 전부는 아니에요. 다른 나도 보여주고 싶어요. 나한테 시간을 좀 줘요.

미혼남녀의 효율적만남 ①

1판 1쇄 인쇄 2026년 3월 27일
1판 1쇄 발행 2026년 4월 10일

지은이 이이진
펴낸이 이선희

책임편집 이은
저작권 박지영 형소진 주은수 오서영 조경은
디자인 김현아 이주영
마케팅 정민호 한경화 한민아 이민경 박진희 황승현 김경언 양지연
광고디자인 최용화 장미나 이연우
브랜딩 함유지 박민재 이송이 김은솔 박다솔 조다현 김하연 신은서 이준희
제작 강신은 김동욱 이순호
제작처 천광인쇄사

펴낸곳 (주)나무의마음
출판등록 2016년 8월 25일 제406-2016-000107호
주소 10881 경기도 파주시 회동길 210
문의전화 031-955-2696(마케팅) 031-955-2683(편집) 031-955-8855(팩스)
전자우편 sunny@munhak.com
ISBN 1권 : 979-11-90457-48-4 (04810)

2권 : 979-11-90457-49-1 (04810)

세트 : 979-11-90457-47-7 (04810)

• 나무의마음은 (주)문학동네의 계열사입니다.
• 잘못된 책은 구입하신 서점에서 교환해드립니다.
• 기타 교환 문의: 031-955-2661, 3580

www.munhak.com